UNE VÉRITÉ SILENCIEUSE

LES ENQUÊTES DE DÉTECTIVE MARK TURPIN

RACHEL AMPHLETT

CHAPITRE 1

Julie Tillcott jura à voix basse lorsque sa cheville se tordit dans ses talons hauts à lanières tandis qu'elle essayait de garder l'équilibre sur le chemin de gravier qui s'éloignait du pub gastronomique.

La porte claqua derrière elle, puis se rouvrit une fraction de seconde plus tard.

Des pas lourds se précipitèrent pour la rattraper et la légère brise porta jusqu'à elle le juron frustré d'un homme avant que ses doigts rugueux n'effleurent son épaule.

— Jules, attends.

— Va te faire foutre.

Elle se dégagea de son contact, remonta la bandoulière de son sac à main sur son épaule et se dirigea vers la voiture de sport V8 argentée qui se tenait seule en bordure du parking.

Elle était suffisamment éloignée pour se démarquer et être remarquée, et suffisamment loin de cette vieille citadine déglinguée dans laquelle elle avait vu arriver un autre couple, dont l'homme en surpoids portait un pantalon ample et un polo rose froissé tandis que sa femme traînait à côté de lui dans des bottes montantes et une robe criarde qui ressemblait à des rideaux abandonnés.

Derrière elle, les voix qui filtraient par la porte ouverte du pub se mêlaient aux rires et au tintement des verres. Ces sons se mélangeaient avec le crissement des graviers sous ses pieds.

Elle grimaça lorsqu'une petite pierre rebondit dans sa chaussure et elle sautilla sur un pied tout en secouant l'autre de droite à gauche pour la déloger.

— Jules, laisse-moi t'expliquer.

Il l'avait presque rattrapée, elle pouvait entendre son ton exaspéré.

— Tu as eu ta chance de le faire avant qu'on arrive ici. Avant...

Avant de me faire passer pour une parfaite idiote, pensa-t-elle. *Encore une fois.*

La pierre finit par jaillir de sous son talon et elle poussa un soupir de soulagement.

Puis elle entendit le cliquetis de clés derrière elle.

Elle se retourna et croisa les bras sur sa poitrine en fusillant son mari du regard tandis qu'il balançait le porte-clés au bout de son pouce avec un sourire narquois.

La clé de maison en acier scintillait sous les lanternes électriques suspendues à un fil tendu à travers le parking, comme pour la narguer.

— Je vais conduire, dit-il. Tu es bourrée.

— J'ai bu deux verres, répondit Julie en faisant la moue. D'ailleurs, c'est ma voiture. Déverrouille-la.

— Et moi je n'ai bu que de l'eau minérale.

Il pointa la clé vers la voiture en se dirigeant vers la portière côté conducteur, puis il regarda par-dessus le toit alors qu'un autre couple sortait du pub bras dessus bras dessous.

— Monte, avant de te ridiculiser.

— Tu...

— Tout va bien là-bas ? lança une voix d'homme.

Elle se retourna pour voir le couple debout près d'un 4x4 vert foncé, l'inquiétude gravée dans les yeux de la femme.

— Tout va bien, répondit-elle sèchement. Passez une bonne soirée.

Simon pouvait à peine cacher son sourire suffisant quand elle monta et qu'elle attacha sa ceinture, et elle garda fermement son regard fixé sur le tableau de bord jusqu'à ce qu'ils soient hors de vue du pub.

— Pourquoi est-ce qu'il faut que tu fasses ça ? finit-elle par demander.

— Quoi ?

— Tu fais toujours ça. Tu me demandes de venir à l'une de tes soi-disant réunions d'investissement et ensuite tu me fais passer pour une idiote devant tout le monde.

— Je ne te fais pas passer pour une idiote, dit-il d'un ton conciliant. Tu détestes tout ce qui touche aux chiffres.

Elle croisa les bras sur sa poitrine et s'enfonça un peu plus dans son siège.

— C'est tellement réconfortant d'entendre ça.

— Je dis simplement que tu es douée pour d'autres choses.

— Alors pourquoi est-ce que tu me demandes de venir ?

— Parce que ça met les gens plus à l'aise. La touche féminine, tout ça.

— Oh, merci. Donc maintenant je ne suis qu'un accessoire décoratif à ton bras, c'est ça ?

— Ce n'est pas ce que je voulais dire...

— Est-ce qu'ils savent au moins que je suis associée à part égale dans l'entreprise ? dit-elle en se tournant sur son siège.

Sa mâchoire se crispa, puis il rétrograda avant d'accélérer dans un virage serré.

— Est-ce qu'ils le savent ?

— Ça n'est pas venu dans la conversation, n'est-ce pas ?

Il lui jeta un regard rapide avant de reporter son attention sur la route sinueuse.

— Mais tu ne leur as rien dit non plus.

— Mon Dieu, je suis désolée. C'est peut-être parce que toi et lui m'ignoriez complètement pendant que j'étais obligée de parler avec sa femme de la fichue couleur qu'elle veut mettre sur les murs de son salon. Comme si ça m'intéressait...

— Ça l'a distraite, c'est déjà ça, dit Simon.

Il appuya sur l'accélérateur.

— Pendant qu'elle discutait de la déco et des voisins, elle n'écoutait pas vraiment la proposition. Elle posait trop de questions.

— C'étaient de bonnes questions.

Julie ravala ses mots suivants, la gorge douloureuse et les yeux piquants de larmes de frustration.

— J'en ai marre de jouer les assistantes. J'en ai marre de... de tout ça.

Il éclata de rire.

— Tu plaisantes ? Tu adores ça. Comment est-ce que tu crois qu'on pourrait se permettre une voiture comme celle-ci autrement ?

— C'est ma voiture, pas la nôtre.

— Peu importe. Ta part des bénéfices chaque année la finance.

— Mais c'est de l'argent sale, non ?

— Quoi ?

La voiture fit une embardée tandis qu'il la fixait bouche bée, puis il corrigea rapidement sa trajectoire avant qu'une moto ne file dans la direction opposée. Il mit son clignotant à gauche pour s'engager dans une voie étroite qui traversait le Val en direction de leur domicile.

Cette route de campagne était celle qu'ils empruntaient souvent le soir pour se rendre à Charney Bassett.

Moins de circulation.

Moins de risques de se faire prendre s'ils avaient un peu trop bu.

Julie chassa cette pensée d'un haussement d'épaules.

Ils n'étaient pas les seuls.

— Ils ne veulent pas vraiment d'une résidence de retraite à Majorque, Si. Elle adore vivre à Wantage. Elle me l'a dit.

Julie rejeta ses cheveux en arrière et enleva ses chaussures alors qu'elle se lançait dans le sujet.

— Ils ont une petite-fille de deux ans, tu savais ça ? Elle a des besoins spéciaux, donc s'ils déménagent en Espagne, ils ne la verront que s'ils reviennent ici plusieurs fois par an. Ils n'ont pas vraiment les moyens de faire ça.

Ses yeux se plissèrent.

— Est-ce que tu lui as dit que c'était une mauvaise idée ?

Elle tripota la couture de sa robe.

— Jules ? Qu'est-ce que tu as dit avant de partir ?

— Je ne veux plus faire ça.

— Alors démissionne.

— Je parlais de nous, pas seulement du business.

Elle l'entendit alors, la fatigue dans sa propre voix.

— Je déteste ce qu'on fait.

Un silence stupéfait emplit la voiture, seul le bruit des

pneus sur l'asphalte se faisait entendre tandis que Simon gardait les mains crispées sur le volant.

C'était pour ça qu'elle aimait cette voiture de sport. Elle pouvait écouter le bruit de la route en conduisant, et noyer toutes ses autres pensées.

— Qu'est-ce qui te prend tout d'un coup ? demanda-t-il finalement. Tu as tes règles ?

Sa mâchoire se décrocha.

— Pardon ?

— Ben, ça sort un peu de nulle part.

— Non, ça ne sort pas de nulle part, bordel.

Elle prit une profonde inspiration.

— Tu ne vois pas ce qui se passe ? Ce qui *est en train* de se passer ? On ne parle que du travail, ou de qui pourrait être un bon candidat pour l'une de tes combines immobilières, ou comment tu peux extorquer vingt mille de plus à untel, ou...

La voiture avait ralenti et il fronçait les sourcils, son attention entièrement fixée sur la route devant lui.

— Tu vois, tu recommences. Tu ne m'écoutes pas.

— Tais-toi.

— Quoi—

Elle fut projetée en avant quand Simon écrasa la pédale de frein, sa ceinture s'enfonça dans sa clavicule tandis qu'elle cherchait aveuglément quelque chose à quoi se raccrocher.

— Merde...

Julie entendit Simon tirer le frein à main et elle leva les yeux en décollant ses ongles du cuir des sièges.

Au-delà de l'avant de la voiture, au-delà de la surface cahoteuse du chemin et de la portée des phares, elle pouvait voir un—

— C'est un cerf ? demanda Simon.

— On dirait que quelqu'un l'a percuté et qu'il a atterri dans le fossé.

— Il y a du sang dessus.

— Comme je l'ai dit, il a été percuté par une voiture.

Il ne dit rien, mais passa les phares en plein feux.

— Je n'en suis pas sûr. Ça ne ressemble pas à un cerf, si ?

Il détacha sa ceinture et ouvrit la portière.

— Attends, tu vas où ?

Julie tendit le bras vers lui et enroula ses doigts autour de sa manche de chemise.

— Jeter un coup d'œil de plus près.

— Je ne sais pas si c'est une bonne idée.

— Alors reste ici.

La portière claqua et il contourna l'avant de la voiture, les mains le long du corps.

Julie l'observa faire un pas hésitant, puis elle enfila rapidement ses chaussures et sortit à son tour.

— Si, on devrait continuer notre route.

— Je veux juste aller voir, d'accord ? Je ne me sens pas à l'aise de repartir sans savoir ce que c'est.

— Si c'est un cerf qui a été percuté par une voiture, il n'y a rien qu'on puisse faire pour lui, non ? Tu vas faire quoi ? Appeler un véto ?

— Je ne sais pas.

Il avança à petits pas, puis se tourna vers elle.

— J'en ai pour une minute.

— Attends, je viens avec toi.

Malgré leur dispute, elle tendit la main et glissa ses doigts entre les siens.

Sa poigne était froide, moite.

En avalant sa salive, elle réalisa qu'il était aussi nerveux qu'elle, et elle prit une respiration tremblante.

— Viens.

Ils marchèrent jusqu'à la limite du faisceau des phares, puis s'arrêtèrent.

— On aurait dû approcher la voiture d'abord, dit-elle en se tournant vers lui.

— Jules, recule.

Il ne la regardait pas mais fixait l'obscurité au-delà de la lumière, le visage blême.

Il arracha ses doigts des siens pour la pousser d'un coup sec qui la fit trébucher de quelques pas vers la droite.

Confuse, Julie plissa les yeux dans l'obscurité, puis chancela en laissant échapper un cri étranglé.

— Putain de merde, réussit-elle à dire. Ce sont les jambes de quelqu'un.

CHAPITRE 2

L'inspecteur Mark Turpin s'adossa à son siège et laissa échapper un soupir mal dissimulé.

La nuit avait beau être tombée sur Abingdon, la salle des opérations bourdonnait d'une activité naissante et d'un sentiment sous-jacent de désespoir.

L'odeur de café éventé et de trop nombreux agents anxieux dans l'espoir d'une percée emplissait l'air, malgré les faibles tentatives de la climatisation par conduits.

Une lumière fixée au plafond suspendu au-dessus du photocopieur vacillait à la périphérie de sa vision et il cligna des yeux pour contrer le début de migraine qui se formait.

À l'autre bout de la pièce, un jeune agent pulvérisait un produit nettoyant sur un tableau blanc couvert d'écritures confuses de différentes couleurs avant de frotter les traces révélatrices d'une enquête désormais close.

Avec trois arrestations effectuées ce matin par une petite équipe dirigée par l'inspecteur principal Ewan Kennedy, une pile de boîtes d'archives à côté du tableau attendait désormais d'être acheminée au ministère public à Oxford le lendemain.

Une affaire de réglée, et encore beaucoup d'enquêtes actives à résoudre.

Mark se frotta les tempes et se força à relire la déposition de témoin étalée sur son clavier d'ordinateur, ignorant consciencieusement la pile de dossiers qui lui bloquait la vue de l'écran.

— Toujours là, chef ?

L'agente Alice Fields s'arrêta près de son bureau, sa casquette sous le bras et la radio fixée à son gilet d'équipement réglée à faible volume. Elle examina les papiers qui couvraient la surface en retroussant la lèvre.

— Comment ça avance ?

— Lentement, marmonna-t-il. Je pensais passer encore deux dossiers avant de rentrer, histoire d'en avoir moins à faire demain.

— Sauf qu'ils se reproduisent comme des rats, dit l'enquêteur Alex McClellan en regardant par-dessus l'écran de Mark depuis une pile de dossiers similaire. Et je commence à loucher.

— Rentre chez toi, dit Mark en s'adossant à son siège et en réprimant un bâillement. Je croyais que tu étais parti il y a une demi-heure.

Alex haussa les épaules.

— Je ne voulais pas partir si tu restais. Je me serais senti un peu nul de faire ça.

La radio d'Alice grésilla et elle s'éloigna avant d'augmenter le volume.

— Sérieusement, tu devrais y aller.

Mark ramassa la déposition et la fourra dans un dossier ouvert à son coude.

— Ces affaires sont toutes rétrospectives et on a déjà

identifié les personnes qu'on veut interroger. Je croyais que Becky et toi sortiez dîner ce soir ?

— Pas avant vingt heures, répondit Alex.

Il repoussa sa chaise en gémissant et enfonça ses phalanges dans son dos.

— Mon Dieu, je suis resté assis trop longtemps.

— Moi, j'y vais, dit Alice. Il y a eu un cambriolage à Drayton.

— Sois prudente.

Mark regarda la jeune agente quitter précipitamment la salle, puis il fit signe à Alex de partir.

— Vas-y. Je te verrai demain.

— Sept heures trente pile, chef.

— Évidemment.

En se levant, il retint un juron alors que son cou protestait douloureusement, puis il commença à ramasser les dossiers qu'il avait empilés au bord du bureau.

Une légère odeur d'acétone portée par l'air venait du tableau blanc et il leva les yeux pour faire un signe de tête à l'enquêteur qui commençait à ranger son bureau pour la nuit avant de tourner son attention vers la femme qui marchait vers lui d'un pas décidé, avec une lueur déterminée dans les yeux.

L'enquêteuse Jan West avait été sa partenaire quand il avait rejoint la police de la vallée de la Tamise après avoir quitté son poste précédent auprès de la police du Wiltshire, et elle l'avait pris sous son aile comme elle l'avait fait avec d'innombrables nouveaux membres de l'équipe d'enquête.

— Tu as déjà mangé ? demanda-t-elle en déposant son sac sur le bureau à côté de lui avant de poser sa main sur sa hanche.

— Pas encore. J'allais appeler Lucy pour lui demander si elle voulait que je prenne à emporter sur le chemin du retour.

Elle hocha la tête, apaisée, puis jeta un regard sur les dossiers.

— Comment ça avance ?

— On a classé les crimes en trois catégories différentes, et maintenant on essaie de repérer des tendances.

Il passa une main dans ses cheveux épais et bouclés.

— On a quatre suspects potentiels, mais pas assez d'informations pour déterminer s'ils sont liés ou s'ils travaillent seuls.

— Ton intuition te dit quoi ?

— Mon intuition me dit que ça va prendre une éternité.

Elle grimaça en réponse, puis leva les yeux lorsque la porte de l'inspecteur principal Kennedy s'ouvrit et qu'il se dirigea vers eux.

— Des nouvelles du quartier général ?

Mark entendit l'espoir dans sa propre voix et réprima un juron.

Kennedy secoua la tête.

— Pas encore. Comment ça—

Jan leva les mains.

— Mieux vaut ne pas poser cette question, chef.

— D'accord. C'est si bien que ça, hein ? Bon, courage, Mark. L'enquête des normes professionnelles n'est qu'une formalité. Vous n'allez pas être coincé à un travail de bureau pour bien longtemps.

— Compris, chef. C'est juste que ça fait déjà quelques mois, et...

— Le travail que vous faites est important.

Kennedy désigna les dossiers.

—Ces personnes ont perdu des héritages familiaux, des

souvenirs précieux, des choses souvent impossibles à remplacer. Et nous avons une multitude d'affaires qui impliquent des membres vulnérables de notre société qui se font duper pour laisser entrer des escrocs chez eux. C'est sur la liste de surveillance de la nouvelle commissaire cette année, et elle veut des résultats.

— Compris.

Les épaules de Mark s'affaissèrent et il tendit la main pour éteindre son ordinateur.

Le téléphone de Jan sonna et elle lui lança un regard d'excuse avant de se détourner.

— Je dois répondre. Je suis d'astreinte ce soir.

— Je sais.

Depuis qu'un suspect était mort avant d'être arrêté pour meurtre et incendie criminel plus tôt cet hiver, Mark avait été relégué à la salle des opérations. Incapable de travailler sur des crimes majeurs jusqu'à ce que les représentants du département des normes professionnelles de la police soient satisfaits de sa déclaration concernant son implication dans cette mort accidentelle, il était retourné travailler sur des cambriolages et des affaires de fraude.

Kennedy resta près de lui pendant qu'il fourrait son téléphone portable dans sa poche et jetait son sac à dos sur son épaule, puis les deux hommes s'arrêtèrent pour écouter la conversation de Jan.

— ... morte sur place ? Ok, c'est où exactement ?

Elle fit une pause et regarda sa montre.

— Oui, je peux y être dans environ vingt minutes. Merci.

— Une mort suspecte ? demanda Kennedy alors qu'elle reposait le combiné.

— Une jeune femme a été retrouvée morte sur une route secondaire entre Wantage et Charney Bassett. Un couple l'a découverte allongée dans un fossé peu profond. Seules ses jambes étaient visibles depuis la route. Ils ont d'abord cru qu'il s'agissait d'un cerf mort, apparemment.

Kennedy regarda autour de la salle des opérations.

— Caroline est encore là ?

— Elle devrait l'être. Je crois l'avoir vue descendre au distributeur automatique.

Mark vit l'inspecteur principal jeter un rapide coup d'œil dans sa direction avant de se retourner vers Jan.

— Mieux vaut l'emmener avec vous.

— Oui, chef.

Mark la regarda rassembler son matériel et vérifier que son téléphone portable et sa carte professionnelle étaient dans son sac, pendant qu'il réprimait une jalousie brûlante envers l'enquêteuse Caroline Roberts.

Ce n'était pas sa faute s'il était toujours sur la touche.

Jan fit un signe de la main par-dessus son épaule et quitta rapidement la pièce, les clés de voiture tintant dans sa main.

— Je suis sûr que ça ne durera plus très longtemps, dit Kennedy d'un ton bourru. Tenez bon.

— Ça fait des mois.

— Ces choses prennent du temps. Surtout quand quelqu'un meurt avant de pouvoir être arrêté. Et particulièrement quand cette personne vous était connue, qu'elle était suspecte dans l'enquête d'une autre division, et—

— Surtout quand mon ex-femme l'a accidentellement renversée.

— Tout à fait.

L'inspecteur principal leva un doigt alors que son portable sonnait. Il regarda le numéro, puis retourna vers son bureau, le téléphone à l'oreille.

La porte se referma bruyamment derrière lui.

Seul, Mark se força à prendre une profonde inspiration.

Quelque part dans le bâtiment, un aspirateur rugit, les agents d'entretien sous contrat commençaient leur nettoyage quotidien pour éliminer les détritus laissés par les occupants du commissariat animé.

Il hissa son sac à dos sur son épaule et expira tandis que les assurances vides de Kennedy tournaient dans sa tête, jusqu'à ce que la pile de dossiers n'attire à nouveau son regard.

— Merde.

CHAPITRE 3

Jan se faufila hors du siège passager et jeta un regard furtif à la proximité avec laquelle Caroline s'était garée près de l'aubépine tandis que les branches raclaient la carrosserie.

Une fine bruine embrumait l'air autour d'elle, s'accrochant à ses cheveux et à son visage, et trempait la haie et les hautes herbes qui effleuraient l'ourlet de son pantalon.

Devant elle, le reste de la voie avait été bloqué par l'équipe de la circulation. Elle pouvait voir une série de chevalets en bois alignés en travers de la route avec du ruban bleu et blanc tendu entre eux.

Devant ceux-ci, l'accès à la scène de crime était encombré de deux véhicules de patrouille, d'une camionnette sombre et d'un véhicule du médecin légiste.

Au-delà du ruban, elle pouvait voir une voiture de sport argentée garée maladroitement en travers de la voie, comme si elle avait freiné brusquement.

Les gyrophares du véhicule de patrouille le plus proche déchiraient la nuit d'encre et illuminaient les branches nues des chênes et des hêtres qui surplombaient l'étroite voie.

Partout où elle regardait, il y avait cette sensation frénétique que le temps filait déjà, tandis que les premiers intervenants arpentaient l'asphalte au-delà du ruban, têtes baissées, marchant côte à côte avec leurs collègues de la police scientifique.

— Désolée, dit Caroline après avoir observé Jan se faufiler le long de la voiture puis s'arrêter pour retirer des feuilles de ses cheveux. Je ne voulais pas bloquer le reste de la route au cas où quelqu'un d'autre arriverait.

Jan tira sur un enchevêtrement rebelle de végétation entre ses doigts, et ses lèvres se tordirent face à ce fouillis détrempé qu'elle venait d'extraire avant de le jeter au sol, peu désireuse de s'attarder sur ce qu'il pouvait contenir.

— Pas de problème.

Elle emboîta le pas à la jeune détective et remarqua que Caroline la dominait toujours malgré les talons qu'elle portait.

— Des nouvelles de l'affaire de Mark ? demanda Caroline en ralentissant alors qu'elles atteignaient la première voiture de police.

— Pas encore.

— Tu crois que Kennedy va me renvoyer aux petites affaires une fois qu'il sera innocenté ?

Jan perçut la note de panique dans la voix de sa collègue et secoua la tête.

— Toi et Alex l'avez vraiment impressionné ces derniers mois, ne t'inquiète pas.

Le visage de Caroline s'illumina un instant sous les lumières stroboscopiques, puis redevint grave tandis qu'elles observaient le petit groupe rassemblé quelques mètres plus loin, têtes baissées pendant qu'une silhouette vêtue de la tête aux pieds d'une combinaison de protection s'agenouillait sur l'accotement.

Elle s'éclaircit la gorge.

— À qui est-ce qu'on doit parler en premier ?

— Nathan Willis, là-bas.

Jan prit la tête vers le robuste agent en uniforme qui tenait un bloc-notes à la main, le front plissé tandis qu'il complétait toute la documentation que Tracy, la responsable administrative, et son équipe téléchargeraient dans la base de données HOLMES2 pour enregistrer le début de l'enquête.

Il leva les yeux au bruit de leurs pas.

— Je me demandais qui ils enverraient. Des nouvelles à propos de—

— Pas encore.

Jan examina ses notes à la lueur des phares de la voiture de police, puis elle cligna des yeux.

— Si vous avez une lampe torche sous la main, vous pourriez éteindre ces phares ? L'un de nous va finir par avoir mal à la tête à ce rythme.

— Oh. Bien sûr.

Il tendit le bras dans la voiture, actionna l'interrupteur, puis leva les yeux tandis qu'un ensemble de projecteurs s'allumait derrière le ruban.

— De toute façon, on dirait que la police scientifique est prête maintenant.

— Qu'est-ce que vous avez jusqu'à présent ? demanda Caroline en se rapprochant de Jan pour lire par-dessus son épaule.

— Une femme d'une vingtaine d'années, découverte à dix-neuf heures quinze ce soir par M. et Mme Tillcott alors qu'ils rentraient de ce nouveau pub gastronomique près de Wantage.

Nathan grimaça.

— Je ne pense pas qu'ils restent M. et Mme très longtemps vu la façon dont ils se comportent depuis notre arrivée.

Jan haussa les sourcils.

— Quelque chose qui pourrait indiquer qu'il s'agissait d'un délit de fuite ?

— Pas à première vue, non. La police scientifique prévoit de prélever des échantillons sur la carrosserie de leur voiture par précaution. John Newton est de service avec moi ce soir et il a examiné la calandre du radiateur et les passages de roue.

Il brandit un téléphone portable.

— Nous avons aussi pris des photos, je vais les télécharger dans le système dès que possible.

— Bien. Ok, quoi d'autre ?

— Elle est définitivement morte.

L'agent désigna d'un mouvement du menton la silhouette encapuchonnée sur l'accotement.

— Je sais que le médecin légiste doit confirmer ça, mais...

— Des blessures ?

— Elle a reçu un sacré coup à l'arrière de la tête.

Il déglutit.

— Celui qui a fait ça, ou quoi que ce soit qui l'ait causé, l'a frappée assez fort pour que son œil sorte de son orbite.

— Bon sang.

Caroline s'éloigna de quelques pas, puis se retourna vers lui.

— Une pièce d'identité ?

L'agent secoua la tête.

— Une fois que nous avons réalisé qu'elle était morte, nous n'avons pas voulu toucher à ses vêtements avant que les experts de la police scientifique ne soient là pour les examiner.

Jan lui rendit la carte, avant qu'un des techniciens de la police scientifique ne lui fasse signe depuis l'intérieur du périmètre délimité.

— Ok, merci, Nathan. On dirait qu'on a besoin de nous.

CHAPITRE 4

Alors que les faisceaux des projecteurs scintillaient sur l'asphalte, Jan se précipita vers l'endroit où la silhouette encapuchonnée attendait, et elle observa les huit autres spécialistes de la police scientifique répartis au-delà du cordon de sécurité.

Pendant que Caroline signait le registre, elle les regardait travailler, consciente que tout ce qui allait suivre au cours de l'enquête dépendrait de ce qu'ils trouveraient – ou ne trouveraient pas.

Les techniciens de la police scientifique dégageaient une impression d'activité intense, de procédures suivies comme une seconde nature, et une patience qui leur faisait garder la tête baissée et la voix calme pendant qu'ils essayaient de donner un sens à la mort d'une jeune femme.

Sur sa gauche, l'un des techniciens tenait délicatement un moulage en plâtre et elle comprit que malgré le temps humide, ils avaient peut-être découvert des empreintes de pneus ou de pas dans l'accotement boueux près du corps, ou peut-être d'autres indices qui les aideraient à reconstituer les derniers moments de la victime.

Plus loin à l'intérieur du périmètre, un groupe de trois silhouettes similairement encapuchonnées se rassemblait près de l'herbe haute. Un flash d'appareil photo illuminait la haie d'aubépine toutes les quelques secondes avant que des notes ne soient comparées sur une tablette partagée.

— Tu as des gants ? demanda Jan en fouillant dans sa poche pour en trouver une paire.

Caroline agita ses doigts en réponse.

— Prête ?

— Autant que je puisse l'être.

Après avoir hoché la tête pour remercier sa collègue qui soulevait le ruban du périmètre, Jan se baissa pour passer dessous et se dirigea vers l'endroit où la médecin légiste se tenait avec Jasper Smith, le chef de la police scientifique, à côté de la porte ouverte de la camionnette.

— Gillian, Jasper, dit-elle en les saluant d'un signe de tête, puis elle regarda autour d'eux pour apercevoir une paire de jambes qui dépassaient de l'herbe haute. Quelles sont vos premières impressions ?

Gillian Appleworth abaissa le masque de son visage et repoussa la capuche de sa combinaison de protection, de la tristesse dans les yeux.

— Je peux confirmer le décès. Je pourrai vous en dire plus sur le comment et le quand après l'autopsie, mais elle a une sacrée blessure au crâne.

— Elle a été tuée ici ? demanda Caroline. Nous venons de parler avec Nathan Willis d'un possible délit de fuite.

— Trop tôt pour le dire, répondit Gillian en lançant un regard d'avertissement à la jeune détective. Surtout dans ces conditions. Nous en saurons plus à la lumière du jour et une fois que l'équipe de Jasper aura terminé.

Réprimandée, Caroline sortit son carnet de son sac et baissa les yeux.

— Tu pourrais me faire savoir si tes collègues trouvent une pièce d'identité sur elle, Jasper ? demanda Jan. Nathan ne voulait pas toucher à ses vêtements avant que vous n'ayez fait votre examen préliminaire.

— Nous n'avons encore rien trouvé. La recherche minutieuse pourrait révéler quelque chose. Nous commencerons dès que les préliminaires seront terminés.

Le chef de la police scientifique tendit la main vers la porte latérale ouverte de la camionnette et sortit un ensemble de combinaisons de protection emballées sous vide dans un sac en plastique.

— Mettez ça toutes les deux et je vais vous emmener là-bas pour que vous puissiez vous faire une idée de ce à quoi nous avons affaire.

— Je vous laisse continuer, dit Gillian, et je te confirmerai les détails de l'autopsie demain matin, Jan.

— Merci.

Jan passa la première combinaison à Caroline et en prit une autre des mains de Jasper qu'elle enfila par-dessus son pantalon et sa veste. Elle tira des surchaussures assorties sur ses chaussures et elle rassembla ensuite ses cheveux sous la capuche et traversa l'asphalte en direction d'un second cordon.

— Je suppose que les officiers vous ont expliqué les blessures qu'ils pouvaient voir quand ils l'ont trouvée ? dit-il en soulevant le ruban pour elle et Caroline.

— Suffisamment pour que je sache que ça ne va pas être joli.

Elle pouvait maintenant voir plus clairement les jambes de la victime, la peau pâle tachetée par endroits.

— Qu'est-ce que c'est, des brûlures par frottement ou quelque chose comme ça ?

— Gillian s'est posée la même question, c'est pour ça qu'elle était particulièrement évasive.

Jasper fit un signe de tête à deux membres de son équipe qui mesuraient les distances entre divers repères naturels, la route et l'endroit où gisait la victime. Les silhouettes s'écartèrent, interrompant leur travail pendant que Jan et Caroline s'approchaient.

Elle déglutit.

Qui que soit leur victime, elle était jeune – au début de la vingtaine, pas plus – et maigre. Sa pommette droite saillait d'une mâchoire anguleuse, tandis que la gauche...

— Bon sang, Nathan ne plaisantait pas à propos de son œil.

Jasper s'accroupit à côté de la femme et tourna doucement son visage pour que le projecteur éclaire sa chevelure.

— Vous pouvez voir qu'il y a un enfoncement considérable ici.

— Tu as une lampe de poche ?

L'un des techniciens lui en tendit une du kit à ses pieds et Jan la pointa dans les broussailles à côté du chef de la police scientifique.

— Pas beaucoup de sang par ici.

— C'est probablement pour ça que Gillian n'a pas voulu se prononcer sur l'endroit où elle a été tuée, réfléchit Caroline à voix haute.

— D'autres blessures ?

Jasper secoua la tête, puis se releva.

— Encore une fois, Gillian pourra vous en dire plus après l'autopsie.

— Ok, merci, soupira Jan. On va te laisser continuer. Tu peux m'appeler sur mon portable si tu trouves autre chose ?

— Je n'y manquerai pas.

Elle revint péniblement jusqu'au premier cordon, retira sa combinaison de protection et la tendit à Caroline qui s'éloigna pour trouver une poubelle à déchets biologiques.

Des voix qui s'élevaient lui parvinrent à travers le bourdonnement d'activité autour d'elle, et elle regarda en direction du second véhicule de patrouille où un homme et une femme en tenue de soirée se disputaient.

La femme portait la veste de costume de l'homme par-dessus une robe de soie qui semblait coûteuse, et elle gesticulait avec ses mains tandis que lui trépignait et tripotait ses boutons de manchette.

— Qu'est-ce qu'on fait maintenant ? demanda Caroline avant de plisser les yeux pour regarder au-delà des projecteurs en direction du couple.

— On va discuter avec M. Tillcott et celle qui sera bientôt son ex-femme pour voir ce qu'ils ont à nous dire.

Caroline grimaça tandis que la dispute gagnait en volume.

— Ce serait peut-être mieux si je te laissais mener cette discussion.

Jan ricana, puis redressa les épaules.

— Je me doutais que tu dirais ça.

CHAPITRE 5

Mark se leva péniblement quand Kennedy donna le signal de début du briefing matinal, et il tenta de se défaire de cette léthargie qui l'enveloppait de désespoir.

Même sa promenade habituelle avec Hamish ce matin-là n'avait pas réussi à le revigorer pendant qu'ils marchaient le long du chemin de halage boueux en direction de la péniche qu'il partageait avec sa compagne, Lucy O'Brien.

Elle avait fait de son mieux, lui souriant à son retour et lui tendant un café fraîchement préparé avant de lui ébouriffer doucement les cheveux.

— Ça ne va pas durer éternellement, tu le sais bien, l'avait-elle rassuré.

— J'ai pourtant l'impression que si, marmonna-t-il maintenant en rassemblant son carnet et en jetant un stylo bleu qui avait trop souvent coulé sur ses doigts.

Il prit un stylo neuf dans le tiroir supérieur du bureau de Jan, puis il se dirigea vers le demi-cercle de chaises rassemblées autour du tableau blanc à l'autre bout de la salle d'enquête et il s'affala sur l'une d'elles au fond, à côté d'Alex.

Il adressa un bref signe de tête au jeune détective en réprimant son ressentiment face à l'enthousiasme de l'homme alors que le briefing commençait, et il tenta de refouler ce sentiment d'être un paria auprès de la haute direction et donc condamné à enquêter sur des cambriolages et autres affaires similaires pour le reste de sa carrière.

— Bien, d'abord une mise à jour de la part de Jan concernant la jeune victime retrouvée hier soir près de Charney Bassett, aboya Kennedy.

Mark observa son ancienne partenaire rejoindre l'inspecteur principal à l'avant du groupe, incapable d'empêcher un sourire d'effleurer ses lèvres.

Malgré tout, il était fier de la façon dont elle avait assumé davantage de responsabilités ces derniers mois, et le fait de ne plus travailler quotidiennement avec elle lui manquait.

— Qu'en est-il du couple qui l'a trouvée ? Qu'est-ce qu'ils avaient à dire ? demanda Kennedy.

Jan lança un sourire contrit vers Caroline.

— Oh, beaucoup de choses. Nous avons eu l'impression que les Tillcott s'étaient disputés avant de voir la victime, et ils continuaient encore quand nous sommes arrivées.

— Est-ce qu'ils l'ont renversée ?

Jan secoua la tête.

— Ça ne semble pas être le cas, chef. Il n'y avait pas de traces de pneus sur la route, rien n'indiquait que leur voiture avait heurté quelque chose. Cependant, étant donné la pluie qui est tombée hier soir, les agents en uniforme ont prévu un examen scientifique du véhicule plus tard cette semaine pour s'en assurer, et l'équipe de Jasper a fait de même pour la route et les environs.

Kennedy hocha la tête et lui fit signe de continuer.

— M. Tillcott conduisait et il affirme qu'il respectait la limitation de vitesse. Il est du coin et il connaît bien la route. Il nous a dit que cet endroit était réputé pour les cerfs qui traversent devant les voitures à cette heure de la nuit. C'est ce qu'il a cru voir au début, un cerf qui avait été percuté. Il a ralenti, puis il dit avoir réalisé que quelque chose n'allait pas, alors il s'est garé à environ cinq mètres de la victime, il est sorti et il a confirmé qu'il s'agissait d'une femme.

— Est-ce qu'il l'a reconnue ?

— Non, chef. Ni lui ni sa femme ne l'avaient vue auparavant.

Jan expira en relevant les yeux de ses notes.

— Ils étaient sincèrement bouleversés par toute cette situation, c'était évident.

— Il y avait d'autres voitures sur cette portion de route ?

— Ils ne s'en souvenaient pas, chef. Je pense qu'ils étaient trop occupés à se disputer pour le remarquer.

— Les dépositions ?

— Elles sont toutes en cours de saisie dans le système ce matin.

— Est-ce qu'on sait qui est la victime ?

— Nous essayons toujours de confirmer son identité, répondit Jan. Jasper m'a téléphoné tôt ce matin pour me dire que son équipe avait trouvé un sac à main à plusieurs mètres de l'endroit où son corps a été découvert par M. et Mme Tillcott. Il m'a envoyé des photos par email, je vais les mettre dans le système quand nous aurons terminé pour que vous puissiez tous y accéder, mais je les ai imprimées.

Elle fit une pause pendant que Tracy prenait les photographies et les épinglait sur le tableau blanc à côté de Kennedy.

— Merci. Ça ressemble davantage à un sac de cours ou quelque chose qu'on utiliserait pour transporter beaucoup d'objets, plutôt qu'à un sac à main ordinaire. Bien sûr, il se pourrait qu'il ne lui ait même pas appartenu, mais jusqu'à preuve du contraire, nous allons le traiter comme s'il était à elle.

— Est-ce qu'il y avait une pièce d'identité à l'intérieur ? demanda Nathan Willis, le visage blême après la nuit tardive sur la scène de crime.

— Il n'y a pas de permis de conduire, ni rien d'autre qui puisse nous aider à identifier qui elle est.

— Et les empreintes digitales ?

— Elle n'est pas dans le système, chef. En passant aux autres photographies, vous verrez qu'ils ont trouvé un téléphone portable et un porte-monnaie à fermoir avec un peu de monnaie.

— Quelque chose sur le téléphone ? demanda Kennedy.

— La police scientifique a réussi à y accéder tôt ce matin, mais il a été à peine utilisé, chef. Il n'y avait aucun contact enregistré.

— Un téléphone jetable alors, peut-être. Il y avait autre chose ?

— Il y avait une carte de débit. Mais pas à son nom.

—Hein ?

— Le nom sur la carte est M. J S Humphries. La carte a été bien utilisée, la date d'expiration est dans seulement deux mois.

— J S Humphries ? répéta Mark en fronçant les sourcils.

— Je l'ai retrouvé et je lui ai parlé ce matin, expliqua Caroline en se tournant sur son siège à l'avant pour lui faire face avant de se retourner vers Kennedy. Il était choqué par la mort de cette femme et il a déclaré que sa carte avait été volée lors d'un cambriolage à son domicile près de Stanford in the Vale le mois dernier.

Le cœur battant, Mark se pencha en avant en ignorant le couinement amusé d'Alex.

— Quelle est son adresse ?

Caroline feuilleta ses notes, puis la récita.

— Attendez.

Mark bondit de son siège et retourna en trottinant à son bureau, suivi par un autre jeu de pas.

— Lequel ? demanda Alex, essoufflé en posant sa main sur la pile de dossiers à côté de son clavier d'ordinateur.

— Tu as les affaires les plus récentes. Tu les as déjà classées par ordre alphabétique ?

— Non.

Les épaules du jeune détective s'affaissèrent.

— Je devais m'y mettre ce matin.

— Pas de problème. On partage.

Mark se jeta sur la pile pour en retirer la moitié supérieure.

— C'était l'un des nôtres, non ?

— Ça ne peut pas être deux types avec exactement le même nom, chef. Pas dans la même région. Ce serait trop de coïncidence.

Ignorant les murmures curieux du petit groupe d'officiers à l'autre bout de la pièce, et conscient du regard de Kennedy qui lui transperçait l'arrière de la tête, Mark passa en revue les dossiers un par un. Le froissement des documents qu'on soulève et qu'on feuillette était le seul bruit entre lui et son jeune collègue.

Ils examinaient ces affaires – trente-deux au total – depuis quatre mois maintenant sans aucun signe de percée.

Des témoignages contradictoires, des descriptions

confuses de suspects potentiels, des victimes vulnérables et effrayées dont les maisons avaient été cambriolées et des souvenirs précieux volés avec des ordinateurs portables, des bijoux...

— Je l'ai trouvé.

La tête de Mark se releva brusquement à la voix d'Alex pour voir l'homme lui tendre un dossier qui se trouvait près du fond de la pile.

— Ce n'est pas M. Humphries qui a signalé le cambriolage, expliqua-t-il tandis que Mark le prenait. C'était sa sœur, une certaine Mme Eleanor Rippon.

— Je savais que je l'avais vu quelque part...

— Mark, vous aviez quelque chose à partager ? demanda Kennedy.

Alex retourna vers le tableau blanc, s'appuyant contre un bureau libre plutôt que de reprendre sa place, et il se rongea un ongle.

— Je pense que nous pouvons lier cette carte de débit à l'un de nos cambriolages, dit Mark en remettant le dossier avant de se rapprocher de Kennedy.

L'inspecteur principal leva un sourcil.

— Je sais que vous êtes impatient de reprendre le rythme, Mark, mais...

Des rires brisèrent la tension et Mark les laissa s'estomper avant de continuer.

— Je pense que quelle que soit l'identité de notre victime, elle pourrait être impliquée d'une manière ou d'une autre.

Kennedy tapota la photographie de la carte de débit.

— Est-ce que cette carte correspond à celle qui a été signalée comme volée ?

— Oui.

Mark tendit la main et tourna à la page suivante du dossier.

— Le cambriolage a eu lieu il y a une semaine.

Il entendit Caroline siffler à mi-voix et un murmure excité passa parmi les autres officiers.

Un petit sourire finit par se former au coin de la bouche de l'inspecteur principal.

— J'ai plutôt intérêt à dire un mot au quartier général pour vous réintégrer au plus vite, dit-il en lui rendant le dossier. Je suppose que votre expertise va être nécessaire, vous ne croyez pas ?

Mark jeta un coup d'œil par-dessus son épaule en entendant un toussotement poli derrière lui et il aperçut Alex qui le fixait, le désespoir dans les yeux.

— Je vais avoir besoin d'aide, dit-il en se retournant vers Kennedy. Il y a plus de trente affaires à examiner pour déterminer s'il existe un lien entre celles-ci et notre victime.

— Considérez que c'est fait.

L'inspecteur balaya d'un geste le tableau blanc.

— Vous feriez mieux de mettre tout le monde au courant de ce que vous avez découvert.

CHAPITRE 6

Mark desserra sa cravate, la roula en boule et la fourra dans la poche de son pantalon pendant qu'Alex et Tracy installaient un second tableau blanc devant ses collègues.

Il prit un stylo des mains du jeune détective avec un hochement de tête reconnaissant.

— Vous connaissez déjà certaines de ces affaires, mais suivez bien, commença-t-il tandis que les officiers tournaient de nouvelles pages dans leurs carnets. Je vais commencer par le cambriolage qui a eu lieu il y a une semaine chez Jed Humphries.

Il dessina une approximation grossière de la zone où le corps de la femme avait été découvert, puis il étiqueta quatre petits villages ainsi que Stanford in the Vale.

— Jed a quatre-vingt-trois ans et vit dans ce hameau à environ trois kilomètres de Stanford in the Vale, le long d'une impasse.

Il esquissa un pêle-mêle de bâtiments carrés.

— Son voisin le plus proche habite à quatre cents mètres et il n'y a que trois autres propriétés dans les environs. Jed vit tout au bout. Quand sa femme était encore en vie, il a pris sa retraite d'un cabinet d'avocats à Oxford et il a acheté une petite exploitation. Celle-ci est depuis tombée en ruine, avec deux enclos envahis par la végétation qui isolent sa maison du chemin.

Il fit une pause en attendant que ses collègues rattrapent leur retard, et il vit que les plus proches de lui avaient reproduit sa carte sommaire dans leurs carnets.

—Alex, tu as les informations concernant ses voisins sous la main ?

— Oui.

Alex redressa les épaules et s'approcha du tableau.

— Ses voisins travaillent tous à temps plein, soit depuis chez eux, soit en faisant la navette à partir de sept heures du matin. Jed a dit aux officiers qui l'ont interrogé qu'il n'a pas beaucoup de contacts avec eux, hormis un signe de la main s'il les croise dehors le week-end, mais comme sa maison est la dernière, il est à l'écart et on l'oublie la plupart du temps. C'est pour ça que le cambriolage n'a été signalé que six heures après qu'il l'a découvert, ajouta-t-il. Jed n'a pas de téléphone fixe, et les voleurs ont pris son portable ainsi que son portefeuille, qu'il avait laissé sur une table dans son entrée. Il a dû attendre le retour d'un de ses voisins pour utiliser leur téléphone. Ceux qui ont fait ça ont laissé ses clés, peut-être parce qu'il ne possède pas de voiture, et de toute façon ils étaient déjà entrés dans la maison.

—Comment est-ce qu'ils sont entrés ? demanda Caroline.

— C'est là que les choses deviennent intéressantes, répondit Mark. Jed raconte qu'on a frappé à sa porte ce matin-là, et qu'une femme en tailleur s'est présentée comme représentante d'une société de retraite d'Oxford qui avait repris plusieurs fonds plus petits. Elle lui a dit que son nom était apparu avec quelques centaines d'autres qui avaient droit à des remboursements d'un fonds expiré depuis vingt ans. Il était suffisamment intrigué pour la laisser entrer, car elle lui a montré une sorte de carte professionnelle qui semblait légitime. Pendant qu'ils parlaient dans la cuisine, il pense que la personne avec qui elle travaillait est entrée par la porte d'entrée et est partie avec son portefeuille et tout le reste pendant qu'il était distrait à signer des papiers.

— Il s'agit donc d'une équipe d'escrocs, pas seulement d'elle ? dit Kennedy.

— Probablement deux, peut-être plus. Nous ne savons pas encore, chef.

— Est-ce que Jed a obtenu une copie des papiers qu'il a signés ? demanda Jan.

— Elle a dit qu'elle ferait contresigner les documents par son supérieur et qu'elle les rapporterait personnellement, étant donné qu'il n'a pas accès aux emails.

Un gémissement collectif parcourut le groupe d'officiers rassemblés.

— Attendez, vous avez dit qu'il était avocat, lança une voix depuis le fond. Il ne s'est pas rendu compte qu'il se faisait arnaquer ?

Mark regarda par-dessus les têtes de ses collègues jusqu'à ce qu'il puisse voir l'agente Alice Fields, le front plissé.

— Cette question a été abordée, délicatement, quand la patrouille est arrivée pour la première fois. Il est vite apparu que la santé de Jed s'est considérablement détériorée depuis la mort de sa femme, c'est pourquoi nous lui avons ensuite parlé en présence de sa sœur. Il est facilement confus, même s'il est encore capable de s'occuper de lui-même pour l'essentiel. Ce qui nous amène aux autres cambriolages dans la région, dit-il en indiquant les autres villages sur la carte. Dans chacun des cas que nous avons examinés jusqu'à présent, la victime vivait seule et était vulnérable d'une manière ou d'une autre. Dans certains cas, la victime était âgée, dans d'autres récemment divorcée et vivant seule. Nous avons même quelques cas qui impliquent des parents célibataires.

— Des personnes faciles à distraire, en d'autres termes, laissa échapper Alex avant de rougir.

— Exactement, répliqua Mark en souriant malgré l'interruption. C'est Alex ici présent qui a fait le lien entre les autres cas et ceux qui ciblent les personnes âgées. Nous examinions une démographie très étroite avant cela, alors que maintenant nous pouvons voir que chaque cas suit un schéma similaire : un homme ou une femme bien habillé se présente à la porte en offrant des informations sur quelque chose de spécifique à la situation de cette victime qui pourrait l'aider, et ils ont l'air trop professionnels pour que leurs victimes pensent qu'il pourrait s'agir d'une arnaque. C'est pourquoi nous en avons tant à examiner.

— Qui sont les fauteurs de troubles locaux ? demanda Jan.

— Les arrestations au cours de l'année dernière dans cette zone particulière comprennent deux accusations d'agression aggravée, une tentative de viol, seize incidents de violence domestique et trois vols liés à du matériel agricole, répondit Alex. Nous avons interrogé tous ceux qui n'étaient pas encore en prison, et tous leurs alibis ont été vérifiés, donc nous en sommes au point où nous cherchons quelqu'un qui est nouveau dans la région, ou—

— Quelqu'un qui se déplace spécifiquement dans la région pour commettre ces cambriolages, l'interrompit

Kennedy. Après tout, il ne faudrait pas chier devant sa porte, n'est-ce pas ?

Un murmure d'approbation parcourut le groupe.

— Ça expliquerait certainement pourquoi nous n'avons pas encore réussi à faire une percée, dit Mark. Si les objets volés sont écoulés ailleurs, personne ne va reconnaître ces articles.

— Vous avez pensé à interroger les prêteurs sur gages et les brocanteurs dans le même secteur que les cambriolages ?

Mark remarqua le regard en coin d'Alex, puis se tourna vers l'inspecteur principal.

— Nous ne sommes que deux, chef. Nous n'avons pas encore eu le temps d'en arriver là.

— Très bien, dit Kennedy en leur faisant signe de reprendre leurs places. Merci à vous deux. Étant donné le lien potentiel entre la victime d'hier soir et votre enquête sur ces cas de fraude, j'ai tendance à vouloir mener les deux investigations en parallèle désormais. Mark, je dois toujours obtenir l'autorisation des normes professionnelles pour votre participation, mais comme le commandant divisionnaire Melrose de Kidlington veut des résultats rapides concernant la responsabilité de la mort de cette jeune femme et des cambriolages, je vais suggérer qu'il appuie cette démarche.

L'inspecteur principal marqua une pause et contempla le tableau blanc.

— Actions suivantes. Mark, Jan, je veux que vous alliez reparler à Jed Humphries. Voyez si vous pouvez obtenir une meilleure description de la femme qui l'a arnaqué et dites-moi si elle correspond à notre victime de meurtre. Assurez-vous que sa sœur soit présente, au cas où. Alex, j'aimerais que vous mettiez Caroline au courant de l'avancement des autres cas de fraude et que vous établissiez un planning pour cartographier chacun de ces incidents. Je veux savoir s'il y a des concentrations particulières dans cette zone, et je veux que vous commenciez tous les deux à appeler les prêteurs sur gages dans un rayon de seize kilomètres autour de cette zone. Contactez le Wiltshire s'il y a un chevauchement avec leur territoire.

En souriant à Alex pendant que le jeune enquêteur parlait avec Caroline, Mark sentit une partie du stress quitter ses épaules et une légèreté envahir sa poitrine.

Il observa le groupe d'officiers se disperser, repoussant leurs chaises vers les bureaux, le volume sonore augmentant tandis que les instructions de l'inspecteur principal étaient diffusées et partagées, puis il leva les yeux quand Jan s'arrêta et regarda par-dessus son épaule, un sourcil levé.

— Viens, chef, dit-elle en lui faisant un clin d'œil. On n'a pas toute la journée.

CHAPITRE 7

Jan posa sa main sur le volant, souhaitant ardemment que le feu passe au vert, puis elle jeta un coup d'œil vers le siège passager d'où provenait un grognement appréciateur.

Turpin planta ses dents dans un sandwich au fromage et aux cornichons, et le pain complet épais s'émietta dans la feuille d'aluminium froissée sur ses genoux.

— Je pensais bien que tu n'aurais pas apporté ton déjeuner aujourd'hui, dit-elle en riant. Heureusement que j'en ai fait en plus.

— Mmmph.

— Quoi ?

Il avala, s'essuya la bouche avec le dos de sa main, et réessaya.

— Je ne m'attendais pas à venir avec toi. À faire ça.

Elle le regarda lever les yeux vers le pare-brise, avec un air nostalgique dans le regard.

— Ça m'a manqué aussi de travailler avec toi, chef.

Il cligna des yeux, puis sourit et leva son sandwich à moitié mangé.

— C'est quoi ce cornichon ? Je n'ai jamais essayé cette marque.

— C'est fait maison. Une nouvelle recette avec laquelle j'expérimente.

— Tu en as d'autre ?

— Deux pots sur l'étagère du haut du réfrigérateur, bien cachés au fond et à l'abri des mains fouineuses de jumeaux de dix ans aux jambes creuses. Et d'un inspecteur affamé.

Les feux de circulation passèrent de l'orange au vert, et la circulation avança lentement avant de prendre de la vitesse et de passer sous l'A34. Jan changea de vitesse d'une main habile avec un air d'impatience.

— Donc, pour revenir à ce que tu disais sur cette femme, si c'est bien elle, et la façon dont ils arnaquent les gens, comment se fait-il que sa description n'ait pas été signalée dans les dépositions des cambriolages ?

— Tu veux dire, comment se fait-il qu'Alex et moi n'ayons pas remarqué qu'il s'agissait de la même personne ?

La chaleur lui monta aux joues.

— Je ne voulais pas dire ça comme ça, je—

— C'est bon. C'est une remarque pertinente.

Il froissa le papier aluminium et ouvrit la boîte à gants.

— Tu as des mouchoirs là-dedans ?

— Des serviettes du fast-food, juste sous le carnet d'entretien.

— Merci.

Il s'essuya les doigts, puis roula la serviette en boule dans son poing et s'installa dans son siège avec un soupir.

— Le problème, c'est qu'elle changeait régulièrement d'apparence.

— Oh.

— Elle avait les cheveux noirs mi-longs quand ils l'ont trouvée hier soir, c'est ça ?

Jan acquiesça.

— Ok, alors dans au moins neuf des cambriolages, elle était blonde. Dans trois autres, rousse. Elle avait les cheveux courts dans quatre d'entre eux...

— Des perruques.

— Et des lunettes ainsi que des implants de joues pour le théâtre.

Jan ralentit pour négocier les virages à travers Marcham, puis elle appuya à nouveau sur l'accélérateur.

— Tu menais un combat perdu d'avance, chef.

— En effet.

Le téléphone portable de Turpin sonna et il le mit en haut-parleur.

— Chef ?

— Gillian vient de m'appeler pour une autre affaire mais elle voulait vous transmettre un message, dit Kennedy. L'autopsie est prévue pour demain matin à neuf heures trente. J'aimerais que vous y alliez tous les deux, alors ne prenez pas d'autres dispositions.

— Bien reçu.

Turpin termina l'appel.

— Alors... délit de fuite ? Une dispute avec son complice de cambriolage ?

— Ça pourrait être une attaque aléatoire, chef. C'était peut-être simplement le mauvais endroit au mauvais foutu moment.

— C'est vrai. Quelle était ton impression sur le couple qui l'a trouvée ? Je veux dire, j'ai entendu ce que tu as dit lors du briefing, mais qu'est-ce que tu en penses vraiment ?

Jan freina à un croisement, puis dirigea la voiture vers Stanford in the Vale.

— Ils vendent des propriétés en Espagne.

— Bon sang, ça ne doit pas être facile de nos jours.

Elle ricana.

— Ouais, eh bien, ils semblent s'en sortir plutôt bien. J'ai jeté un œil à leur site web quand je suis rentrée hier soir. Je ne pense pas que les propriétés soient à la hauteur des photos, pour dire les choses simplement.

— Tu sais à propos de quoi ils se disputaient ?

— Il était un peu méfiant, mais quand j'ai pris Julie Tillcott à part pendant que Caroline finalisait sa déposition, elle m'a dit qu'ils avaient emmené un couple de retraités récents dîner dans ce pub gastronomique près de Wantage, dans le but de leur faire signer un contrat pour l'une des propriétés. Julie commençait à changer d'avis.

— Elle a retrouvé sa conscience, tu veux dire.

— Exactement. Elle est partie, apparemment. Ce qui a bien sûr fait échouer l'affaire. M. Tillcott, Simon, n'était pas impressionné. Il dit que ça leur a coûté plus de cent mille livres.

— Tu penses qu'ils ont tué notre victime ?

Jan soupira en tournant à gauche dans une ruelle ridiculement étroite où l'herbe poussait à travers l'asphalte craquelé et fissuré.

— Non. Non, je ne le pense pas.

— Moi non plus.

Il attendit qu'ils aient parcouru encore huit cents mètres, puis il pointa un portail cassé à cinq barreaux sur la droite.

— C'est ici, chez Jed.

Un break de sept ans était garé à côté d'une haie de troènes qui aurait bien besoin d'être taillée. L'un des enjoliveurs du véhicule manquait et sa peinture blanc cassé était rayée et éraflée autour des passages de roues.

— C'est la voiture d'Eleanor, dit Turpin. Sa sœur.

Quand Jan descendit, elle put sentir la puanteur distincte de bouse de vache alors que l'éclair bleu d'un tracteur passait dans un champ voisin et confirmait son soupçon tandis qu'il traînait derrière lui un épandeur de fumier souillé de terre.

Elle ne pouvait pas entendre l'A420 d'ici.

En fait, elle n'entendait aucune circulation routière.

Il n'y avait que les oiseaux, le tracteur et le bruit du moteur de la voiture qui refroidissait en cliquetant.

— Comment est-ce qu'ils ont su où le trouver ? demanda-t-elle à Turpin tandis qu'ils se dirigeaient vers le portail.

— Je n'en suis pas encore sûr.

Il l'ouvrit – précautionneusement, pour qu'il ne se détache pas complètement des gonds – et la laissa passer devant.

— Comme je l'ai dit lors du briefing, il n'a pas de téléphone fixe ni d'email, donc on s'est demandé s'ils avaient repéré les lieux avant de frapper à sa porte. Tu peux le voir par toi-même, il n'y a pas grand-chose d'autre ici. Ou alors, ils ont peut-être surpris une conversation entre lui et sa sœur quelque part. Une pharmacie peut-être, pour une ordonnance. Ou le supermarché local, il y en a un petit dans le village principal. Ces gens sont malins, Jan. Et sournois. Ils n'ont pas obtenu grand-chose de Jed, mais certaines des victimes de cambriolage ont perdu des milliers de livres d'objets de valeur.

Jan porta son attention sur les pierres effritées qui recouvraient la façade de la maison à deux étages. Elle observa la saleté accrochée aux fenêtres, puis plissa le nez à la puanteur qui émanait d'un drain situé à droite du chemin de gravier qui manquait justement de gravier.

Au lieu de cela, il ressemblait à une version plus courte de l'herbe de chaque côté, preuve qu'une pelouse s'y trouvait autrefois mais qu'elle avait maintenant été envahie par des fleurs sauvages et des mauvaises herbes.

— C'est comme ça à l'intérieur aussi ? murmura-t-elle pendant que Turpin frappait à la porte d'entrée en bois.

Il secoua la tête en réponse.

— C'est juste l'extérieur qu'il ne peut pas gérer. Il ne se débrouille pas trop mal autrement. Juste, ne bois pas le thé, la dernière fois que j'étais ici, je crois que le lait essayait de s'échapper de la tasse en rampant.

Jan déglutit tandis que la porte s'ouvrait vers l'intérieur et qu'une femme dans la soixantaine leur faisait signe d'entrer.

— Détective Turpin, merci de m'avoir prévenue de votre visite.

— Pas de problème, Eleanor. Voici ma collègue, l'enquêteuse Jan West.

La femme hocha la tête en guise de salut, puis les conduisit par une porte sur la gauche.

— Nous sommes dans le salon. Jed n'est pas trop mal aujourd'hui.

— Content de l'entendre.

Jan suivit Turpin dans une pièce bien éclairée, où la fenêtre avant illuminait une collection de bibelots sur le rebord malgré les vitres sales.

Un canapé et deux fauteuils avec des napperons brodés occupaient la majeure partie de l'espace, le mur du fond était bordé par deux grandes bibliothèques qui croulaient sous les livres de poche, et elle remarqua l'absence de télévision.

— Je ne pouvais pas me permettre cette fichue redevance une fois à la retraite, et je ne me suis pas embêté à acheter une autre télé quand ils ont commencé à accorder la licence gratuitement.

Un homme costaud se leva péniblement du fauteuil le plus proche en riant, puis il tendit une main comme une patte alors qu'il la dominait de sa taille.

— Jed Humphries.

— J'aurais aimé vous rencontrer dans d'autres circonstances, monsieur Humphries, dit-elle.

— Vous et moi pareillement. Vous voulez du thé ?

— Non, ça ira, merci.

— Vous avez dit que vous pourriez avoir plus d'informations sur le cambriolage, détective Turpin.

Eleanor fit un geste vers le canapé et prit l'autre fauteuil pour elle-même.

— Est-ce que vous avez trouvé les personnes qui ont pris le portefeuille de Jed ?

— Nous suivons plusieurs pistes, répondit Turpin, mais je voulais laisser à Jan l'opportunité de vous parler, Jed, car votre carte a été retrouvée sur la scène d'un autre crime hier soir.

— Une jeune femme a été retrouvée morte au bord de la route du côté de Wantage, près de Charney Bassett, poursuivit Jan. Elle n'avait pas de pièce d'identité sur elle, mais elle portait une carte de débit à votre nom, monsieur Humphries. Est-ce que vous reconnaissez ceci ?

Elle lui tendit son téléphone et il examina attentivement la photographie à l'écran.

— C'est la mienne, dit-il, puis il fronça les sourcils. Est-ce c'est la femme qui m'a escroqué ?

— Si ce n'est pas elle, nous pensons qu'elle pourrait être liée d'une façon ou d'une autre aux personnes qui l'ont fait.

Jan baissa le téléphone.

— Est-ce que ça vous dérangerait si je vous montrais une photo d'elle ? Elle a été prise hier soir sur les lieux, mais j'ai fait de mon mieux pour recadrer l'image afin d'éviter de montrer le pire de ses blessures.

Elle jeta un coup d'œil vers Eleanor, qui traversa la pièce pour rejoindre son frère et lui tapoter le bras.

— Qu'est-ce que tu en penses, Jed ? Ça va aller pour toi de regarder ça ?

Sa mâchoire s'agita pendant qu'il réfléchissait un moment.

— Allez-y, dit-il finalement. J'ai vu assez de photos quand je pratiquais le droit. J'étais spécialisé dans les réclamations d'accidents de voiture, vous saviez ça ?

— Non, je ne le savais pas.

Jan parcourut les photos, prenant soin d'éviter celles qu'elle ne montrerait jamais à quiconque en dehors de la salle des opérations et se rappelant de les supprimer avant de rentrer chez elle maintenant qu'elles étaient toutes dans la base de données.

— Voici notre victime.

Jed se pencha en avant sur son siège et prit le téléphone entre ses mains tremblantes.

Elle vit Turpin se rapprocher, tendu.

Ils avaient dû recadrer la moitié du visage de la femme sur la photo originale pour éviter de montrer les dommages de ce côté, et la poitrine de Jan se serra tandis qu'elle retenait son souffle.

Il plissa les yeux sur l'écran et l'inclina à droite et à gauche avant de marmonner à voix basse.

Puis il soupira et rendit le téléphone.

— C'est elle. Elle a les yeux d'une couleur différente de quand elle était ici, mais c'est définitivement elle.

<h1 style="text-align:center">CHAPITRE 8</h1>

Le lendemain matin, Mark appuyait sur un accélérateur invisible tandis que Jan sortait du parking du commissariat et était lancée pour le court trajet vers Oxford.

Malgré la circulation dense et malgré la légère odeur âcre de vieux plats à emporter et de transpiration qui imprégnait les sièges de la voiture de service, il savourait le fait d'avoir échappé une fois de plus à l'enfermement de la salle des opérations.

Il jeta un coup d'œil à l'horloge du tableau de bord tandis que les panneaux indicateurs et les glissières de sécurité défilaient devant les vitres.

— On doit parler des lentilles de contact à Gillian, il y en a peut-être une encore présente dans l'œil intact...

— Et sinon ?

— Sinon il va falloir espérer que Jasper et son équipe puissent les retrouver parmi toutes ces broussailles où elle a été découverte.

— C'est comme chercher une aiguille dans une botte de foin, murmura Jan.

— Ouais, je sais. Sans papiers d'identification, c'est notre seule chance pour l'instant.

Jan freina avant de s'engager sur la voie rapide, tapotant du bout des doigts sur le volant tandis que le flot de circulation s'intensifiait.

— Bien sûr, il est possible qu'elle ne les ait pas portées quand elle a été tuée. Surtout si elle ne les utilisait que comme déguisement.

— Il faut quand même qu'on vérifie.

Mark appuya sa tête contre le siège et ferma les yeux un instant.

— Ce n'est pas le genre de percée dans les affaires de cambriolage à laquelle je m'attendais.

— J'ai jeté un coup d'œil aux maisons le long de cette allée où elle a été trouvée. Il n'y en a que six, et elles sont toutes assez éloignées les unes des autres.

Il entendit sa collègue soupirer et ouvrit les yeux.

— Avec un peu de chance, l'une d'entre elles a des caméras de sécurité ou une sonnette vidéo orientée vers la route, ou peut-être que quelqu'un a entendu quelque chose.

— On verra.

Elle tourna dans le vaste complexe de l'hôpital John Radcliffe et ralentit considérablement.

— Ok, aide-moi à trouver une place de parking.

Quelques minutes plus tard, ils se dirigeaient vers un bâtiment bas situé sur le côté du complexe, dont les portes à double battant vitrées reflétaient une lumière terne alors que des nuages gris défilaient au-dessus.

Il y avait un goût d'ozone dans l'air, une atmosphère oppressante qui ne faisait rien pour contrer l'humeur morose de Mark à l'idée d'assister à une autre autopsie.

Il tint la porte ouverte pour Jan et la suivit à travers un

hall d'accueil carrelé jusqu'à un bureau stratifié coincé dans un coin.

Un écran d'ordinateur en occupait un tiers, son cadre parsemé de notes adhésives multicolores et de pense-bêtes tandis que son utilisateur le regardait par-dessus, l'air abattu.

— Vous avez cinq minutes de retard.

— Désolé, Clive, la circulation était impossible depuis le périphérique, et on n'a pas trouvé de place de stationnement pendant un moment.

Mark s'enregistra et rendit le stylo à l'assistant de la morgue.

— Elle a commencé ?

— Non, je n'ai pas commencé.

Il se retourna au son d'une voix cassante pour voir Gillian Appleworth avancer vers eux, ses pieds glissant sur les carreaux dans des surchaussures de protection et un masque en plastique relevé sur la charlotte bleue qui couvrait ses cheveux.

— Content de te voir de retour en action, Mark.

— Ça pourrait être temporaire. Mais merci.

— Préparez-vous et je vous retrouve là-bas. J'en ai encore quatre à faire avant de terminer aujourd'hui, alors ne traînez pas.

Mark suivit Jan dans le couloir et bifurqua à hauteur du vestiaire des hommes en prenant instinctivement une combinaison de protection dans une pile juste à l'intérieur de la porte.

Après avoir plié sa veste et rangé son portefeuille, son téléphone et ses clés dans un casier libre, il ressortit et s'arrêta près des fenêtres qui donnaient sur le parking de la morgue.

Il essaya de prendre quelques secondes pour se préparer à

ce qui allait suivre, sachant que malgré son estomac qui se retournait à cette perspective, il devait apprendre tout ce qu'il pouvait au cours des deux prochaines heures afin d'aider la famille de la jeune femme.

Elle avait peut-être été une arnaqueuse, une fraudeuse et une cambrioleuse, mais sa mort avait été violente.

Et il voulait trouver la personne qui l'avait assassinée.

— Prêt ?

Il se retourna à la voix de Jan, lui fit un bref signe de tête et la suivit à travers la porte en acier inoxydable de la salle d'examen.

Ses sens furent immédiatement submergés par l'odeur d'antiseptique et une appréhension sous-jacente concernant les secrets que Gillian pourrait découvrir.

La médecin légiste du quartier général tendit le bras pour allumer un microphone suspendu, puis elle fit un signe de tête à Clive qui préparait les scies et les scalpels dont elle aurait besoin, avant de jeter un coup d'œil par-dessus son épaule vers Mark et Jan.

— Avant de commencer, je vais vous expliquer ce que j'ai découvert depuis que je l'ai ramenée ici et que je l'ai nettoyée, commença-t-elle en leur faisant signe de la rejoindre près d'un négatoscope. J'avais raison concernant le coup à la tête. Il est situé plus vers la base du crâne que ce que je pouvais voir hier soir, mais nous avons pris ces radiographies avant votre arrivée, et elle a été frappée assez fort pour que des fragments minuscules de l'arme utilisée par son agresseur soient incrustés dans la plaie. Vous pouvez les voir ici.

Mark émit un léger sifflement en examinant les images.

— Un seul coup ?

— Oui. Je confirmerai une fois l'autopsie terminée, mais je dirais que la mort a été instantanée.

Gillian se déplaça vers la table d'examen, son regard gris s'adoucissant en regardant la jeune femme allongée.

— Elle serait tombée au sol immédiatement, d'où ces abrasions sur ses mains et ses genoux.

— Tu as trouvé des indices indiquant qu'elle a été tuée sur place ? demanda Jan.

— L'équipe de Jasper a confirmé qu'il n'y avait pas beaucoup de sang une fois la zone nettoyée, et regardez, ces marques sur sa cuisse droite ressemblent fortement à des brûlures par frottement.

— Elle a été tuée, puis transportée peut-être à l'arrière d'une voiture avant d'être abandonnée au bord de la route, dit Mark. Et cette éruption cutanée ?

— Je n'en suis pas encore sûre, ça pourrait être causé par une plante, ou être une réaction allergique à autre chose. J'ai prélevé des échantillons et nous les enverrons également pour analyse. Oh, et ceci pourrait vous aider à l'identifier, dit la médecin légiste en tournant l'un des poignets de la femme entre ses doigts gantés. Elle a un tatouage de clé de sol ici.

Mark s'approcha en fronçant le nez.

— Ce n'est pas vraiment inhabituel. Il pourrait y avoir des milliers de femmes avec un tatouage similaire.

— Oui, mais regarde, il y a un petit cœur rouge gravé dans la partie inférieure gauche du dessin. Ça pourrait vous aider à réduire votre recherche.

— Bien vu.

Mark recula de la table.

— Merci, Gillian.

La médecin légiste hocha la tête, puis baissa son masque facial.

— Bon, voyons ce qu'elle peut encore nous révéler.

— Avant que tu ne commences, l'une des victimes de cambriolage à qui nous avons parlé l'a reconnue sur la photo partielle que nous lui avons montrée. Il a dit qu'elle avait les yeux d'une autre couleur quand elle est venue chez lui.

— Des lentilles de contact.

Gillian rendit le scalpel qu'elle avait pris à Clive et écarta doucement les paupières intactes de l'œil droit de la femme.

— Il n'y avait certainement rien sur l'œil gauche, mais... ah...

Mark déglutit tandis qu'elle utilisait son petit doigt ganté pour soulever la paupière supérieure.

— Clive ? Redonne-moi ce scalpel, tu veux ?

Après avoir fait une incision nette sous l'œil, elle repoussa les paupières et réessaya.

— Te voilà, petite chose.

— Tu en as trouvé une ?

Incapable de contenir l'excitation dans sa voix, Mark s'approcha en frôlant l'épaule de Jan en passant.

— La majeure partie. Il manque un fragment mais je pourrais encore le trouver.

Gillian prit un pot à preuves des mains de Clive et y plaça délicatement le reste de la lentille de contact.

— Je vais aller voir un des spécialistes du service d'ophtalmologie après ça. Il aura un frontofocomètre. Ça vous évitera d'attendre de trouver un opticien sympa dans le coin.

— C'est quoi un fronto-machin ? demanda Jan.

— Un frontofocomètre. Ça aide à déterminer sa prescription, expliqua Clive en enregistrant la preuve avant de faire tournoyer son stylo entre ses doigts. Comme ça, vous pourrez la communiquer à tous les opticiens du secteur.

— Ça vous aidera à réduire votre champ de recherche. Un peu.

Gillian sourit.

— Je suppose que vous ne savez toujours pas qui elle est, n'est-ce pas ?

— Pas encore. Juste Jane Doe pour l'instant, répondit Mark.

— Eh bien, continuons le reste de l'examen pour voir ce que nous pouvons apprendre d'autre.

CHAPITRE 9

Mark s'arrêta sur le seuil du bureau d'Ewan Kennedy et observa les documents éparpillés sur une table de travail déjà envahie de notes adhésives et de dossiers.

Trois classeurs s'alignaient contre le mur à gauche de la porte, le tiroir supérieur de l'un d'eux était ouvert et Mark risqua un coup d'œil latéral à son contenu.

Budgets, prévisions, critères de performance – toute la corvée quotidienne qu'impliquait le rôle d'inspecteur principal.

Le mur du fond était partiellement couvert d'un tableau en liège affichant un pêle-mêle de plannings de service et de directives actuelles du quartier général de Kidlington. Une paire de certificats de félicitations encadrés occupaient l'espace restant derrière la chaise de Kennedy.

Mark sourit en voyant le dessin d'enfant épinglé dans le coin inférieur droit du tableau, un homme vêtu d'un haut bleu et d'un pantalon griffonné sur la page au crayon gras et signé « Daisy » en bas.

L'inspecteur principal leva les yeux et lui fit signe

d'approcher, son téléphone de bureau à l'oreille tandis qu'il tapotait sur son clavier et plissait les yeux à travers des lunettes de lecture tachées pour regarder l'écran.

Mark avança sur la moquette élimée et s'installa dans l'un des fauteuils réservés aux visiteurs en faisant abstraction du bruit qui provenait de la salle des opérations pendant qu'il attendait, son regard fixé sur ses mains tandis que Kennedy terminait son appel.

— Désolé de vous interrompre, chef.

— Vous ne me dérangez pas. C'était le commandant divisionnaire Melrose.

L'inspecteur principal retira ses lunettes de lecture et se frotta l'arête du nez.

— Les normes professionnelles se montrent... difficiles. Nous leur avons expliqué la situation actuelle et le fait que nous avons besoin de votre participation à cette enquête pour meurtre, mais ils veulent plus de temps pour évaluer la situation.

— Évaluer la situation ? Chef, combien de temps de plus est-ce qu'il leur faut, bon sang ?

— C'est ce qui leur a été signalé. Assez vigoureusement par Melrose, il faut le dire.

— Alors quelles sont nos options ?

— Il vient d'accepter de soulever la question auprès de la commissaire demain matin. D'ici là, vous restez dans l'équipe.

Mark serra les dents avant de se forcer à se détendre.

Son dentiste l'avait déjà averti trois semaines auparavant lors d'un contrôle de routine qu'il usait l'émail à un rythme alarmant.

Au lieu de cela, il expira et s'affaissa légèrement dans son siège.

— Ok.

— Essayez de ne pas vous inquiéter, Mark. Je vais faire tout mon possible. Tout comme Melrose.

Kennedy releva le menton et regarda à travers la fenêtre de séparation vers la salle des opérations.

— Jan est là aussi ?

— Nous venons de rentrer de la morgue.

— Bien sûr. Qu'a dit Gillian ?

— Nous avons peut-être eu quelques petites avancées.

Mark partagea les informations concernant le tatouage et la lentille de contact, ainsi que la visite imminente de la médecin légiste au service d'ophtalmologie du John Radcliffe.

— Nous attendons des nouvelles de l'opticien là-bas pour savoir s'il peut déterminer quelle est la correction.

— Bien, c'est déjà quelque chose. Pour le moment, je prends tout ce que nous pouvons obtenir sur cette affaire. En attendant, je vais demander à Caroline de travailler avec l'équipe des relations médias pour mettre quelque chose sur les réseaux sociaux concernant ce tatouage. Je vais demander à Gillian d'envoyer une photo et de demander si quelqu'un le reconnaît.

— Ça me semble bien, chef.

— Quelle est la cause du décès selon Gillian, Mark ?

— Notre victime a définitivement été frappée à l'arrière de la tête avec quelque chose. Gillian a dit que le coup était si violent qu'il a laissé des fibres dans la plaie. Elle les a envoyées pour analyse mais après avoir pris des mesures, elle pense que nous devrions chercher quelque chose comme un manche long et fin.

Kennedy fronça les sourcils.

— Une queue de billard ?

— Ou un outil de jardin... Soyons francs, chef, ça pourrait être n'importe quoi. Gardons l'esprit ouvert à ce sujet jusqu'à ce que nous ayons plus de preuves.

Mark se redressa et roula des épaules jusqu'à entendre un craquement satisfaisant.

— Notre victime a une éruption cutanée qui pourrait provenir d'une plante, et une marque qui ressemble à des brûlures par frottement.

— Elle a peut-être été mise à l'arrière d'une voiture avant d'être tuée ?

— J'y ai pensé, mais Jan a mentionné sur le chemin du retour qu'elle aurait pu être retenue quelque part avant d'être tuée et abandonnée...

— Des signes d'agression sexuelle ?

— Pas d'après ce que Gillian a pu constater, non.

Le regard de Kennedy se dirigea vers la salle des opérations derrière la fenêtre intérieure.

— Bien, il semble donc que la lentille de contact soit notre seul espoir pour le moment. Allons parler à Alex et Caroline pendant que vous êtes tous là.

Il les guida vers le tableau blanc et émit un sifflement sonore qui porta au-dessus des têtes des officiers d'enquête, puis il désigna les autres détectives.

Ils rassemblèrent leurs dossiers et se précipitèrent vers lui tandis qu'il décapuchonnait un feutre et mettait à jour les notes sur le tableau avec les découvertes de Gillian.

— Vous allez voir l'occasion d'échanger les mises à jour entre vous dans un instant, dit-il, mais tout d'abord, où en êtes-vous tous les deux avec les prêteurs sur gages locaux ?

— Les légitimes n'ont pas posé de problème, répondit Caroline, sa lèvre supérieure retroussée. Certains des autres, par contre...

— Nous en avons deux que vous pourriez vouloir interroger en personne, ajouta Alex. De petites installations, rien de trop sophistiqué. J'ai vérifié les baux des deux locaux avec les propriétaires et ils fonctionnent avec des renouvellements trimestriels ou semestriels.

— Donc ils peuvent foutre le camp rapidement sans perdre trop d'argent s'ils le veulent.

Kennedy jeta le feutre sur un bureau et croisa les bras.

— Est-ce qu'on connaît les propriétaires ?

— Ils ne sont pas dans le système, chef.

Alex ouvrit l'un des dossiers qu'il portait et lui tendit une liasse de documents.

— Le premier, Marcus Targethen, gère une boutique dans une rue latérale à Wantage, juste à côté du marché, et l'autre est un peu plus éloigné de notre scène de crime, à Botley.

— Bon travail. Entrez les détails dans le système et nous ferons les entretiens une fois que nous aurons plus d'informations sous la main. Je ne veux pas les alerter pour l'instant, au cas où ils disparaîtraient. Qu'en est-il des dossiers sur lesquels vous et Mark travailliez, vous avez remarqué d'autres tendances ?

— Nous avons réparti les dossiers entre six d'entre nous après le briefing, chef.

Alex se tourna vers une carte que Tracy avait épinglée à côté du tableau blanc, désormais couverte d'une chaîne d'épingles rouges et vertes.

— Les vertes sont les affaires plus anciennes de l'année dernière, les rouges sont de cette année.

— Ce sont les rouges sur lesquelles nous nous concentrons pour le moment, compléta Caroline. Ils préfèrent les endroits plus isolés, plutôt que l'intérieur des village comme ils le faisaient l'année dernière.

— Moins de risques de se faire prendre, intervint Mark en se grattant le menton. Et moins probable que les gens préviennent leurs voisins s'ils ne se voient pas régulièrement.

— Et parce que nous sommes en sous-effectif, nous n'avons pas fait le rapprochement jusqu'à maintenant.

Jan secoua la tête.

— Ça ne fait pas très bonne impression, n'est-ce pas ?

— On ne peut rien y faire maintenant. Nous devons simplement essayer d'utiliser ces informations pour y mettre un terme et découvrir qui a tué cette jeune femme, dit Kennedy d'un ton bourru. Autre chose à signaler ?

— Nous avons identifié les quatre victimes de cambriolage les plus récentes dans un rayon de cinq kilomètres autour de l'endroit où le corps de la victime a été trouvé, dit Caroline. Aucune d'entre elles n'a de casier judiciaire, mais j'allais suggérer que nous les interrogions pour savoir si elles disposent d'enregistrements de caméras de sécurité qui pourraient nous aider.

L'inspecteur principal consulta sa montre.

— Répartissez ces cas entre vous et commencez demain matin. Il est trop tard pour frapper aux portes aujourd'hui. Nous retarderons le briefing de demain jusqu'à ce que vous soyez tous de retour ici. Alex, vous pouvez aller parler à l'équipe médias ? Demandez-leur de diffuser un communiqué sur les réseaux sociaux avant la fin de la journée pour avertir les résidents de la région qu'un groupe criminel organisé cible les personnes isolées et leur demander de prendre des nouvelles de leur famille et de leurs voisins.

Le jeune enquêteur récupéra les documents et acquiesça.

— Je vais leur demander de s'assurer d'inclure une suggestion fortement recommandée pour que les gens partagent l'information sur les groupes de réseaux sociaux également. Vous voulez inclure toute la région ou seulement les zones que nous voyons ciblées ici ?

— Toute la région, répondit Mark. Ça ne sert à rien de les chasser d'un endroit pour les envoyer dans un autre. Pas maintenant que nous avons une idée de leurs mouvements et d'où ils pourraient opérer.

— Je suis d'accord, dit Kennedy. Je suis conscient que celui qui a assassiné notre victime pourrait voir ces publications, mais étant donné que la situation s'est aggravée en passant de la fraude et des cambriolages au meurtre, la sécurité des gens doit être notre priorité. Nous ne pouvons pas risquer que quelqu'un d'autre soit blessé ou tué.

CHAPITRE 10

Lorsque Mark franchit la barrière en aluminium de la prairie deux heures plus tard, il ajusta son sac à dos sur ses épaules fatiguées et huma l'air.

Une odeur distincte de bois brûlé flottait depuis la berge de la rivière, et tandis que le faisceau de sa lampe torche balayait le sentier derrière une rangée de maisons mitoyennes, ses pensées passèrent du rythme frénétique de la salle des opérations à l'idée d'un verre de Shiraz et d'un poêle chaud.

Alors qu'il tournait à droite, dos au pont médiéval en pierre qui enjambait la Tamise, le vent ébouriffait ses cheveux et soufflait contre son torse. L'herbe ondulait de part et d'autre du chemin, transportant le murmure lointain des télévisions et des conversations en provenance des bateaux qu'il croisait.

Après quelques mois en marge de toute enquête majeure, les dix dernières heures avaient été un choc pour son organisme, même s'il était reconnaissant d'avoir été inclus.

Il bâilla bruyamment, trébucha sur le sol inégal, et cligna des yeux tandis que son regard fatigué suivait la lumière de sa torche au-delà d'un bateau de croisière amarré contre la berge.

Son estomac gargouilla à l'arôme qui émanait du sac en papier dans sa main, recouvert du nouveau logo du traiteur imprimé sur un côté et contenant un assortiment de nourriture.

Fish and chips pour lui et Lucy, et une saucisse fraîchement cuite pour Hamish.

Comme sur commande, un aboiement excité résonna dans la brise froide depuis une longue péniche à l'extrémité du sentier, puis une ombre couleur de suie bondit du plat-bord et fonça vers lui.

— Salut, mon grand, dit Mark en s'arrêtant pour ébouriffer les oreilles hirsutes du bâtard. Allez, viens, sinon ce repas va refroidir.

Le chien mena une route en zigzag pour les cinquante derniers mètres, s'arrêtant pour enfouir son museau dans les longs roseaux au bord de l'eau avant de se précipiter vers l'herbe usée de l'autre côté du chemin lorsqu'une autre odeur attirait son attention.

Une silhouette émergea de la cabine avant qu'il n'atteigne la péniche. Elle tira un épais cardigan en laine autour de ses épaules et repoussa de longues boucles épaisses de son visage.

— Je me doutais que c'était toi que Hamish avait repéré.

— Je crois qu'il a senti les fish and chips avant de réaliser que c'était moi.

Lucy O'Brien prit le sac de nourriture des mains de Mark avec un sourire, glissa sa main autour de sa taille et se dressa sur la pointe des pieds pour l'embrasser.

— Une bière ?

— Il y avait la queue à la friterie. J'en ai pris une juste à côté pendant que j'attendais.

— Tu as faim ?

— Je meurs de faim.

Hamish émit un *yip* approbateur et se précipita dans les escaliers pour rejoindre la cabine.

Après avoir fermé la porte derrière eux, Mark se dirigea vers l'extrémité du bateau, posa son sac à dos sur une chaise d'apparat près de la salle de bain, enleva sa veste et retroussa ses manches, ses épaules se détendant au moment où il retira ses chaussures pour se diriger pieds nus vers la cuisine.

Il s'étira, reconnaissant que le concepteur du bateau ait prévu une hauteur sous plafond et une largeur supplémentaires, et qu'il ne vive plus dans le même bateau qu'il avait loué lors de son installation à Abingdon.

Un petit poêle à combustibles multiples épousait le mur de la cabine en face d'une table pliante, et une douce lueur filtrait à travers la porte vitrée et dégageait une chaleur qui s'infiltrait dans ses muscles fatigués.

Il s'accroupit pour mettre une autre petite bûche dans le feu et son attention se porta sur l'éclat de couleur à sa droite.

Un ensemble de six aquarelles étaient posées sur les canapés intégrés dans la cabine principale, et un vieux pot qui contenait autrefois des olives noires était maintenant rempli de pinceaux propres sur le rebord de la fenêtre – des preuves que Lucy avait été occupée toute la journée à travailler sur des commandes.

Il jeta un œil appréciateur sur les représentations de pêcheurs, d'autres péniches venues des Midlands ou d'en aval, et de chiens, et il mit de côté toute culpabilité concernant ses longues heures de travail.

Lucy s'épanouissait dans leur nouveau foyer commun,

remplissant ses journées avec l'exutoire créatif qui la rendait si heureuse.

Il se redressa et remarqua qu'elle avait placé un petit vase de fleurs au milieu de la table. Tandis qu'il disposait les couverts et les condiments, il se pencha pour sentir le parfum subtil.

— Tu peux ouvrir le vin pendant que je sers ?

— Bien sûr.

Il s'approcha d'elle pendant qu'elle servait des frites sur deux assiettes, la saucisse maintenant coupée en petits morceaux et disposée sur une assiette plus petite pour qu'elle refroidisse pour Hamish. Il se faufila derrière elle, rassembla des verres à vin et la bouteille de Shiraz d'un casier à côté du micro-ondes avant de retourner à la table et de verser généreusement. Il posa la bouteille à côté du vase.

Lucy lui tendit l'une des assiettes et se laissa tomber sur le siège en face de lui.

— Je ne sais pas où est passée cette journée. J'étais en train de ranger quand Hamish a aboyé.

— Ils sont beaux.

Mark coupa le bout de son poisson pané et jeta un œil aux tableaux.

— C'est la dernière des commandes ?

— Oui, et l'un d'entre eux n'est pas une commande, juste quelque chose qui m'est venu à l'esprit. Je l'apporterai à la galerie demain matin.

Hamish gémit et elle baissa les yeux vers lui.

— C'est encore trop chaud, et nous sommes en train de manger. Va t'allonger sur ton lit.

Le chien se précipita vers un plaid à motif écossais dans un coin et se mit à contrecœur en position assise, ses yeux bruns attentifs pendant qu'ils dévoraient leur repas.

— Presque.

Lucy sourit.

— Enfin bon, comment s'est passée ta journée ?

— Mieux qu'hier. Tu te souviens du corps de cette femme qui a été retrouvé entre Stanford in the Vale et Charney Bassett l'autre soir ? Il s'avère qu'elle pourrait avoir un lien avec les cambriolages qu'Alex et moi étions en train d'examiner.

Il but une gorgée de vin, puis partagea les détails qu'il pouvait entre deux bouchées de frites pendant qu'ils terminaient leur repas.

— Donc tu as trouvé une entrée dans l'enquête principale. C'est bien.

Elle se pencha en arrière et tapota son ventre.

— Mon Dieu, j'avais besoin de ça.

— Kennedy et Melrose essaient de rendre ça officiel.

Il haussa les épaules, ramassa leurs assiettes et fit couler de l'eau chaude dans l'évier.

— Les normes professionnelles traînent toujours les pieds.

Sa lèvre supérieure se retroussa.

— C'est de la politique, n'est-ce pas ?

— Probablement. Jusqu'à ce que quelque chose d'autre arrive qui capte leur attention. C'est bon d'être de nouveau au cœur de l'action cependant. Je veux dire, je sais qu'une pauvre femme a perdu la vie dans des circonstances horribles, mais...

— Maintenant tu peux aider à trouver qui lui a fait ça, et ça te rend heureux.

— Exactement.

Après avoir essuyé la mousse de savon de ses mains et laissé l'eau s'écouler vers le réservoir de stockage qu'ils utilisaient pour la chasse d'eau des toilettes, il prit l'assiette de Hamish et la posa par terre à côté de la table.

— Allez, viens.

La saucisse disparut en un instant et Mark sourit en voyant le petit chien assis en train de se lécher les babines.

Lucy émit un énorme bâillement avant de revisser le bouchon sur la bouteille de vin.

— Je vais devoir me coucher tôt ce soir. Je vais peut-être lire un peu.

— Je vais promener Hamish rapidement.

Il vida son verre de vin, puis glissa une laisse d'un portemanteau près de la porte et enfila une veste matelassée sur ses épaules avant de pousser ses pieds dans des chaussures de marche bien usées.

— À tout de suite.

Le vent s'était levé quand il sortit sur le chemin de halage et le son d'une sirène d'ambulance lui parvint depuis la ville avant d'être emporté.

Il expira en regardant Hamish gambader devant lui, le nez au sol, et il se demanda comment se passeraient les entretiens le lendemain matin.

Après tout, leur victime avait été coupable de fraude, et elle avait probablement aidé à voler des objets de valeur et des souvenirs précieux à ses victimes.

Est-ce que l'un d'entre eux serait désolé qu'elle soit désormais morte, peut-être tuée par les mêmes personnes avec qui elle avait travaillé ?

Après avoir ramassé les déjections du chien, il jeta le sac dans une poubelle clouée à un poteau de clôture sur le chemin du retour vers la péniche, et il le suivit dans la cabine.

Lucy avait éteint le feu et la faible lueur des braises mourantes se reflétait sur les parois de la cabine, accompagnée d'un projecteur solitaire laissé allumé dans la cuisine.

Il bâilla en lavant ses mains et les verres à vin, puis il tapota la tête de Hamish et se glissa dans la chambre.

— Adieu la lecture, murmura-t-il.

Elle s'était endormie avec son livre encore à la main, la tête tournée loin de lui, ses cheveux couvrant sa joue.

Après avoir contourné le lit à pas feutrés et délicatement récupéré le livre pour le poser sur une étagère au-dessus du lit, il se déshabilla et se glissa sous la couette à côté d'elle, avant de fermer les yeux pour écouter sa respiration douce.

Son dernier souvenir avant de s'abandonner à l'épuisement fut le mouvement apaisant de la péniche qui se balançait sur le lent va-et-vient de la rivière.

CHAPITRE 11

Jan leva les yeux de son téléphone lorsque la portière arrière de la voiture de service s'ouvrit et le sac à dos de Turpin atterrit sur la banquette avant qu'il ne se glisse sur le siège passager avec un faible gémissement.

— Ça va, chef ? demanda-t-elle en haussant un sourcil.

Elle sortit du parking public qui jouxtait la prairie inondable et tourna à gauche plutôt que de rejoindre la file ininterrompue de véhicules de banlieusards qui encombraient le pont vers le centre-ville.

— Tu as l'air crevé.

Il passa une main sur sa mâchoire mal rasée et grogna.

— Une des petites péniches en amont de notre bateau s'est détachée à quatre heures ce matin. Heureusement qu'un de nos voisins a donné l'alerte parce qu'il est insomniaque et qu'il l'a vue flotter devant la fenêtre de sa cuisine.

Sa mâchoire se décrocha.

— Où étaient les propriétaires ?

— Tous les deux sur le chemin de halage, sans la moindre idée de ce qu'il fallait faire. Fichus touristes.

— Qu'est-ce qui s'est passé ?

— Jeremy, un de nos autres voisins permanents, a réussi à manœuvrer sa péniche et à sauter à bord du bateau à la dérive. Il a enclenché la marche arrière avant qu'elle ne s'écrase contre les piliers du pont.

Turpin pointa le pouce par-dessus son épaule alors qu'ils laissaient derrière eux les limitations de vitesse de la ville.

— Tu imagines ce que tous ces gens auraient dit si la péniche avait percuté le pont et qu'on avait dû dévier la circulation ce matin pendant qu'un expert était appelé ? C'est déjà assez pénible quand il y a une inondation.

Jan émit un léger sifflement.

— Tu veux qu'on s'arrête prendre un café avant de faire le premier entretien ?

— Ça ne te dérange pas ? J'en ai déjà bu deux mais ils ne font pas effet.

Vingt minutes plus tard, après avoir suivi un itinéraire tortueux à travers Culham et Sutton Courtney et avoir fait demi-tour, elle s'arrêta sur le parking d'une station-service à l'extérieur de Drayton et observa à travers le pare-brise pendant que Turpin achetait deux cafés à emporter.

Malgré son insistance sur le fait que sa fatigue était causée par les mésaventures d'un couple de touristes de Slough, elle ne put s'empêcher de remarquer les cernes sous ses yeux et la façon désordonnée dont sa cravate pendait à son col.

— Tu es sûr que ça va ? demanda-t-elle quand il revint et plaça le second café dans la console centrale pour elle.

Il resta silencieux jusqu'à ce qu'ils soient de nouveau en route, soufflant sur la fente du couvercle en plastique tandis que les effluves de caféine remplissaient l'espace entre eux.

— Entre nous, je m'inquiète des retombées de la dernière

enquête, finit-il par dire. Ça ne devrait pas prendre autant de temps pour arriver à une décision et personne ne me donne de réponse claire, à part me dire qu'ils examinent toujours la situation.

— Tu dors bien ?

— À part les idiots qui ne devraient pas être responsables d'un canoë et encore moins d'une péniche ?

Il réussit à sourire.

— Oui, merci. Juste pas assez bien, apparemment. J'ai l'air si mal en point ?

— Un peu tendu, c'est tout.

Il laissa échapper un petit rire résigné.

— C'est le moins qu'on puisse dire. Bon, passons aux choses sérieuses. Parlons d'abord à Carol et Alan Mildenhall, ils sont juste après Denchworth, donc tout près de nous.

Jan prit le prochain virage et fit zigzaguer la voiture à travers East puis West Hanney avant de jeter un coup d'œil de côté au carnet ouvert dans sa main.

— Qu'est-il arrivé aux Mildenhall ?

— Notre victime de meurtre a utilisé une tactique différente avec Carol. Alan était sorti jouer au golf ce jour-là, et quand elle a ouvert la porte, on lui a dit que la municipalité avait découvert une fuite dans une conduite d'eau principale le long de la route, et que son tracé passait par le jardin arrière des Mildenhall. Selon notre mystérieuse femme, la municipalité craignait que cela puisse inonder la maison à tout moment et se demandait si elle pouvait jeter un coup d'œil.

— Beurk. Laisse-moi deviner. Carol l'a accompagnée dans le jardin et pendant qu'elles étaient dehors, le complice les a cambriolés.

— Tu as tout compris. La femme a pris des photos du

prétendu tracé de la conduite, a fait tout un spectacle en discutant des options et en rassurant Carol que les dégâts pourraient être réparés sans creuser le jardin, puis elle est partie au bout de dix minutes en disant qu'elle reprendrait contact.

— Qu'est-ce qui a été volé ?

— Des bijoux, de l'argent dans la table de chevet d'Alan, il nous a dit qu'il aimait toujours garder trois cents livres à portée de main pour les urgences, et six miniatures de peintures en édition limitée qui ornaient les murs de l'escalier. Prends la prochaine à droite devant. C'est la deuxième propriété sur la gauche.

Jan se gara devant une maison jumelée en briques recouverte d'enduit blanc, typique du style de construction des années 1930 populaire dans la région.

Après avoir ouvert une barrière en bois nichée dans une haie de troène soigneusement taillée qui bordait la ruelle, elle examina la pelouse fraîchement tondue et ses plates-bandes en bourgeonnement.

De nouveaux piquets en bambou avaient été enfoncés dans le sol contre la clôture avec la propriété voisine, et une enveloppe de graines en papier flottait dans la brise légère.

— Je me demandais si je ne devrais pas faire cultiver quelques tomates et autres légumes aux enfants pendant l'été, dit-elle à Turpin en s'arrêtant pour le laisser s'approcher de la porte d'entrée et sonner. Peut-être que je devrais aussi acheter des haricots à rames. Dieu sait qu'ils en mangent assez.

— Je n'ai jamais dépassé le stade des pommes de terre quand j'étais gamin, répondit-il. Et je les appréciais à peine.

Ils se tournèrent tous deux vers la porte alors qu'une chaîne cliquetait de l'autre côté, puis un homme d'une soixantaine d'années avancée passa la tête.

— Je me doutais que c'était vous, détective Turpin. Entrez.

— Merci, monsieur Smith. Voici ma collègue, l'enquêteuse Jan West.

Elle serra la main du retraité, dont la poignée était ferme.

— Carol est dans le salon, dit-il en leur faisant signe de passer par une porte à la gauche de Jan. Vous voulez du thé, du café... ?

— Ça ira, merci, répondit Turpin. Nous espérons ne pas prendre trop de votre temps ce matin.

Il présenta Jan à une femme pleine d'énergie dont les cheveux dorés montraient peu de gris et qui portait un épais sweat-shirt sur un jean taché de boue.

— Désolée, je viens de rentrer du jardin et je n'ai pas eu le temps de me changer, dit-elle. Asseyez-vous.

Turpin se pencha en avant sur sa chaise et joignit les mains.

— Si j'ai demandé à vous parler aujourd'hui, c'est parce que le corps d'une jeune femme a été découvert hier soir non loin d'ici. Nous avons parlé à une autre victime locale d'un cambriolage similaire au vôtre, et il a confirmé que c'était elle qui l'avait distrait pendant que son complice prenait de l'argent, des bijoux et d'autres objets, expliqua-t-il. Plutôt que de supposer qu'il s'agit de la même personne responsable de tous les cambriolages sur lesquels j'enquête, nous nous demandions si cela vous dérangerait de regarder une photographie et de nous dire si c'est la même personne qui est venue ici ?

Carol Mildenhall jeta un regard à son mari, puis revint aux deux détectives.

— D'accord. Ce... cette photo n'est pas trop horrible, n'est-ce pas ?

— Je peux vous assurer que, même s'il s'agit d'une femme décédée, nous avons recadré pour éliminer le pire, dit Jan.

— Allez-y, alors.

Elle serra la main d'Alan pendant que Jan sortait une photographie de quinze centimètres sur dix qu'elle avait imprimée dans la salle des opérations plus tôt ce matin-là et la tournait vers eux.

Carol acquiesça.

— C'est elle.

— Vous en êtes sûre ?

— Oui.

La femme soupira tandis que Jan remettait la photo dans son sac.

— Le problème, c'est qu'elle m'a montré une carte professionnelle qui semblait parfaitement légitime et elle était habillée pour le rôle. J'ai complètement été prise par le bluff. Pendant que cette femme « évaluait » le jardin, elle parlait de la difficulté d'entrer dans l'industrie de l'ingénierie hydraulique et que c'était la première fois que son chef la laissait diriger une enquête. Je dirigeais mon propre cabinet comptable jusqu'à ma retraite, et je lui ai dit que je comprenais ce qu'elle voulait dire et que j'avais dû travailler dur pour faire mes preuves.

Carol renifla, puis leva une main quand Jan lui tendit un paquet de mouchoirs.

— Je suis en colère contre moi-même, détective West. Ils n'ont rien pris de valeur sentimentale – nous avions même parlé de vendre les tableaux – mais c'est... c'est l'intrusion dans notre vie privée. L'idée qu'il y avait quelqu'un ici, en train de fouiller dans nos affaires...

— Vous avez eu des nouvelles de votre assurance depuis notre dernière conversation ? demanda doucement Turpin.

— Ils ont remboursé, dit Alan. Moins la franchise. Merci d'avoir rappelé si rapidement et de leur avoir envoyé une copie de votre rapport. Nous vous en sommes reconnaissants.

— Pas de problème. Je suis simplement désolé que nous n'ayons pas fait la percée que j'espérais.

— Pas encore.

Le regard d'Alan se déplaça vers sa femme, puis revint.

— Alors elle est bien morte, n'est-ce pas ?

Jan hocha la tête.

— Comme le détective Turpin l'a dit, son corps a été retrouvé mardi soir.

— Tant mieux.

— Alan !

Le hoquet choqué de Carol et ses yeux écarquillés reflétaient la pensée immédiate de Jan.

— Je ne vais pas m'excuser, ma chérie. Elle t'a menti et elle a permis à quelqu'un d'autre de nous voler, quelqu'un qui aurait pu être armé, on ne sait pas, et il semble que nous n'étions pas les seuls.

Alan leva le menton.

— Bon débarras.

Turpin baissa les yeux vers ses mains, laissant à l'autre homme un moment pour se calmer.

— Alan, je suis désolé de devoir vous demander cela à tous les deux, mais c'est important. Où étiez-vous entre dix-huit heures et vingt-deux heures mardi soir ?

— Je vous demande pardon ?

Jan observa le mari et la femme devenir livides, puis elle se pencha en arrière alors qu'Alan se levait brusquement de sa chaise et agitait un doigt vers son collègue.

— N'osez pas venir ici nous accuser de l'avoir assassinée.

Turpin ne broncha pas, et quand il parla, sa voix était calme, presque apaisante.

— C'est une question de routine.

— Nous étions chez notre fille, répondit Carol, sa main tremblante alors qu'elle glissait ses doigts autour du poignet d'Alan pour le ramener en position assise. C'était son anniversaire lundi, mais elle travaillait alors nous sommes allés dîner chez elle mardi à la place.

Alan déglutit, les joues rouges.

— Nous sommes partis vers vingt-deux heures trente.

— Où habite-t-elle ? demanda Jan. Près d'ici ?

— À Didcot.

Elle lança un regard en coin à Turpin et vit la même confirmation dans son regard.

Les Mildenhall se déplaçaient dans la direction opposée à celle où le corps de la femme avait été découvert.

— Je suis désolé d'avoir dû vous demander ça, dit l'inspecteur alors que l'atmosphère dans la pièce se détendait.

Alan secoua la tête en réponse.

— Je comprends. Pardonnez-moi. C'est juste que...

— Votre maison est censée être un lieu sûr, un refuge.

Turpin grimaça.

— Et quelqu'un a violé cela.

— Qu'est-ce qui lui est arrivé selon vous ? demanda Carol. Est-ce que c'est un règlement de compte entre escrocs ?

— L'enquête est en cours.

— Est-ce qu'elle a été assassinée par celui qui, comme vous disiez, travaillait avec elle ? insista Alan. Vous pensez qu'ils se sont disputés ?

— Comme je l'ai dit...

— Je comprends.

L'homme tendit la main vers celle de sa femme pour la serrer.

— Vous ne pouvez pas nous le dire, n'est-ce pas ?

— Pas encore, répondit Jan. Mais quand nous le pourrons, nous le ferons.

Elle reçut un bref hochement de tête en réponse.

CHAPITRE 12

— Qui sont les prochains sur la liste ?

Mark scrutait ses notes pendant que Jan démarrait le moteur et s'éloignait du trottoir.

Feuilletant d'avant en arrière, il trouva les détails à la deuxième tentative, le cœur serré au souvenir de la tristesse causée par la perte de souvenirs personnels, de bijoux irremplaçables et d'un sentiment écrasant de peur qui imprégnait désormais la maison où il s'était rendu pour la première fois quatre semaines auparavant.

— Michael et Patricia Phillips, répondit-il. Ils ont une quarantaine d'années. Patricia a une sclérose en plaques et travaille à temps partiel depuis chez elle comme comptable pour une entreprise d'ingénierie. Michael dirige un cabinet de conseil en fabrication alimentaire basé à Didcot. Pas d'enfants. Si tu prends la prochaine à droite et que tu passes devant le centre équestre, leur maison se trouve à environ huit cents mètres à l'extérieur de Goosey.

— Patricia était seule lors du cambriolage ?

Sa mâchoire se crispa.

— Oui. Et c'était l'un de ses mauvais jours côté santé. La plupart du temps, elle parvient à se déplacer avec des béquilles, mais quand elle souffre beaucoup, elle utilise un fauteuil roulant.

— Les salauds.

Ils restèrent silencieux tandis que la campagne détrempée défilait derrière le pare-brise moucheté de pluie. Jan activa les essuie-glaces alors qu'une averse régulière s'installait.

Mark regarda vers un champ boueux où quatre chevaux se tenaient dans un coin éloigné sous un chêne affaissé, le dos tourné à la route et la tête baissée en signe de résignation silencieuse.

La plupart des maisons des victimes de cambriolage étaient entourées d'une campagne comme celle-ci.

Isolées, malgré les villages voisins.

Calmes, et éloignées des routes principales et des regards indiscrets.

En quelques minutes, Jan s'engagea dans une allée gravillonnée séparée de la route par une clôture en bois.

Une barrière assortie à cinq barreaux avait été laissée ouverte en prévision de leur arrivée, et lorsqu'elle freina devant l'ancien presbytère victorien reconverti, Mark vit de la fumée s'échapper de deux des cheminées en briques rouges situées aux deux extrémités du toit en ardoises.

Jan se pencha vers la banquette arrière et y attrapa un grand parapluie avant de lui lancer un regard sinistre.

— Prêt ?

— Comme toujours. Au moins, il y a un porche.

Ils se précipitèrent vers le vestibule orné de pierres qui encadrait la porte d'entrée, où Mark secoua le plus gros de l'eau de ses épaules pendant que Jan secouait le parapluie et sonnait.

Michael Phillips ouvrit la porte une fraction de seconde plus tard et il leur fit signe d'entrer.

— Je suppose que la partie a été annulée, dit Mark en observant le sac de clubs de golf appuyé contre l'escalier.

— Encore une fois.

Michael leva les yeux au ciel et serra la main de Jan. Il avait retroussé les manches de sa chemise jusqu'aux coudes et son pantalon était légèrement froissé.

— Une visite à domicile alors, hein ? Je suppose qu'il doit y avoir eu un développement significatif pour justifier la présence de deux d'entre vous, Mark.

— Est-ce que Patricia est là aussi ?

— Oui, elle vient de terminer une visioconférence avec son responsable. Venez dans le salon. Nous avons allumé le feu, vous sécherez plus vite.

Ils le suivirent dans un espace vaste mais chaleureux avec des pierres apparentes sur les murs extérieurs et le feu promis qui ronflait dans une grande cheminée vieille de plusieurs siècles.

— Asseyez-vous où vous voulez.

Michael se dirigea vers une porte secondaire et la tint ouverte pour son épouse, qui apparut à l'aide de cannes, le visage résolu.

— Du nouveau, détective Turpin ?

— Pas encore, madame Phillips, mais il y a eu un développement dont nous aimerions vous parler.

Elle s'installa dans un fauteuil près du feu tandis que son mari se perchait sur l'accoudoir du canapé en face de Jan.

— C'est bon ou mauvais ?

— Je peux commencer par vous demander où vous étiez tous les deux mardi, disons, entre quatorze heures trente et vingt-trois heures ?

Michael jeta un coup d'œil à sa femme, puis reporta son attention sur Mark.

— J'étais au travail à Didcot jusqu'à seize heures, puis j'avais des rendez-vous commerciaux à suivre en personne jusqu'à environ dix-neuf heures trente. Le dernier était à Appleford, donc je ne suis pas rentré avant vingt heures passées, et ensuite nous avons dîné.

— J'avais des réunions jusqu'à dix-huit heures, répondit Patricia. L'entreprise d'ingénierie pour laquelle je travaille mène des projets partout dans le monde, alors parfois je parle avec des gens de la côte ouest des États-Unis jusque tard dans la soirée. Après cela, j'ai commencé à préparer le dîner. Une fois Michael rentré, c'était tout. Nous étions au lit à vingt et une heures trente. Je devais commencer tôt le lendemain avec une autre réunion à sept heures.

— Merci.

Mark attendit que Jan mette à jour ses notes, puis il regarda le couple en prononçant ses mots suivants.

— Le corps d'une jeune femme a été retrouvé au bord de la route près de Charney Bassett mardi soir. Je ne peux pas vous donner plus de détails que cela, mais nous considérons sa mort comme suspecte. Nous avons reçu hier une identification positive confirmant qu'elle correspond à la description de l'une des personnes responsables des cambriolages dans cette région.

Il récupéra la photographie et la tendit à Patricia.

— Est-ce que vous pourriez confirmer qu'il s'agit bien de la femme qui est venue à votre porte ?

Elle tendit la main et sa lèvre supérieure se retroussa.

— Je mets ça sur le compte des antidouleurs, dit-elle tandis que son regard se durcissait. Quand j'ai une bonne journée, j'essaie de ne pas en prendre. Ce n'était pas une bonne journée quand elle s'est présentée à notre porte.

— Vous pensez que les médicaments ont affecté votre jugement ?

— Bien sûr. Je ne serais jamais tombée dans le panneau autrement, j'en suis certaine. Quoi qu'il en soit, oui, c'est bien elle.

— Votre femme morte a expliqué à Patricia qu'elle représentait une entreprise de nettoyage que j'aurais contactée pour obtenir de l'aide ponctuelle à la maison, expliqua Michael tandis que Jan tournait une page de son carnet. Ce qui m'effraie, c'est la quantité d'informations qu'elle possédait sur nous, sur notre mode de vie. Ils ont dû nous observer pendant un moment.

Mark se dirigea vers la baie vitrée et contempla la vaste pelouse qui s'étendait jusqu'à un bosquet d'arbres. Au-delà, des terres agricoles s'étiraient à perte de vue.

— J'ai parlé à vos voisins après vous avoir vus l'autre semaine, dit-il en se retournant vers eux. Plus précisément, je leur ai posé la même question que je vous ai posée : s'ils avaient vu quelqu'un rôder, agir de façon suspecte.

— Je déduis de votre silence qu'ils ont répondu non, dit Patricia, puis elle secoua la tête lorsque Mark ouvrit la bouche pour s'excuser. Quiconque a fait ça, quelle que soit la personne avec qui cette femme travaillait, c'est quelqu'un d'intelligent, détective Turpin. Ils ont attendu de voir Michael partir au travail, et ils m'ont probablement aperçue à travers ces fenêtres dans mon fauteuil roulant. J'aime m'asseoir au soleil là-bas les matins difficiles. Ça semble parfois aider à gérer la douleur.

— Quand est-ce que vous avez réalisé que vous aviez été cambriolée ? demanda Jan.

— Quand Michael est rentré vers dix-huit heures. Je l'ai remercié d'avoir organisé la visite de l'entreprise de nettoyage et j'ai dit que tous les tarifs semblaient corrects—

— À ce moment-là, j'ai paniqué, compléta Michael.

Il se leva de sa chaise, traversa la pièce jusqu'à l'endroit où sa femme était assise et pressa doucement son épaule tandis qu'elle tamponnait ses joues avec un mouchoir.

— Bien sûr, je n'avais contacté aucune entreprise de nettoyage, nous ne pouvons pas vraiment nous le permettre en ce moment. Je suppose que j'ai compris ce qui s'était passé avant même de faire le tour de la maison pour vérifier si quelque chose manquait.

— Je me suis sentie tellement stupide, murmura Patricia, puis elle renifla. Si vous voyiez tout ce que je gère au quotidien ici, au travail, ma santé...

— Ce n'est pas votre faute, dit Mark avec douceur.

Il reprit sa place à côté de Jan et se pencha en avant.

— Ces gens sont impitoyables, cruels et ils ont profité de vous.

— Et maintenant l'une d'entre eux est morte, Dieu merci, cracha Michael. Qu'en est-il de l'autre ? Des nouvelles de son complice, quel qu'il soit ?

— Nous espérons qu'une fois que nous aurons une identification positive de la femme retrouvée morte mardi soir, nous pourrons examiner son entourage, ses amis, sa famille...

— Quelles sont les chances de découvrir qui elle était ? demanda Patricia.

— Nous attendons les résultats de certains tests médico-légaux, expliqua Jan. Et nous avons maintenant une équipe d'enquêteurs sur cette affaire.

— C'est vraiment dommage qu'il ait fallu quelque chose

comme ça pour que vos collègues daignent s'intéresser à l'affaire, dit Michael. Désolé, Mark, mais il fallait que ce soit dit. Nous savons que vous avez fait de votre mieux pour nous, mais il était évident que vous étiez seul et que vous n'avanciez pas.

— Nous avons suivi plusieurs pistes, répondit Mark, puis il jeta un coup d'œil à ses mains crispées, se rendant compte à quel point il avait l'air désespéré. Mais ce nouveau développement, malgré les terribles circonstances, pourrait fournir une percée.

— Qu'elle aille au diable, c'est tout ce que je peux dire, lança Patricia.

Elle releva le menton alors que Mark relevait brusquement la tête, surpris par la méchanceté dans sa voix.

— Elle l'a bien cherché, non ?

Cinq minutes plus tard, Mark avançait dans le chemin vers la voiture derrière Jan, la frustration du couple encore dans son esprit.

Tout ce qu'ils avaient dit sur son manque d'effectifs et sur le fait qu'il était débordé était correct, même s'il avait doucement réfuté les derniers commentaires de Michael avec une explication fragile concernant le nombre de cambriolages commis par la mystérieuse femme et son ou ses complices.

L'autre homme avait simplement secoué la tête et les avait raccompagnés à la porte, la fermant alors que la promesse de Mark de les tenir au courant des progrès tombait dans l'oreille d'un sourd.

Le *clic* du système de verrouillage de la voiture qui se désactivait interrompit sa misérable rêverie et Jan le regarda par-dessus le toit.

— Ce n'était pas de ta faute, chef.

— Je sais. Comment se fait-il que je me sente si mal alors ?

Il se glissa sur le siège passager et remarqua le rideau en voile qui retombait à sa place devant la fenêtre du salon des Phillips tandis que Jan démarrait le moteur.

— Ça va être un problème, n'est-ce pas ? marmonna-t-il tandis qu'elle s'éloignait. Personne ne va sympathiser avec notre victime de la route ?

Jan pinça les lèvres.

— Je peux comprendre leur point de vue, chef. Elle s'est introduite dans leurs maisons par la ruse et elle a volé des objets précieux et de valeur. C'est difficile pour eux d'éprouver autre chose qu'un sentiment de revanche, j'imagine.

Il soupira en réponse, puis fronça les sourcils à la vue d'un tracteur qui s'était engagé devant eux, tractant un semoir et avançant à un rythme lent vers Grove.

— Je sais que c'était une criminelle, dit-il, mais certaines personnes sont désespérées parce qu'elles ne trouvent pas de travail et ne veulent pas finir à la rue. Je n'excuse pas ce qu'elle a fait en disant cela. C'est juste qu'elle s'est peut-être retrouvée dans une situation où quelqu'un l'utilisait, et elle n'avait peut-être pas le choix dans ce qu'elle faisait. C'est juste un élément de plus de toute cette fichue situation que nous ne connaissons pas encore.

— Ce sera quand même difficile de faire éprouver de l'empathie et de la pitié pour elle, argumenta Jan. Tu as raison, elle était peut-être dans une situation terrible mais elle n'était pas innocente. Elle aurait pu dire à n'importe laquelle de ses victimes de cambriolage qu'elle était en danger et qu'elle avait besoin d'aide, mais elle ne l'a pas fait, n'est-ce pas ?

— Non.

Mark repensa à toutes les dépositions que lui et Alex avaient parcourues ces dernières semaines.

— Non, elle ne l'a pas fait.

Le tracteur mit son clignotant à gauche avant d'atteindre la route principale, et sa collègue laissa échapper un hourra discret avant d'accélérer vers le prochain carrefour.

— On va où maintenant, chef ?

— On retourne à la salle des opérations, soupira Mark. Avec un peu de chance, Alex et Caroline ont eu plus de succès que nous.

CHAPITRE 13

Une atmosphère étouffante de café stagnant et de toner d'imprimante brûlé accueillit Mark tandis qu'il tenait la porte de la salle des opérations ouverte pour Jan.

Les sonneries des téléphones portables retentissaient, réclamant l'attention par-dessus l'accompagnement des téléphones fixes et des voix qui s'appelaient d'un bout à l'autre de l'espace.

Il les mena jusqu'à l'endroit où Kennedy se tenait avec Caroline et Alex devant la porte de son bureau, puis il tira une chaise pour Jan face au petit groupe et salua d'un signe de tête.

— J'espère que vous avez eu plus de chance que ces deux-là, dit l'inspecteur principal.

Alex trépigna, une rougeur sur le cou.

— Les deux victimes de cambriolage auxquelles nous avons parlé étaient, euh, plutôt peu consternées par ce qui s'est passé.

— Pareil pour les nôtres, dit Jan. Choquées, mais pas touchées.

Caroline haussa les épaules, baissa les yeux vers son carnet et s'éclaircit la gorge.

— J'ai jeté un œil aux groupes de réseaux sociaux locaux de cette zone depuis notre retour, chef. La rumeur se répand que la femme décédée était probablement responsable des cambriolages de ces six derniers mois, et le consensus général là-bas est que, ce ne sont pas mes mots, notez bien, « elle l'a bien cherché ».

— Une avancée dans vos conversations d'aujourd'hui concernant son complice ? demanda Kennedy.

Ils secouèrent tous la tête.

— Chef, j'ai parlé avec Nathan à mon retour, dit Alex. Maintenant que nous avons plus d'aide des uniformes pour l'aspect cambriolage, j'en ai mis quatre à chercher des tendances dans la façon dont ces personnes ont été escroquées.

— Continuez.

Alex se retourna et fit signe au robuste agent qui passait avec une pile de dossiers.

— Nate, tu as une minute ? Tu pourrais nous faire un point ?

— Bien sûr.

Nathan posa les dossiers sur un bureau proche et en sortit une page qu'il tendit à l'inspecteur principal.

— Nous avons identifié quatre thèmes principaux. Soit la femme décédée, soit son complice se faisait passer pour un représentant légal dans une affaire susceptible d'intéresser le propriétaire, ou pour quelqu'un d'une compagnie d'assurance préoccupé par l'évaluation actuelle du contenu, ou d'une société de services publics. L'arnaque la moins populaire qu'ils mettaient en œuvre consistait à prétendre être en panne sans téléphone et avec une voiture défaillante. Elle utilisait le téléphone du propriétaire pour appeler à l'aide, puis disait que son petit ami allait venir la chercher. D'après un type à qui j'ai parlé d'un vol en février, la femme a accepté une tasse de thé de sa part pendant qu'elle attendait. Son complice a frappé à la porte vingt minutes plus tard, disant qu'il avait démarré la voiture, et on ne les a plus jamais revus.

— Je me souviens de celui-là, dit Mark. Quand Henry Angleton, la victime, est monté à l'étage, il a trouvé le tiroir de sa table de nuit légèrement ouvert, puis il a découvert qu'une montre de valeur ainsi que l'alliance et la bague de fiançailles de sa défunte épouse avaient disparu.

— C'était inhabituel que son complice fasse une apparition, c'est pour ça que cette dernière méthode semble être la plus risquée et la moins utilisée, ajouta Alex tandis que Nathan récupérait ses dossiers et retournait à son bureau. La plupart du temps, seule la femme était vue.

— Je pense que les gens la considéraient comme plus digne de confiance et moins menaçante que celui avec qui elle travaillait, conclut Mark, donc s'il a quelque chose à voir avec sa mort, il va devoir changer ses méthodes.

— Vous pensez qu'il l'obligeait à commettre ces vols ? suggéra Caroline. Est-ce qu'elle était sous contrainte ?

— Elle a eu de nombreuses occasions de dire quelque chose à quelqu'un, répondit Kennedy en faisant écho aux paroles antérieures de Jan. N'importe laquelle des personnes qui a été cambriolée aurait pu nous appeler en son nom.

— Ça dépend de l'emprise que cet homme avait sur elle, je suppose, dit Mark. S'il la menaçait, elle ou un membre de sa famille, alors peut-être qu'elle sentait qu'elle n'avait pas le choix. Ce que je veux dire, c'est que ce n'était peut-être pas simplement une coercition physique, mais aussi psychologique.

Kennedy inclina le menton, concédant le point.

— Jan, des nouvelles de Gillian concernant cette prescription de lentilles de contact ?

— Non, chef. Elle a dit qu'elle allait solliciter une faveur. Je vais l'appeler demain matin si elle ne nous a pas contactés d'ici là.

L'inspecteur principal acquiesça.

— D'accord. Si cet expert du John Radcliffe ne peut pas l'aider d'ici là, dites-lui de transmettre à l'équipe de Jasper, et vite. Nous allons avoir du mal à faire avancer cette affaire sans une identification à exploiter.

— Je me demande aussi combien de personnes ont été escroquées et sont trop gênées ou effrayées pour le signaler, ajouta Mark. Je veux dire, d'accord, nous avons un grand nombre de dossiers ouverts à traiter, mais il pourrait y en avoir plus.

— Renseignez-vous auprès des associations locales cet après-midi. Il y en a au moins une basée ici à Abingdon qui est efficace pour poster des mises à jour sur leur site web et les réseaux sociaux pour avertir les gens des cambriolages et offrir des conseils de sécurité de base. Tracy peut vous donner les coordonnées. Ils sont très actifs dans l'éducation des personnes vulnérables sur les dernières arnaques et pourraient avoir plus d'informations que des gens leur ont confiées.

— Je m'en occupe.

— Ok.

Kennedy consulta sa montre.

— Faites ce que vous avez à faire pour le reste de la journée. On se retrouve demain à midi. Caroline, Alex, restez en contact avec Jasper et son équipe pour tout ce qu'ils peuvent glaner sur la scène de crime. Nous devrions aussi avoir son rapport final plus tard aujourd'hui.

Mark suivit Jan jusqu'à leurs bureaux.

— Cette association a son bureau à côté de la bibliothèque. On y va à pied ?

— Toi oui, mais moi je dois prendre la voiture.

Elle sourit.

— Il y a le football ce soir, alors je dois faire manger les garçons tôt pour qu'on puisse arriver à l'heure.

— Pas de problème. Tu es sûre de vouloir venir ? Je peux toujours aller parler à ces gens tout seul.

— Je vais venir.

Elle fronça les sourcils en apercevant le voyant de messages clignoter sur le téléphone de son bureau, puis elle décrocha en gémissant.

— Si j'arrive un jour à en finir avec tout ça.

CHAPITRE 14

Sans la multitude d'œufs de Pâques et de poussins jaunes en plastique qui bordaient la vitrine du café, on aurait pu croire à un vendredi après-midi ordinaire de début de printemps.

Mais nous étions deux semaines avant Pâques, et un faible rayon de soleil peinait à réchauffer Market Place tandis qu'un groupe d'hommes et de femmes s'affairaient à ranger les barnums et les tables pliantes, démontant le marché fermier pour le reconstituer avec entrain ailleurs dès le lendemain.

Mark était assis à une table pour deux à l'extérieur du café, ses pieds sur les pavés inégaux et une tasse de café entre les mains en attendant que l'horloge de l'église sonne l'heure.

Il espérait que Jan avait réussi à trouver une place de parking si tard dans la journée.

Son regard parcourait paresseusement les gros titres du journal gratuit et un filet de vapeur tentant caressait ses narines avec un arôme d'arabica.

Le journal restait ouvert à la page cinq et le café, toujours rempli aux trois quarts, était en train de refroidir.

Du coin de l'œil, il observait un autre café animé de l'autre côté de la place, et un frisson parcourut ses épaules lorsqu'une femme d'une trentaine d'années sortit de la porte d'entrée avec un sourire figé sur les lèvres tout en équilibrant un plateau chargé de tasses et d'une assiette de sandwichs.

Elle servit le couple d'âge mûr qui attendait – des touristes à en juger par leurs vêtements et des randonneurs vu les bâtons télescopiques posés par terre à côté de leurs pieds – puis elle tourna les talons en frappant le plateau désormais vide contre sa jambe alors qu'elle retournait à l'intérieur.

Clare Baxter ne lui avait pas accordé un seul regard.

Il se demandait comment elle s'en sortait ces temps-ci.

Après tout, c'était elle qui avait trouvé un adolescent dans ses derniers instants de vie dans la ruelle à côté du café où elle travaillait encore.

Mark prit une gorgée de café et repoussa la culpabilité, comme il le faisait chaque nuit depuis octobre.

Même s'il essayait d'éviter l'endroit, il ne pouvait s'empêcher de l'observer et de s'interroger parfois.

Dix minutes plus tôt, et il aurait peut-être vu le garçon.

Quinze minutes plus tôt, et il l'aurait peut-être sauvé.

— Vous voulez autre chose ?

Il sursauta et son pied heurta la table avec un bruit sourd avant qu'il ne lève les yeux vers le jeune serveur qui le regardait avec un sourire d'excuse.

— Désolé, j'étais ailleurs. Ça va, merci. Je vais partir dans une minute.

Le garçon s'éloigna, son attention déjà captée par deux marchands du marché en quête de boissons chaudes, et le regard de Mark se porta à nouveau vers le café de l'autre côté des pavés tandis qu'il sirotait sa boisson.

Il pouvait voir Clare à travers la fenêtre en train de servir un client, ses traits flous à cause de la condensation qui s'accrochait à la vitre.

Il aurait dû dire quelque chose depuis le temps, expliquer sa réticence à y dépenser son argent, mais il ne savait pas par où commencer.

Peut-être que sa présence lui rappelait trop cette nuit-là également.

Il ne pouvait qu'espérer qu'elle comprenne.

La propriétaire, Angie, sortit et commença à essuyer la table récemment libérée par deux femmes en tailleur, ses mouvements rapides et efficaces.

Mark cligna des yeux pour chasser les souvenirs, puis il se leva et vida le reste de son café.

Il y avait une autre victime de meurtre qui réclamait maintenant son attention.

Il glissa quelques pièces de deux livres dans la soucoupe, sachant que le propriétaire les mettrait dans la boîte de collecte pour le refuge animalier sur le comptoir à l'intérieur, et il partit d'un pas vif.

La zone piétonne commerçante offrait un panorama fatigué malgré les tentatives des gérants de magasins pour égayer les vitrines avec des présentoirs et des panneaux colorés à côté des incontournables faux œufs et poussins jaunes.

Il y avait trop de boutiques vides, trop d'exemples de locaux condamnés, et trop de désespoir dans les formulations des panneaux de soldes qui offraient trente pour cent de réduction ou plus.

Une fine bruine commençait à imbiber les pavés imbriqués et il se dépêcha le long d'un zigzag de chemins vers la bibliothèque, puis il leva la main pour saluer Jan qui sortait du parking public avec un sac en cuir sur une épaule et son téléphone portable à la main.

Elle fronça les sourcils quand elle le vit.

— Tu observais encore le café ? dit-elle tandis qu'il s'approchait.

— Comment tu le sais ?

— Je t'ai déjà vu. Clare a aussi demandé de tes nouvelles l'autre jour.

— Vraiment ? Comment tu as—

— J'y suis allée avec Harry pour choisir un gâteau d'anniversaire pour un de ses amis.

Elle fourra son téléphone dans son sac, puis le guida vers un immeuble de bureaux de trois étages à côté de la bibliothèque.

— Elle voulait savoir si tu allais bien.

Il ne dit rien, stupéfait.

— Tu devrais y aller, tu sais.

Jan lui donna un coup de coude tandis qu'ils entraient dans un espace d'accueil commun.

— Même juste une fois.

Après avoir examiné la liste des noms d'entreprises affichée sur un panneau en liège à côté des escaliers sur leur gauche, Mark trouva l'association caritative au deuxième étage. Il monta lourdement les marches recouvertes de moquette, puis s'arrêta sur le palier.

— Peut-être que je le ferai.

— Bien.

Jan ouvrit brusquement une lourde porte et entra dans un petit bureau en open space avec un accueil près de l'entrée, et elle montra sa carte professionnelle à une femme d'une vingtaine d'années qui se leva de son siège et les regarda avec intérêt.

— Nous avons rendez-vous avec Andrew Crewford, dit Mark.

— C'est moi.

Il se tourna au son de la voix pour voir un homme à l'air sérieux d'une quarantaine d'années qui s'avançait vers eux, la main tendue.

— Vous nous avez trouvés facilement ? demanda-t-il en les guidant vers un groupe de fauteuils orange vif dans le coin le plus éloigné autour d'une table en Formica blanche. Je peux vous offrir quelque chose à boire, thé, café...

— Non, merci.

Mark s'enfonça dans l'un des fauteuils et déboutonna sa veste.

— Nous espérons ne pas prendre trop de votre temps, mais nous aimerions que vous nous aidiez à obtenir des informations concernant les alertes actuelles sur les fraudes dans le secteur. Nous avons eu une série de cambriolages ces quatre derniers mois ciblant des personnes vulnérables, et maintenant l'une des personnes probablement responsables de la fraude a été retrouvée morte.

Les sourcils de Crewford se haussèrent et il passa sa langue sur sa lèvre inférieure en se penchant en avant sur son siège.

— Morte ?

— C'est exact.

Mark réprima son dégoût face à l'excitation mal dissimulée de l'homme.

— Nous nous demandions également si vous fournissez des conseils à des personnes qui auraient récemment été escroquées de leur argent ou de leurs objets de valeur. Est-ce que cela vous dit quelque chose ?

— Laissez-moi vérifier. Enfin, tout pour aider la police, n'est-ce pas ?

Crewford gloussa, puis s'excusa et se dirigea vers un bureau encombré avant de revenir avec un vieux classeur à levier.

— Nous avons un système informatique désuet et je ne fais pas confiance aux serveurs, donc j'insiste toujours pour qu'un rapport papier soit imprimé par nos bénévoles. Comprenez que je ne peux pas vous les donner, les gens viennent nous voir en toute confidentialité parce qu'ils ont l'impression de n'avoir nulle part où aller. Souvent, ils sont gênés d'avoir été arnaqués et ils ne veulent pas aller voir la police de peur que leurs familles ne l'apprennent.

Il feuilleta les pages, puis tourna le dossier vers eux.

— C'était le premier de la dernière série. Nous avons généralement un ou deux signalements d'activités frauduleuses chaque mois, mais malheureusement vous avez raison, nous avons constaté une légère augmentation des plaintes et des demandes d'aide dernièrement. Si vous feuilletez, vous verrez que nous avons eu six à huit cas chaque mois.

— Que fait votre association pour sensibiliser les gens aux dangers de la fraude ? demanda Jan en sortant son stylo à bille et en préparant son carnet.

— Nous avons beaucoup d'informations sur notre site web concernant les signes à surveiller, dit Crewford. Nous avons également une série de dépliants qui contiennent les mêmes avertissements et conseils de sécurité qui sont affichés dans le hall d'entrée en bas, ainsi qu'au bureau des conseillers citoyens et à la bibliothèque, des endroits où nous espérons que les gens pourront les voir. Les bureaux du conseil municipal en ont aussi dans leur réception, par exemple.

— Les cas sur lesquels nous enquêtons impliquent des arnaques au porte-à-porte, plutôt que par SMS, email ou appel téléphonique, expliqua Mark en parcourant les pages et en scannant le texte. Est-ce que c'est inhabituel de nos jours ?

— Pas vraiment. Il y a encore des personnes qui n'ont pas accès à Internet ou à un téléphone portable, ou qui pourraient ne pas vouloir de téléphone portable, expliqua Crewford. Et si elles en ont un, alors malgré tous les avertissements publiés par des associations caritatives comme la nôtre et la police, elles continuent de publier des informations personnelles sur les réseaux sociaux qui peuvent permettre à quelqu'un de les cibler.

— Que faites-vous pour les aider quand elles signalent quelque chose comme ça ? demanda Jan tandis que Mark rendait le dossier.

— Tout d'abord, nous essayons de les persuader de signaler l'incident à la police, donc vous pourriez trouver des noms familiers parmi ces rapports. S'ils sont réticents à le faire, nous les aidons avec leurs déclarations d'assurance et nous veillons à ce que l'essentiel de l'arnaque, sans partager pas leurs noms pour des raisons évidentes, soit publié dans des bulletins sur notre site web et nos pages de médias sociaux.

Mark réprima un soupir en réalisant que l'association ne pouvait pas faire plus, surtout si les personnes qu'ils aidaient étaient trop effrayées ou embarrassées pour entreprendre une démarche officielle.

Et puis la culpabilité le submergea en pensant au nombre de cas dont Alex et lui avaient été inondés depuis le Nouvel An, et au peu qu'ils avaient pu accomplir par eux-mêmes.

— Vous avez eu beaucoup de nouveaux cas depuis la diffusion de notre communiqué de presse hier ? demanda-t-il.

— Un ou deux.

Crewford tendit le cou et montra le dossier à un collègue plus âgé.

— Brian, tu pourrais faire une copie des rapports que j'ai marqués, mais en supprimant les noms ?

Tandis que l'autre homme se dirigeait vers un photocopieur délabré, l'attention de Crewford se reporta sur Mark.

— Désolé, mais comme je l'ai dit, ces personnes viennent à nous en toute confidentialité. Tout ce que je peux faire, c'est vous fournir les détails des cambriolages pour que vous puissiez voir s'il y a des similitudes avec les vôtres.

— Ça devra suffire, répondit Mark.

Il se leva.

— Merci quand même pour votre temps.

— Il y a encore une chose, dit Crewford alors que son collègue revenait avec les copies. Il existe un groupe local de type justicier sur les réseaux sociaux qui suit beaucoup de nos publications. Je pense qu'ils essaient également de découvrir qui est impliqué dans les cambriolages.

— De quelle façon ?

Jan fronça les sourcils en glissant les rapports dans son sac.

— Ils disent qu'ils ont rassemblé des articles de presse sur les cas connus et qu'ils essaient d'y mettre un terme. Ils surveillent les voisins âgés, rendent visite aux personnes qui vivent seules, ce genre de choses.

Crewford rayonnait.

— Ils sont très proactifs. C'est assez admirable, vous ne trouvez pas ?

Mark plissa les yeux.

— Pourquoi est-ce que vous n'avez pas pensé à nous

mentionner cela avant ? Vous êtes en contact régulier avec nos agents de police locaux, n'est-ce pas ?

— Je ne savais pas si ce serait utile.

Crewford se tortilla, puis se pencha vers un bureau voisin pour prendre un stylo et arracha une page d'un bloc de post-it jaune pâle.

— Quoi qu'il en soit, voici le numéro de Bill Bereton, il dirige le groupe. Il vit à Farringdon.

— Depuis combien de temps est-ce que ça dure ?

— Oh, au moins trois mois. Ils semblent très déterminés.

Mark arracha la note des doigts de l'homme.

— Vous auriez dû nous téléphoner pour nous le dire avant.

— Je suis désolé.

— Cela n'aide pas la femme qui a été assassinée, n'est-ce pas ?

CHAPITRE 15

— Bon sang, il s'en sort plutôt bien.

Jan examina la fenêtre cathédrale à l'avant de la grange reconvertie, puis elle jeta un regard à Turpin.

— Qu'est-ce qu'il faisait avant ?

— Selon Caroline, Bereton était directeur d'un groupe d'investissement privé jusqu'à il y a quatre ans. Il est maintenant administrateur non-exécutif au conseil d'administration d'une association locale de soins palliatifs, et administrateur d'un des groupes de jeunesse locaux. Il n'est pas pauvre d'après les articles qu'elle a trouvés en ligne. Il fait aussi quelques dons politiques ici et là.

— Pour graisser des pattes ?

— Probablement.

Turpin glissa son téléphone dans la poche de sa veste et ouvrit la marche vers l'énorme porte d'entrée en chêne encastrée au milieu de la fenêtre, puis il appuya sur une sonnette fixée sur un panneau de sécurité à droite du cadre.

En regardant à travers la vitre, Jan aperçut un escalier

sculpté qui montait du hall à un palier ouvert à l'étage, avec une galerie de ménestrels au-dessus.

Une cheminée ouverte avait été construite dans le mur gauche du hall, l'âtre rempli de bûches. À côté de l'escalier, un long buffet en chêne faisait face au foyer, un grand vase en céramique blanche rempli de tulipes apportant une touche de couleur à la vaste étendue.

Une porte à côté de la cheminée s'ouvrit et un homme dans les soixante-dix ans se précipita vers eux, ouvrant la porte d'entrée avec panache.

— William Bereton ? demanda Turpin en sortant sa carte professionnelle.

— Appelez-moi Bill.

Il tendit la main, puis enveloppa celle de Jan dans une poigne serrée et moite.

— Andrew a téléphoné pour dire que vous aviez besoin d'aide.

— En quelque sorte, dit-elle en dégageant ses doigts et en résistant à l'envie de s'essuyer la main sur son pantalon. Merci de nous recevoir si rapidement.

— Pas de problème.

Il jeta un regard superficiel à Turpin en s'écartant pour les laisser entrer, puis il claqua la porte et pivota sur ses talons.

—Venez dans le bureau, voulez-vous ? Ma femme a sa sœur ici et il n'est pas nécessaire d'impliquer les femmes dans cette affaire.

Jan suivit une bouffée d'après-rasage écœurant en passant devant la cheminée et sous une porte située sous l'escalier, et elle remarqua que Bereton et Turpin devaient tous deux se baisser pour passer sous le linteau en pierre exposée.

— XVe siècle, m'a-t-on dit, expliqua Bereton en écartant les mains. C'est pour ça que certains des murs d'origine en torchis ont dû être préservés derrière des panneaux de verre. Toute cette moitié du bâtiment est classée monument historique. Apparemment, cette partie servait autrefois d'écurie.

— Impressionnant, admit-elle en contemplant les poutres qui s'entrecroisaient au-dessus de sa tête et la grande fenêtre qui donnait sur l'arrière de la propriété. Belle vue aussi.

— N'est-ce pas ?

La poitrine de Bereton se gonfla.

— C'est pour cette vue que j'ai insisté pour que mon bureau soit orienté dans cette direction. Ça aide les processus de réflexion, je trouve.

Il désigna une paire de canapés en cuir bien usés qui entouraient une plus petite cheminée éteinte, et il attendit qu'ils s'installent dans l'épais rembourrage, puis il s'approcha du manteau de cheminée et appuya son bras sur la pierre sculptée complexe.

— Andrew a dit que c'était à propos des cambriolages qui se produisent dans le coin.

— En fait, ce n'est que partiellement correct, dit Turpin.

Il déplia une photographie que Gillian avait fournie après avoir nettoyé le visage de la victime avant l'autopsie et il la montra à l'autre homme.

— Est-ce que vous la reconnaissez ?

Bereton s'approcha de la fenêtre et tint l'image à la lumière en plissant légèrement les yeux.

— Je ne peux pas dire que je la connais. Comment s'appelle-t-elle ?

— Vous pourriez nous dire où vous étiez entre dix-huit heures trente et vingt-deux heures mardi soir ?

Il retourna vers les canapés et adressa un sourire nerveux à Turpin en lui rendant la photographie.

— Vous m'inquiétez.

— S'il vous plaît, répondez à la question.

— J'étais ici, en train de préparer le dîner avec ma femme. C'était l'anniversaire de sa sœur hier et elle passe quelques jours chez nous.

Il secoua légèrement la tête.

— Son mari, Neil, est décédé il y a six mois et nous ne voulions pas qu'elle soit seule.

— Ok.

Turpin rangea la photo dans sa veste.

— Nous essayons toujours d'établir l'identité de cette femme, mais elle a été retrouvée sur un accotement près de Charney Bassett mardi soir.

— Que s'est-il passé ?

— Notre enquête est en cours. Parlez-moi du groupe que vous gérez, celui que vous avez créé pour lutter contre la criminalité dans la région.

Bereton se redressa.

— Attendez une minute. Vous ne pouvez pas venir ici nous accuser de l'avoir tuée.

— Je ne crois pas l'avoir fait.

Jan observa l'homme plus âgé qui se mordillait la lèvre en digérant les paroles de Turpin.

Finalement, une partie de sa véhémence se dissipa et il laissa échapper un soupir.

— Écoutez, nous sommes juste un groupe de résidents locaux préoccupés, c'est tout. Je veux dire, plusieurs d'entre nous ont été cambriolés dans le passé, et nous voulions faire quelque chose à ce sujet.

— Vous avez été cambriolé récemment ?

Turpin regarda autour du bureau et Jan remarqua son

regard s'attarder sur les verrous de fenêtre et les capteurs d'alarme installés dans les coins du plafond.

— Je ne me souviens pas d'avoir vu votre nom dans nos dossiers.

— Non, pas moi personnellement. D'autres membres du groupe.

Bereton joignit ses mains.

— Vous pouvez comprendre ce que c'est, de vivre ici au milieu de nulle part. Nos voisins les plus proches sont à près d'un kilomètre et vous avez vu à quel point nous sommes isolés de la route. Je n'ose pas imaginer ce qui pourrait arriver si cette maison était cambriolée pendant que Grace est ici toute seule.

— Comment s'appelle votre groupe ?

— Le groupe de protection des foyers du Cheval blanc. Vous pouvez nous trouver sur les réseaux sociaux. Je n'arrête pas de dire qu'on devrait avoir un site web, mais personne ne m'écoute, et je ne peux pas tout faire pour eux.

Jan leva les yeux de ses notes juste à temps pour voir Bereton lever les yeux au ciel avec frustration.

— Que fait ce groupe ? demanda-t-elle.

— Nous nous réunissons une fois par mois à la salle communale de Challow, et nous discutons des avis que vous avez publiés, de tout comportement suspect remarqué dans la région, nous prenons des nouvelles les uns des autres, dit-il en s'animant sur le sujet. Si quelqu'un a besoin d'aide pour installer une nouvelle clôture, nous organisons une rencontre chez cette personne pour lui donner un coup de main. Ce genre de choses.

— C'est très solidaire de votre part, murmura Turpin. Vous êtes donc au courant des douze cambriolages dans les environs immédiats au cours des trois derniers mois ?

La mâchoire de Bereton s'affaissa.

— Douze ?

— Dans un rayon de six kilomètres autour de cette maison, oui.

— Eh bien, je...

— Combien de personnes font partie de votre groupe de « locaux concernés » ? demanda Turpin.

— Six, actuellement. Moi-même, un ancien avocat, un type qui travaillait pour l'une des grandes banques de la City...

— Je suppose que tous les membres sont plutôt... aisés, alors ?

— Oh, oui.

Le regard de Bereton passa de Turpin à Jan.

— Enfin, ça ne sert à rien d'impliquer, disons, les gens moins fortunés qui vivent dans le coin, n'est-ce pas ? Je veux dire, qu'est-ce qu'ils pourraient bien avoir qui vaille la peine d'être volé ?

Les yeux de Turpin se plissèrent et Jan prit une profonde inspiration.

— Ce sont ces gens moins fortunés qui se font cambrioler pendant que vous rénovez des clôtures, dit-il les dents serrées. Vos voisins immédiats, en d'autres termes. Et maintenant, une femme qui pourrait être liée à ces cambriolages a été retrouvée assassinée.

Jan arrêta d'écrire tandis que Bereton pâlissait.

Il porta ses mains à sa bouche comme en prière, puis expira.

— Je suis désolé d'apprendre cela, dit-il. Que puis-je faire pour vous aider ?

— Les caméras de sécurité que vous avez ici, est-ce que certaines sont orientées vers la route ?

— Oui, il y en a une sur le poteau du portail. J'ai recommandé à tous nos membres d'en installer, juste au cas où.

— Je vais avoir besoin des noms et adresses de ces membres.

— Bien sûr, pas de problème. Je vais vous les envoyer par email—

— J'en ai besoin tout de suite.

CHAPITRE 16

Plus de vingt agents en uniforme et membres du personnel administratif étaient rassemblés dans la salle des opérations lorsque Mark et Jan franchirent la porte le lendemain matin.

Après avoir posé son sac à dos sur son bureau, Mark en sortit une poignée de clés USB colorées qu'il tendit à Tracy en passant, lui faisant un clin d'œil quand elle lui adressa un sourire fatigué.

Kennedy interrompit son briefing et arracha ses lunettes de lecture de son nez pendant qu'ils prenaient place vers le fond du groupe et Mark leva une main en signe d'excuse.

— J'imagine que vous avez eu un après-midi productif hier, vous deux ? demanda l'inspecteur principal. Vous voulez bien nous en dire plus ?

— Ces fichiers que je viens de donner à Tracy sont des enregistrements de six maisons privées, toutes situées à proximité des derniers cambriolages. Nous avons récupéré les derniers ce matin, dit Mark en desserrant sa cravate. Nous avons parlé au leader officieux d'un groupe local de résidents qui ont installé des caméras au bout de leurs allées, au cas où notre victime apparaîtrait sur l'une d'entre elles.

Kennedy grogna en réponse.

— Bien, Tracy, il vaudrait mieux enregistrer tout ça dans le système après notre réunion. Nathan, vous pouvez travailler avec Alice Fields et Sam Owen pour examiner les enregistrements ? Est-ce que votre soi-disant leader a reconnu la victime, Mark ?

— Il affirme que non, et son alibi s'est vérifié. Jan a parlé à sa femme avant notre départ pour le confirmer.

— Nous allons passer en revue les autres membres du groupe cet après-midi, chef, juste pour nous assurer que leurs alibis tiennent la route et qu'ils ne figurent pas déjà dans notre système, ajouta Jan.

— Bien, vous arrivez juste à temps pour entendre une bonne nouvelle.

Kennedy ajusta ses lunettes de lecture et examina les pages qu'il tenait en main.

— L'expert de Gillian au John Radcliffe a envoyé un email il y a vingt minutes, et il a réussi à déterminer la prescription de notre victime à partir de la lentille de contact qu'elle a trouvée pendant l'autopsie. Sortez vos stylos, tout le monde, vous allez être occupés aujourd'hui.

Mark ouvrit son carnet pendant que l'inspecteur principal commençait à énumérer les tâches.

— Caroline, travaillez avec Alex et les agents en uniforme et commencez à téléphoner aux opticiens locaux. Demandez-leur de sortir les dossiers des patients avec cette prescription. Je sais que ça va prendre du temps, alors je vais en toucher un mot au commandant divisionnaire Melrose pour qu'il approuve des heures supplémentaires pour le week-end. Nous devons agir vite sur ce coup, car quel que soit son complice, qui que soit son meurtrier, il a déjà trois jours d'avance sur nous.

L'inspecteur principal lui tendit le rapport de Gillian.

— Commencez par les chaînes du centre-ville. Elles ont des bases de données centralisées, donc si notre victime est dans l'une d'elles, ça nous fera gagner du temps. Une fois que vous aurez épuisé cette piste, passez aux opticiens indépendants.

Caroline acquiesça et souligna sa note.

— Si nous devons en arriver là, chef, alors je commencerai par ceux de Wantage et Farringdon, étant donné qu'ils sont plus proches de l'endroit où elle a été retrouvée, et je continuerai à partir de là.

Le regard de Kennedy se posa sur Mark.

— Je veux que vous et Jan parliez aux deux prêteurs sur gages qu'Alex a identifiés comme des endroits potentiels où notre victime de la route et son complice auraient pu écouler leurs marchandises volées, alors occupez-vous de ça et faites-moi un rapport quand vous aurez terminé.

Il s'interrompit lorsqu'une main se leva de l'autre côté du groupe et tourna son attention vers un jeune agent.

— Une question, Sam ?

— Chef, je me demandais juste, vu la quantité d'informations sur les arnaqueurs en ligne et autres, on pourrait penser que les victimes de ces cambriolages auraient réfléchi au fait qu'elles se faisaient peut-être arnaquer.

— D'après le responsable de l'association caritative que nous avons rencontré plus tôt, ils font tout leur possible pour médiatiser les arnaques actuelles, mais nous avons affaire à des opérateurs très astucieux, dit Mark. Et même si beaucoup de gens se méfient aujourd'hui des arnaques par téléphone et par email, ils semblent baisser leur garde quand quelqu'un se présente à leur porte, surtout quelqu'un qui dit essayer de les aider ou de leur donner de l'argent, plutôt que de leur vendre quelque chose.

— D'après les déclarations que nous avons examinées, dans chaque cas, la victime a souligné combien l'homme ou la femme était poli et bien informé, ajouta Alex. Qui que soit notre adversaire, il est intelligent.

— Ce qui est plus inquiétant encore et, compte tenu du tournant des événements mardi soir, il est aussi impitoyable, dit Kennedy. Donc plus vite nous l'arrêterons, mieux ce sera.

CHAPITRE 17

Jan jura lorsque son talon dérapa sur le trottoir irrégulier, puis elle examina la façade fatiguée d'une boutique coincée entre une laverie automatique et une boucherie.

Un chevalet en bois était attaché à une chaîne qui partait de la maçonnerie effritée sous la vitrine jusqu'à l'un des pieds du panneau, et quelqu'un avait griffonné à la craie des lettres décolorées sur la peinture ardoise promettant le meilleur prix pour les bijoux en or et de l'argent comptant pour les pierres précieuses.

Ralentissant aux côtés de Turpin alors qu'ils approchaient, elle observa les diverses guitares électriques suspendues dans la vitrine, leurs formes élégantes en contraste avec le cochon mort qui pendait d'un crochet derrière la vitre d'à côté.

— Alors, celle-ci appartient à Brenda Stephens, murmura-t-elle. Elle est établie ici à Botley depuis neuf ans. Avant, elle gérait l'entreprise depuis un local près d'Iffley Road. On dirait qu'elle a réduit la taille en même temps. Alex a dit que l'installation précédente comprenait beaucoup de meubles et d'objets de récupération pour jardin.

— Ok, voyons ce qu'elle sait.

Turpin poussa la porte et la tint ouverte pour Jan, qui plaça immédiatement son doigt sous son nez pour éviter qu'un éternuement n'éclate.

Une odeur poussiéreuse et humide assaillit ses sens et elle cligna des yeux un instant tout en regardant autour d'elle les différents bibelots en porcelaine et les peintures criardes qui s'appuyaient contre un mur.

D'autres guitares encombraient un coin, des acoustiques posées à côté d'électriques et de quelques amplificateurs abîmés qui semblaient avoir besoin de nouveaux interrupteurs.

Elle repéra une caisse de bandes dessinées dans un autre coin, puis elle se retourna au son d'une toux rauque provoquée par la cigarette.

— Je peux vous aider ? grinça une femme.

Des sourcils dessinés au crayon se haussèrent au-dessus d'yeux lourdement maquillés qui les fixaient, de profondes rides creusant ses joues et son front. Enveloppée dans un cardigan bleu vif, elle se leva d'un tabouret de bar en bois à côté d'un comptoir à surface en verre et posa un livre de poche, dont les pages s'étalaient sur un assortiment de colliers qui avaient connu des jours meilleurs.

— Vous êtes Brenda Stephens ?

Jan ouvrit sa carte de police.

— C'est moi. Qu'est-ce que vous voulez ?

La femme plissa les yeux à travers la pénombre vers l'endroit où Turpin feuilletait une rangée de disques vinyle.

— À moins que vous n'achetiez, mon petit, on ne touche pas.

Il recula et Jan vit sa bouche se crisper avant qu'elle ne se retourne vers la propriétaire du magasin.

— Madame Stephens, nous enquêtons sur la mort d'une femme d'une vingtaine d'années survenue plus tôt cette semaine. Est-ce que vous la reconnaissez ?

— Laissez-moi voir.

Brenda s'empara de la photo et sortit des lunettes à monture rose en plastique de sa chevelure tachée de nicotine pour examiner le visage de la femme.

— Non. Je ne connais pas celle-là. Que lui est-il arrivé ?

Elle rendit brusquement la photo à Jan et resserra son cardigan autour de sa taille en croisant les bras.

— Elle volait ?

— Qu'est-ce qui vous fait dire ça ?

— Eh bien, vous ne seriez pas ici autrement, n'est-ce pas ? Qu'est-ce que vous pensiez ? Qu'elle est venue ici pour essayer de vendre des objets volés, c'est ça ?

— Est-ce que c'est le cas ?

— Non. Je viens de vous le dire. Je ne l'ai jamais vue.

— Quel genre de clients avez-vous ici ? demanda Turpin en s'approchant du comptoir et en s'accroupissant pour regarder les bijoux exposés.

— Principalement des étudiants.

— Juste des étudiants ?

Turpin lui lança un sourire sournois.

— Vous êtes sûre ? Nous pourrions toujours faire venir des uniformes ici et amener les chiens renifleurs.

Brenda leva les yeux au ciel, l'un de ses faux cils dangereusement près de tomber sous le poids des couches de mascara qui y étaient plaquées.

— D'accord, pas besoin de faire ça, grommela-t-elle.

Quelques consommateurs, pas de dealers. Je ne m'implique pas avec eux, ces sales bâtards.

— Est-ce que vous avez eu quelqu'un qui est venu ici en agissant de manière suspecte ? demanda Jan.

Un rire aboyé précéda une violente quinte de toux, et Brenda se frappa la poitrine de la main sans remarquer le pas en arrière que Jan fit pour éviter l'explosion de postillons.

— Oh putain de bordel, ma pauvre, bien sûr que oui, ricana la propriétaire du magasin en haletant tandis qu'elle contournait le comptoir.

Elle poussa le livre de côté et posa ses mains sur le verre, une grosse bague en diamant scintillant à son annulaire.

— Tout le monde qui entre ici a l'air suspect, non ? Personne ne *veut* entrer dans un endroit comme celui-ci. Ce n'est pas comme s'ils étaient là par choix, pas vrai ? Ils viennent ici quand ils sont désespérés.

— Et vous êtes sûre de n'avoir jamais vu cette femme ? répéta Jan.

— Non, je ne peux pas dire que je l'ai vue. Qu'est-ce qu'elle a fait ?

— Nous cherchons à découvrir comment elle a fini morte dans un fossé à l'extérieur de Charney Bassett, dit Turpin. C'est tout droit par l'A417 depuis ici.

— Comme je l'ai dit, je ne l'ai jamais rencontrée, répondit Brenda en le fusillant du regard. Et si c'est tout, j'ai une entreprise à gérer ici.

Jan regarda par-dessus son épaule et observa la boutique vide puis le bref passage de piétons devant la vitrine.

— Ça n'a pas l'air très animé pour le moment.

— J'ai des visites à domicile à faire et je suis déjà en retard. Alors, si vous n'avez plus de questions, vous pouvez dégager.

CHAPITRE 18

Quarante minutes plus tard, Mark leva les yeux vers les lettres dorées écaillées et défraîchies gravées sur ce qui avait été autrefois une enseigne noire brillante, puis il baissa son regard vers la vitrine en saillie qui s'avançait dans l'étroite ruelle pavée.

Un triste assortiment de meubles bon marché, de bibelots en porcelaine de mauvais goût et de bijoux sales s'alignait dans la vitrine, encadré par une série d'avis décolorés énumérant tout, des heures d'ouverture aux avertissements concernant l'absence d'argent liquide dans les locaux.

— J'ai envie de mettre des gants de protection rien qu'en regardant cet endroit, dit Jan en fronçant les sourcils devant la couche de saleté incrustée dans le châssis pourri de la fenêtre.

— Alex a dit que ce type était installé ici depuis combien de temps ?

— Trois ans. Il n'y a rien dans la base de données qui suggère qu'il y ait eu des problèmes. J'ai vérifié auprès des agents en uniforme du secteur et ils disent qu'ils n'ont jamais eu de raison de s'inquiéter non plus. M. Targethen boit régulièrement dans l'un des pubs de Market Place et il a tendance à rester discret, selon le type qui possède ce bâtiment. Targethen fait un peu de débarras entre deux journées passées à gérer cette boutique, et il se prend pour un antiquaire à ses heures perdues.

— Comme tous les autres.

Mark jeta un coup d'œil aux taches sur la poignée de la porte, puis il utilisa son coude pour se frayer un chemin à l'intérieur.

Il se baissa lorsque quelque chose frôla ses cheveux, un frisson lui parcourant la nuque avant qu'il ne se retourne pour voir un fragment de ruban adhésif brun détaché d'un boîtier de jonction électrique cassé au-dessus de la porte ouverte. Il flottait dans la brise jusqu'à ce que Jan le pousse sur le côté.

À sa gauche et à sa droite, des étagères bordaient les murs, disparaissant dans une pénombre poussiéreuse et chargées de manière désordonnée de vieilles tasses et soucoupes en porcelaine, de casseroles en cuivre et d'argenterie sale.

Il entendait une station de radio jouer en arrière-plan, un ensemble métallique de voix confuses avec trop d'aigus et peu de résonance avant d'apercevoir un ancien smartphone appuyé contre une pile de livres reliés en cuir sur le comptoir, avec un mini haut-parleur à côté.

Un homme mince d'une cinquantaine d'années l'observait derrière un comptoir vitré aussi encombré que les étagères. Il s'appuyait d'un bras sur une caisse enregistreuse, la bouche réduite à une ligne fermée et le regard dur.

— Tiens, tiens, si ce n'est pas la police, ricana-t-il. Qu'est-ce qui vous amène ici ?

— Vous êtes Marcus Targethen ? demanda Mark en s'approchant.

— C'est moi.

Mark sortit sa carte professionnelle, puis la photographie désormais froissée à plusieurs endroits.

— Est-ce que vous connaissez cette femme ?

Le prêteur sur gages se pencha en avant, mais ne prit pas la photographie et pivota plutôt une lampe de bureau pour l'éclairer.

— Non.

Il se balança sur ses talons.

— Pourquoi ? Elle a essayé de fourguer des objets volés ou quelque chose comme ça ?

— C'est ce que nous essayons de découvrir. Vous avez beaucoup de problèmes de ce genre ici ?

— Vous avez dit que vous vous appeliez comment ?

— Inspecteur Mark Turpin.

Targethen sourit, exposant des dents inégales noircies par la carie.

— Je n'ai aucun problème ici, inspecteur. Je ne traîne pas avec ce genre de personnes. Je dirige une entreprise parfaitement légitime.

— Vous êtes occupé ? demanda Jan, d'un ton incrédule.

— C'est un moment calme de la journée, c'est tout. Ça me donne le temps de faire la paperasse.

Targethen fit un mouvement du bras en direction d'un buffet en acajou ébréché derrière la caisse, où une pile de reçus et de factures oscillait à côté d'un ordinateur portable d'un autre âge.

— Vous m'avez interrompu.

— Alors nous allons être brefs, dit Mark. Où étiez-vous entre six heures et demie et dix heures et demie mardi soir ?

Targethen pointa son doigt vers la porte.

— Au pub sur la place. Je regardais le foot. Demandez au

patron, il vous le dira. J'y suis arrivé à six heures et j'en suis sorti à onze heures moins cinq. Puis je suis rentré chez moi.

Mark attendit pendant que Jan notait les détails et il regarda au-delà du propriétaire vers l'écran du tableur sur l'ordinateur portable.

— Est-ce que vous gardez une trace de tout ce que vous achetez et vendez ?

— Bien sûr.

— Des transactions en liquide ?

— Écoutez, seulement de temps en temps, et uniquement s'il s'agit d'une pièce particulièrement pourrie. Pas de bijoux, notez, je fais attention avec ce genre de choses, au cas où vos collègues débarqueraient. Juste une chaise ou un bibelot par-ci par-là. Mais je les mets quand même dans cette liste d'inventaire, s'empressa-t-il d'ajouter. Le comptable règle tout ça à la fin de l'année et me dit ce que je dois au fisc.

Mark haussa un sourcil en réponse.

— Où est-ce que vous trouvez la plupart de votre stock ? demanda Jan.

— La plupart du temps, les gens entrent ici avec des bibelots. Des choses dont ils ont hérité et qu'ils ne veulent pas garder, ou des cadeaux non désirés.

Les dents noircies sourirent à nouveau.

— Beaucoup de bagues de fiançailles et de souvenirs encombrants. Ils se disent qu'au moins je leur donnerai un peu d'argent plutôt que de les déposer dans un magasin caritatif ou de les rendre à un ex.

— Vous avez des caméras de vidéosurveillance ? demanda Mark.

— Je n'ai jamais eu de problèmes, alors je ne m'en préoccupe pas. Ce sont des choses coûteuses à faire fonctionner.

— Je suis surpris que vos primes d'assurance n'aient pas augmenté si vous n'avez pas de caméras.

— J'ai de bonnes serrures aux portes et aux fenêtres. Ça aide.

Les yeux de Targethen se plissèrent.

— De quoi s'agit-il, d'ailleurs ? Cette femme... qu'est-ce qu'elle a fait ?

— Elle a été retrouvée sur le bord de la route à quelques kilomètres d'ici. Nous considérons sa mort comme suspecte.

Le visage du prêteur sur gages pâlit.

— Elle est morte ?

— Je croyais que vous ne la connaissiez pas.

— Je... je ne la connais pas. C'est juste choquant, non ? Targethen déglutit.

— J'ai deux nièces, et je n'arrête pas de dire à ma sœur qu'elle devrait leur payer des cours d'autodéfense. Ce n'est plus sûr dehors, n'est-ce pas ?

Mark jeta un dernier regard au contenu du comptoir et des étagères derrière la caisse.

— Merci pour votre temps, monsieur Targethen. Nous vous recontacterons si nous avons d'autres questions.

Il fit glisser une carte de visite sur le comptoir, puis suivit Jan à l'extérieur en clignant des yeux dans la lumière grise d'un ciel couvert.

Il ne regarda pas en arrière, mais il sentait le regard de Targethen le transpercer à travers les vitres sales et il adopta plutôt un rythme rapide vers Market Place.

Alors que Jan déverrouillait la voiture, il fixa enfin l'entrée de la ruelle et grogna à voix basse.

— Quand nous retournerons dans la salle des opérations, je veux revoir les vérifications des antécédents qu'Alex a sorties du système.

— Je te donnerai un coup de main, dit-elle en s'installant au volant après avoir placé son sac derrière son siège.

— On va aussi vérifier ses réseaux sociaux pour les nièces, dit-il en se penchant pour augmenter le chauffage.

— Ok. Tu ne l'as pas cru concernant les cours d'autodéfense ?

— Si, mais tu as vu sa réaction quand je lui ai parlé de notre mystérieuse femme morte.

— Il ment, dit Jan en démarrant le moteur. Il avait l'air effrayé quand tu as dit ça. Tu penses qu'il la connaissait ?

— Oui. Et je veux savoir pourquoi il a peur.

CHAPITRE 19

Mark fit rouler ses épaules et prit une gorgée de son café à emporter avant de reporter son attention sur son écran d'ordinateur. Il pianota sur le clavier tout en se remémorant les entretiens de la journée.

Il était déjà dix-sept heures trente, mais comme l'équipe d'enquête travaillait tout le week-end, tous ses rapports devaient être complétés immédiatement pour tenir les autres informés.

Surtout Kennedy.

L'inspecteur principal avait levé les yeux de son ordinateur lorsque Mark et Jan étaient passés devant la fenêtre de son bureau vingt minutes plus tôt, un froncement de sourcils gravé sur son front et son téléphone à l'oreille. Il les avait salués d'un signe de tête avant de retourner à son interlocuteur, sa voix inaudible à travers la porte fermée.

— Tu crois que c'est le quartier général au téléphone ? demanda Jan en poussant légèrement sa chaussure contre la sienne sous le bureau.

— Aucune idée. Mais ça a l'air officiel, non ?

Mark ne se retourna pas pour regarder et garda les yeux fixés sur son clavier.

— Pourquoi je n'arrive jamais à trouver ce foutu K quand j'en ai besoin ?

Jan sourit.

— Tu devrais prendre des cours de dactylographie, chef. Alex en a pris pendant ses études. Tu as vu à quelle vitesse il tape ?

— Comme si j'avais le temps pour ça.

Il frappa le clavier, appuya sur un autre bouton et observa avec satisfaction l'apparition d'un message confirmant que son rapport était désormais enregistré dans HOLMES2.

— Ok, l'entretien de Targethen est dans le système. Tu en es où avec celui de Brenda Stephens ?

— Terminé, moins les jurons.

Mark rit doucement.

— Elle m'a plu, celle-là.

— Donc tu ne penses pas qu'elle est impliquée ?

— Pas avec notre femme morte, non. J'ai demandé à une patrouille en uniforme de surveiller l'endroit, au cas où nous devrions passer le dossier à l'équipe des stups. Mais je pense que Mme Stephens marche sur une ligne fine sans jamais la franchir. Elle n'aurait pas duré aussi longtemps dans ce business si elle l'avait fait. Pas de nos jours.

— Chef, tu as une minute ?

Il regarda par-dessus son épaule et vit Caroline qui s'approchait, puis il se pencha et tira une chaise libre du bureau voisin.

— Assieds-toi.

— Merci.

— Qu'est-ce qui se passe ?

— J'ai passé en revue le rapport de Jasper sur les

recherches effectuées sur la scène de crime, et les déclarations que nous avons obtenues des Tillcott mardi soir. Il y a quelque chose qui me dérange à propos de ses papiers d'identité manquants.

— Comment ça ?

Jan contourna le bureau de Mark.

— Si elle était corrompue, il est logique que soit son complice ait pris ses papiers, soit elle n'avait rien sur elle au cas où elle serait attrapée et identifiée.

— Je suis d'accord, mais rien de tout cela n'explique pourquoi il, au singulier ou au pluriel, n'a pas récupéré son sac à main ou pris son téléphone portable quand elle a été abandonnée sur le bord de la route, dit Caroline. Je veux dire, pourquoi se donner tant de mal pour retirer son identité, mais laisser le sac ?

Mark agita un doigt.

— En gardant à l'esprit que les preuves actuelles suggèrent qu'elle a été tuée ailleurs puis abandonnée là, il a dû la déplacer de la voiture vers le fossé au bord de la route. Peut-être que le sac était sur son épaule mais qu'il a glissé pendant qu'il faisait ça—

— Et il prévoyait de le récupérer, ajouta Jan.

— C'est ce que je pense, dit Caroline. Il allait prendre le sac, mais il a été interrompu. Par l'approche de la voiture des Tillcott.

Mark attrapa son carnet et griffonna sa théorie puis il releva la tête au bruit de pas.

— Vous avez une minute ? dit Kennedy. C'est-à-dire, si je n'interromps pas quelque chose ici.

— Caroline a une idée concernant le sac à main de la femme, dit Mark.

Il fournit les explications à l'inspecteur principal.

— Si c'est le cas, nous devons reparler aux Tillcott.

— Ils n'ont pas mentionné d'autres voitures quand nous les avons interrogés mardi soir, n'est-ce pas ? dit Caroline en jetant un coup d'œil à Jan, qui secoua la tête.

— Non, je leur ai spécifiquement posé cette question quand nous pensions encore qu'il s'agissait peut-être d'un délit de fuite, dit-elle. Mais à ce moment-là, ils ont dit qu'ils ne s'en souvenaient pas. Si quelqu'un avait abandonné un corps sur le bord de la route, il ne serait pas resté dans les parages, non ? Il aurait dépassé les Tillcott à toute vitesse, donc je suis sûre qu'ils l'auraient remarqué.

— C'est vrai, mais si le tueur était parti dans l'autre direction ?

Mark se balança sur sa chaise d'avant en arrière.

— Ils auraient pu apercevoir des feux arrière ou du mouvement devant eux sans faire le rapprochement sur le moment. Leurs souvenirs pourraient être plus clairs maintenant.

— Ou pires, dit Kennedy. Je suis d'accord que ça vaut la peine de leur reparler, alors ajoutez ça à votre liste pour demain. En attendant, pendant que vous êtes là, j'ai une bonne nouvelle pour vous. Les normes professionnelles ont appelé Melrose il y a une heure et lui ont dit qu'ils n'allaient pas poursuivre leur enquête. Vous êtes de retour dans l'équipe à temps plein.

Mark s'affaissa sur son siège, le cœur battant.

— Vraiment ?

— Comment ça se fait que ça leur ait pris autant de temps ? demanda Jan.

Kennedy leva un sourcil en réponse et elle rougit.

— Désolée, chef. C'est juste que ça dure depuis l'année dernière.

— La politique, répondit-il. Comme toujours.

— Merci quand même, dit Mark.

Il se leva et serra la main de Kennedy.

— J'apprécie que vous m'ayez soutenu, chef.

— On paiera sans doute tous les deux pour ça un jour ou l'autre. En attendant, je vous suggère d'aller chercher Alex, puis de finir plus tôt et d'aller boire un verre pour fêter ça.

— Et vous ? demanda Jan. Vous voulez vous joindre à nous ?

— Malheureusement, j'ai encore des papiers à traiter. Amusez-vous bien.

L'inspecteur principal retourna dans son bureau à grands pas et claqua la porte.

— Venez, dit Mark en passant son bras sous celui de Jan et de Caroline. Vous l'avez entendu. Allons trouver un pub.

CHAPITRE 20

Un soleil éclatant se reflétait sur le pare-brise de la voiture de Jan le lendemain matin lorsque Mark traversa le parking en gravier à côté de la prairie humide.

Des flaques fraîches scintillaient parmi les petits cailloux et les nids-de-poule débordaient d'eau de l'orage tardif qui avait fouetté le toit de la péniche et conféré à l'air une richesse chargée d'ozone.

— Bonjour, dit-il en fermant la portière. Scott ne joue pas au foot ce matin, alors ?

— Plus tard, répondit Jan. Il emmène d'abord les jumeaux à la piscine, son match n'est pas avant seize heures.

Il observa une procession hétéroclite de piétons pendant qu'elle conduisait la voiture sur le pont et à travers le centre-ville avant de passer devant le commissariat.

— Merci pour les verres d'hier soir, ajouta-t-elle. C'était bien de retrouver Lucy aussi.

— Il faut que vous veniez déjeuner avec les garçons un week-end où nous ne travaillons ni l'un ni l'autre, dit Mark. Je t'ai aussi promis un barbecue.

— Fais simple, pour l'amour de Dieu. Si ces garçons s'approchent d'un barbecue, il ne restera plus aucune saucisse pour Hamish. Tu as informé Debbie que l'enquête a été abandonnée ?

— Hier soir. Elle est heureuse, évidemment. Après tout, ils ne l'ont inculpée de rien et le dossier contre moi était fragile de toute façon.

— Et les filles ?

— Louise avait l'air beaucoup plus heureuse quand je lui ai parlé après.

Il renifla.

— Anna vit toujours dans son petit monde. Je pense que Debbie lui a caché autant qu'elle pouvait l'année dernière. Elle était plus intéressée par le moment où elle pourrait revenir chez moi.

— Tu lui manques.

— C'est Hamish qui lui manque.

Ils rirent pendant que Mark faisait défiler les messages sur son téléphone pour trouver l'adresse dont ils avaient besoin.

— Si tu prends la prochaine à droite, la maison des Tillcott est à environ cinq minutes.

Il lisait les copies des déclarations originales du couple quand Jan ralentit et tourna entre une paire de piliers de granite avec le nom de la propriété sculpté dans la pierre sur sa gauche.

Le portail en fer forgé avait été maintenu ouvert, la peinture noire brillante de gouttes de pluie de l'orage de la nuit précédente, et une allée pavée serpentait nonchalamment vers une maison à deux étages qui avait autrefois été une ferme imposante.

La voiture de sport des Tillcott était garée devant l'un des deux garages aménagés dans une ancienne écurie, un 4x4 noir à côté avec le nom de leur société immobilière sur les portières.

Jan marcha d'un pas décidé vers la porte d'entrée en chêne massif et sonna tandis que Mark ajustait sa cravate.

Quand Simon Tillcott ouvrit la porte, Mark vit l'expression sinistre de sa collègue et il devina que l'homme avait l'air encore plus mal en point que mardi soir lorsqu'elle lui avait parlé sur les lieux du crime.

Une barbe d'un jour couvrait sa mâchoire et il portait un t-shirt gris clair froissé rentré dans un jean délavé, ses pieds nus. Une fatigue voilait ses yeux, une résignation que sa vie avait changé pour toujours après avoir découvert le corps de la jeune femme, et Mark reconnut l'épuisement dans la posture de l'homme.

— Simon, voici l'inspecteur Mark Turpin, dit Jan pour faire les présentations. Est-ce que nous pourrions avoir un mot avec vous et Julie de nouveau ?

— Bien sûr. Pourquoi pas ?

L'homme les conduisit dans un grand espace ouvert qui regroupait la cuisine et la salle à manger, et qui donnait, à travers des fenêtres en porte-à-faux, sur une vaste pelouse.

Sa femme se tenait près d'un évier au milieu d'un plan de travail et elle jeta un coup d'œil par-dessus son épaule quand ils entrèrent, ses mains occupées avec une passoire qu'elle tenait sous l'eau courante.

Elle la mit de côté, ferma le robinet et s'essuya les mains avant de se présenter à Mark.

— Je suppose que vous avez d'autres questions ?

— Juste quelques-unes, répondit Mark.

— Asseyez-vous.

Julie désigna une longue table pour six personnes qui avait été sculptée dans une seule pièce de châtaignier.

— Vous avez découvert son identité ?

— Nos recherches sont en cours, répondit Jan.

— Ce qui veut dire non.

Simon tira une chaise à côté de sa femme et se gratta le menton.

— Elle a été assassinée ou renversée par une voiture ?

— Il est trop tôt pour se prononcer avec certitude, expliqua Mark. Nous attendons plus de résultats de notre équipe médico-légale suite à l'autopsie réalisée plus tôt cette semaine. En attendant, nous avons quelques questions complémentaires concernant les déclarations que vous avez faites mardi.

— Quand vous avez quitté le pub ce soir-là, est-ce que vous avez remarqué des voitures qui roulaient dans la direction opposée à la vôtre ? demanda Jan.

— Désolé, excusez-moi.

Simon recula sa chaise et traversa jusqu'à l'évier, prit un verre sur l'égouttoir et le remplit. Après avoir bu une gorgée, il s'essuya la bouche du revers de la main et se tourna de nouveau vers eux.

— Je n'arrive pas à me sortir son image de la tête.

— Il ne dort pas correctement, ajouta Julie. Notre médecin lui a donné des somnifères mais il refuse de les prendre—

— Ils me rendent groggy le matin.

— Je suis désolé de l'apprendre, dit Mark. Vous êtes en contact régulier avec votre médecin traitant ?

— Oui. Je vois quelqu'un la semaine prochaine. Une thérapeute.

— Et vous, Julie, comment allez-vous ?

— Ça va.

Elle grimaça.

— Dès que Simon l'a vue, il m'a repoussée. J'en ai vu assez, mais pas autant que lui.

— Est-ce qu'elle... Est-ce qu'elle était morte avant de se retrouver là ?

Son mari revint à la table, le visage gris.

— Ou est-ce qu'elle est morte sur place ?

— Nous ne pouvons pas le dire avec certitude pour le moment, je suis désolé.

Mark observa Julie qui glissa sa main sur celle de Simon.

— Je m'intéresse toutefois aux instants qui ont précédé votre découverte. Est-ce que ça vous dérangerait si je vous posais quelques questions supplémentaires ?

Julie fronça les sourcils.

— Je ne suis pas sûre que ce soit une bonne idée. Vous avez entendu ce que Simon a dit, il n'arrive pas à dormir en ce moment. Je ne pense pas—

— Ça va aller. Je veux aider.

— Nous avons juste quelques questions, dit Jan. Avant d'arrêter la voiture, est-ce que vous avez vu d'autres véhicules ?

— Personne ne nous a dépassés, répondit Simon. C'est plutôt calme par là à cette heure de la nuit.

— Et devant vous ?

L'homme se mordilla la lèvre un instant.

— Peut-être... je ne suis pas sûr.

— Je n'ai rien vu, dit Julie.

— Qu'est-ce que vous pensez avoir vu ? demanda Jan en gardant son regard fixé sur Simon et en ignorant le commentaire de sa femme.

— Peut-être... écoutez, comme je l'ai dit, je ne peux pas en être certain, il s'agissait peut-être d'un feu de stop.

— Où ça ?

— Sur la route, presque hors de vue. Il y a un virage plus loin à partir de l'endroit où... où nous avons trouvé cette femme. J'ai cru voir un feu de stop s'allumer puis s'éteindre.

— Un seul ?

— Oui.

— C'était une moto ou une voiture ? demanda Mark.

— Je... je ne sais pas.

Simon expira, puis fronça les sourcils.

— En fait, je crois que c'était peut-être une voiture. La lumière était trop basse pour être celle d'une moto. Ça aurait pu être une petite camionnette, je suppose.

— C'est très bien, merci.

Jan nota ce nouveau détail, puis rangea son carnet pendant que Mark se levait.

— C'est tout ? s'étonna Julie, son regard allant rapidement vers son mari.

— Pour l'instant.

Mark offrit ce qu'il espérait être un sourire rassurant.

— Mais c'est une bonne information à avoir, merci.

— Je vais vous accompagner.

Simon repoussa sa chaise et les guida le long du couloir.

Lorsqu'il atteignit la porte d'entrée, Mark tendit la main.

— Merci encore, Monsieur Tillcott.

— Pas de problème.

Il les suivit dehors et ferma la porte.

— Écoutez, avant que vous ne partiez...

— Quoi donc ?

Simon jeta un coup d'œil par-dessus son épaule, puis il fit quelques pas de plus vers leur voiture de service avant de se retourner et d'enfoncer ses mains dans les poches de son jean.

— Je ne pouvais rien dire devant Julie.

— À propos de quoi ?

Mark vit l'expression fugace de confusion sur le visage de Jan, faisant écho à la sienne.

— J'ai reconnu la femme morte.

— Pardon ?

— La femme que nous avons trouvée au bord de la route. Je l'ai déjà vue.

Mark fit un pas en avant.

— Où ?

— Vous ne pouvez pas le dire à Julie, d'accord ? Elle ne sait pas. Elle ne doit pas savoir.

— Où est-ce que vous l'avez vue, Simon ?

—À un événement, il y a environ trois mois.

Le regard de l'homme se baissa vers l'allée de gravier et il donna un coup de pied dans un caillou, sa bouche tournée vers le bas.

— Écoutez, je ne suis pas fier de moi. J'y ai mis fin peu de temps après.

Mark croisa les bras, attendant la suite.

— J'ai eu une liaison avec quelqu'un que j'ai rencontré par le biais des affaires. Elle travaille pour un promoteur immobilier et elle avait des billets pour cet événement d'entreprise dans l'un des grands hôtels d'Oxford. Ça durait deux jours, alors j'ai dit à Julie que je resterais pour la nuit parce que je voulais réseauter le soir et au petit-déjeuner—

— Sauf que vous pratiquiez un autre genre de réseautage, le coupa Jan.

Mark leva la main pour la faire taire, puis il lança un regard noir à Simon.

— Continuez.

— Ce soir-là, il y avait un dîner chic. Beaucoup de mondanités, vous voyez ? Quoi qu'il en soit, les organisateurs avaient engagé un quatuor à cordes qui jouait toute la soirée, discrètement en arrière-plan. Il fallait passer devant eux pour aller aux toilettes.

— Où est-ce que vous avez vu cette femme ?

— C'est justement ça. Elle faisait partie du groupe. Elle jouait du violon.

Il soupira.

— Elle était vraiment douée, en plus.

CHAPITRE 21

Une énergie différente remplissait la salle des opérations ce lundi matin, la nouvelle s'étant rapidement répandue qu'une percée potentielle dans l'identification de leur victime était imminente.

Mark glissa son téléphone portable dans sa poche et feuilleta une pile de dossiers que Tracy avait laissés sur son bureau, traitant la documentation officielle et signant là où des croix au crayon lui indiquaient de le faire. Après avoir fermé le dernier dossier, son attention se porta sur les conversations animées autour de lui et la conscience qu'ils pourraient enfin être un peu plus proches de quelques réponses, et d'un mobile.

Les voix étaient plus fortes, les personnels en uniforme et civils passaient devant son bureau à un rythme précipité tandis que de plus en plus de détails arrivaient par email, par téléphone et par l'intermédiaire de publications sur les réseaux sociaux.

Kennedy tempéra l'ambiance survoltée en quelques secondes dès le début du briefing.

— Calmez-vous, gronda-t-il en mettant ses lunettes de lecture et en fusillant du regard l'ordre du jour dans sa main comme s'il était responsable de la nouvelle qu'il allait annoncer. Après que Simon Tillcott a fourni à Mark et Jan les détails de l'hôtel, Alex les a appelés et il a parlé à la responsable des événements. Malheureusement, son prédécesseur est parti il y a six semaines, et c'est lui qui a réservé le quatuor à cordes.

— Nous pouvons aller lui parler cet après-midi si elle a donné ses coordonnées, chef, dit Mark.

— Bonne chance avec ça, Turpin. Il est actuellement en train de flotter quelque part dans le Pacifique sur un bateau de croisière.

Kennedy agita l'ordre du jour dans la direction générale des fenêtres.

— Il a quitté Southampton pour Rio de Janeiro la semaine dernière et il ne sera pas de retour au pays avant juin au plus tôt.

— J'ai laissé un message sur sa messagerie vocale, dit Alex. Espérons qu'il n'a pas changé de numéro. Il n'était pas indiqué comme hors service, donc—

— Nous devons attendre qu'il ait assez de signal pour recevoir une notification.

Mark tapota son carnet contre son genou avec impatience.

— Pourquoi est-ce que la responsable des événements de l'hôtel ne peut pas te donner les coordonnées du quatuor à cordes ?

Alex se tourna sur son siège en posant son bras sur le dossier.

— Parce qu'ils n'y avaient jamais joué avant. Le groupe qui était réservé a dû annuler au dernier moment, et l'organisateur d'événements de l'époque, le type sur le bateau, a téléphoné à un de ses potes qui connaissait quelqu'un qui pouvait intervenir à la dernière minute.

— Ils ne peuvent pas les retrouver à partir de la facture ? demanda Jan.

— Non, parce que l'hôtel n'a pas payé le groupe. Apparemment, le type au violoncelle devait une faveur à l'organisateur d'événements, donc ils l'ont fait gratuitement.

Alex haussa les épaules.

— Ils espéraient probablement obtenir d'autres engagements là-bas.

— Merde, dit Mark. Donc on est coincés jusqu'à ce qu'on ait des nouvelles de ce type ?

— Pour l'instant, dit Kennedy. En attendant, Tracy, prenez contact avec les relations médias et demandez s'ils peuvent mettre à jour les publications sur les réseaux sociaux pour savoir si quelqu'un connaît un violoniste disparu. Qui traite les images de vidéosurveillance du voisinage de Bereton ?

— Moi, chef.

Nathan se faufila entre trois collègues avant de se diriger vers le tableau blanc.

— Une seule des caméras des résidents nous a été utile car les autres étaient soit tournées vers les entrées des allées depuis la route, soit de si mauvaise qualité que la police scientifique n'a pas pu les nettoyer assez pour qu'on puisse les regarder. Les sonnettes vidéo ne montraient que les allées, aucune ne faisait face à la route.

— Alors qu'est-ce que tu as obtenu sur celle qui était utile ? demanda Mark.

— Nous avions déjà vu qu'elle avait capté la voiture des Tillcott passer, et nous n'avions rien repéré dans l'autre sens, mais quand nous sommes revenus regarder l'enregistrement en fonction de ce que Simon Tillcott vous a dit aujourd'hui, nous avons eu un bref aperçu de la voiture qu'il a dit avoir vue.

— À quel point bref ? demanda Kennedy.

— La caméra est positionnée dans un arbre au bout de l'allée, donc s'il y a une brise, les branches obscurcissent l'objectif.

Nathan fit un petit haussement d'épaules.

— Désolé, chef. Les agents de la police scientifique ont fait de leur mieux, mais tout ce qu'ils peuvent confirmer, c'est qu'il s'agit d'une berline quatre portes récente. J'allais suggérer que nous commencions à appeler pour demander des images de caméras de sécurité et de vidéosurveillance municipale dans la zone pour voir si nous pouvons obtenir un meilleur angle.

— Faites ça. Le plus tôt sera le mieux.

L'inspecteur principal fronça les sourcils en regardant à nouveau l'ordre du jour.

— Caroline, un résultat des appels aux opticiens que tu as passés samedi ?

— Rien pour le moment, chef, mais nous avons manqué de temps parce que certains ferment à midi. Nous allons continuer ce matin.

— Jusqu'où avez-vous dû élargir la recherche ?

— Nous avons envoyé l'ordonnance à tout le monde dans un rayon plus large maintenant. Je vais l'étendre pour inclure Abingdon, Didcot et Oxford aujourd'hui, répondit Caroline. Je commence à penser que, qui que soit notre victime, et étant donné qu'elle a peut-être joué dans ce quatuor à cordes, elle gardait ses affaires privées dans une zone et les cambriolages et fraudes dans une autre.

— Si elle faisait régulièrement des concerts autour d'Oxford, alors ça a du sens, dit Mark. Même s'il y a eu des cambriolages autour de Wallingford, Banbury et Witney, aucun ne correspond aux descriptions des cas plus au sud.

— Récupérez la liste des participants à cet événement dont Simon Tillcott a parlé auprès de l'hôtel, Alex, dit Kennedy. Répartissez-les entre vous, Mark et Jan, et demandez si quelqu'un a des photos des musiciens. Même s'ils sont en arrière-plan, les experts pourront peut-être les améliorer suffisamment pour obtenir un cliché net de la violoniste et confirmer qu'il s'agit bien de notre victime. Sinon, nous pourrions suivre une fausse piste. Pour l'instant, nous n'avons que l'avis de Tillcott qu'il s'agit de la même femme.

— Vous pensez que l'un d'entre eux pourrait avoir une carte de visite du groupe, ou peut-être savoir qui elle est ? demanda Nathan.

— Nous le saurons bientôt.

L'inspecteur principal afficha un sourire sinistre.

— Et quand nous le découvrirons, nous serons un peu plus près de trouver le salaud qui lui a fait ça.

CHAPITRE 22

Jan prit une gorgée de soda, claqua la canette sur son bureau et reprit le téléphone une fois de plus.

Résistant à l'envie de se tenir la tête entre les mains pendant qu'elle attendait que quelqu'un décroche, elle parcourut des yeux la liste de noms et de numéros qu'Alex lui avait donnée, puis elle jeta un coup d'œil par-dessus son écran d'ordinateur vers l'endroit où Turpin était assis.

Une expression tout aussi exaspérée plissait ses traits, ses cheveux bruns ébouriffés là où il avait passé sa main à plusieurs reprises.

Sa voix restait patiente, mais elle pouvait voir la tension dans ses yeux lorsqu'il mit fin à l'appel.

— Allô ?

Elle cligna des yeux et son attention se tourna vers la voix dans son oreille.

— Bonjour, vous êtes Harvey Petersham ?

— Qui est à l'appareil ?

— Enquêteuse Jan West, de la police de la vallée de la

Tamise. Je crois que vous avez assisté à un événement à Oxford il y a peu ?

Elle lui donna des explications concernant le quatuor à cordes.

— Nous nous demandions si vous auriez pu retenir le nom du quatuor, ou peut-être obtenir une carte de visite de l'un d'entre eux ?

— Pourquoi diable leur demanderais-je une carte de visite ?

— Je ne sais pas, j'essayais simplement de—

— Tout ça était une perte de temps, je vous le dis. C'était annoncé comme une opportunité de réseautage pour les relations pharmaceutiques, un moyen de rencontrer de nouveaux clients et des pairs qui partagent les mêmes idées.

Petersham renifla.

— Honnêtement, sans le dîner à quatre plats, je ne pense pas que je me serais donné la peine de venir. L'hôtel a la réputation d'avoir une excellente carte des vins, vous le saviez ?

— Je l'ignorais, murmura Jan. Euh, je suppose que vous n'avez pas pris de photos pendant que vous y étiez ?

— Des photos ? Bien sûr que non. Pourquoi l'aurais-je fait ?

— C'est juste que—

— Je n'avais pas le temps de prendre des foutues photos. J'essayais de tirer le meilleur parti d'une situation qui était par ailleurs une complète perte de temps. Cela dit, j'ai rencontré un type qui travaille sur un brevet pour un nouvel instrument chirurgical destiné à améliorer les temps d'opération pour les coloscopies...

Jan ferma les yeux pendant que Petersham bourdonnait,

puis elle expira quand il fit une pause assez longue pour qu'elle puisse placer un mot.

— Merci pour votre temps.

Elle raya son nom de sa liste, puis composa le numéro suivant, entendant la même lassitude dans la voix de Turpin alors qu'il terminait un autre appel.

La sonnerie dans son oreille se transforma en bip monotone et elle raccrocha, résignée à réessayer plus tard dans la journée.

— De la chance jusqu'à présent ? demanda Turpin.

— Non.

Elle regarda par-dessus son épaule vers l'endroit où Alex était assis à côté de Sam Owens, tous deux courbés sur leurs bureaux avec des téléphones à l'oreille.

— Je n'entends pas non plus eurêka de leur côté.

Quand elle se retourna, son collègue se passait les mains sur le visage.

— Deux cents participants, gémit-il. On aurait pensé qu'ils auraient eu un photographe officiel ou quelque chose comme ça.

— Ils ont dû économiser, selon l'organisateur d'événements de l'hôtel. Je suppose qu'ils ont pensé que tout le monde aurait des téléphones portables avec eux. Un type à qui j'ai parlé plus tôt a dit qu'on leur avait tous donné un hashtag à citer sur les réseaux sociaux s'ils téléchargeaient des photos, alors j'ai demandé à Nathan de parcourir ces posts pendant que nous faisons ça.

— Merci. Avec un peu de chance, il va la trouver avant que nous ayons terminé ici.

Turpin regarda sa montre.

— On peut en appeler encore quelques-uns chacun, puis on va prendre un café et respirer de l'air frais.

— Bonne idée. Je pourrais—

Le téléphone de Turpin sonna, l'interrompant, et il fronça les sourcils.

— C'est le poste de l'équipe médias. Allô ?

Jan retint son souffle pendant qu'il écoutait.

— Donnez-moi son adresse et son numéro de téléphone, nous y allons tout de suite.

Il raccrocha et repoussa sa chaise.

— Ce café va devoir attendre.

— Qu'est-ce que c'est ?

— Ils viennent de recevoir un appel de quelqu'un qui a vu l'un des posts sur les réseaux sociaux. Il pense connaître notre victime.

— Il était à cet événement ?

— Oui, il joue du violoncelle dans le même quatuor à cordes.

CHAPITRE 23

Mark frappa la sonnette de la porte d'un coup sec de l'index, puis il recula d'un pas en prenant garde à la poubelle noire débordante à côté de lui.

Une odeur âcre de végétation pourrie et de boîtes à pizza huileuses accompagnait une puanteur plus nauséabonde qui émanait d'un tuyau d'évacuation sous une fenêtre du rez-de-chaussée au verre dépoli, et il plissa le nez.

— Ah, les colocations. Ça me rappelle ma jeunesse, murmura Jan.

— Ça te manque ?

— Pas du tout.

Elle réprima un sourire tandis que la porte s'ouvrait.

L'homme qui leur faisait face était bien habillé malgré l'extérieur de sa maison qui ressemblait à un mélange tacheté de risques sanitaires. Plus grand que Mark de quelques centimètres, sa silhouette mince comme un râteau s'inclina légèrement en guise de salut, sa mèche brune tombant sur ses yeux.

— Je suppose que vous êtes la police.

— Monsieur Spencer Rossbay ?

Turpin montra sa carte professionnelle et fit les présentations.

— Nous avons compris que vous avez des informations concernant une femme disparue que nous essayons de localiser.

— Je pense que oui.

Rossbay se mit de côté pour les guider vers une porte ouverte sur un salon.

— Prenez place.

Mark laissa son regard parcourir les étuis de violoncelle et de violon appuyés contre une bibliothèque, et un grand instrument luisant posé sur un support à côté du téléviseur.

— Ils sont à vous ?

— Oui. Enfin, le violoncelle est à moi.

Il resta près de la fenêtre de devant jusqu'à ce que Mark se soit installé dans un fauteuil défraîchi et que Jan ait pris place sur un canapé en face, puis il ramassa une collection de disques vinyles et de livres à côté d'elle avant de s'asseoir avec un soupir.

— Je vous proposerais bien une boisson chaude, mais je n'ai plus de lait.

— Pas de problème, dit Mark. Vous avez mentionné au téléphone à notre équipe médias que vous partagiez cette maison avec une violoniste de votre quatuor. Elle est ici ?

— Hilary est au Portugal en ce moment, expliqua-t-il. Sa sœur est rédactrice de voyage, alors elle profite de toutes sortes de vacances gratuites dans des hôtels cinq étoiles. La vie est injuste, non ?

Il éclata d'un rire forcé, une amertume remontant à la surface malgré l'humour feint.

— Quand est-ce qu'elle revient ?

— Pas avant une semaine.

Le visage de Rossbay s'assombrit.

— Nous avons dû refuser quelques concerts à cause de son voyage. Des concerts bien payés, en plus.

— Vous avez dit que vous pensez que la femme sur notre publication sur les réseaux sociaux est votre autre violoniste, c'est exact ?

— Elle jouait de l'alto, pas du violon. On s'est un peu fâchés il y a quelque temps.

Le musicien se renfrogna.

— C'était sa faute, mais je me suis quand même senti mal après, quand je me suis calmé un peu. Je lui ai envoyé quelques SMS auxquels elle n'a pas répondu, alors j'ai essayé de l'appeler la semaine dernière pour voir si on pouvait régler ça. Je n'ai pas réussi à la joindre.

— C'était quand ?

— Lundi soir.

Il se mordilla la lèvre.

— Vers dix-neuf heures, je suppose.

— Vous avez signalé sa disparition ?

— Mon Dieu, non. J'aurais dû ? Je veux dire, je ne connais pas les noms de ses parents ni si elle avait des amis. Est-ce qu'ils n'auraient pas dû le faire s'ils étaient inquiets ?

— Ne vous inquiétez pas, vous n'avez pas tort. Quand est-ce que vous l'avez vue pour la dernière fois ?

— Il y a trois mois.

— C'est à ce moment-là qu'elle a quitté le quatuor ?

— C'est à ce moment-là que nous l'avons virée, oui.

— Pourquoi ?

Rossbay se leva et retourna vers la fenêtre, silencieux un moment avant que ses épaules ne s'affaissent.

— Elle avait changé. Quand elle est arrivée dans le

groupe, elle était enthousiaste, empressée de venir aux répétitions, douée pour aider à la promotion du quatuor. Elle joue depuis l'âge de onze ans et c'est une musicienne née. Il ne lui restait qu'un an à l'université en études musicales mais elle a abandonné pendant le premier trimestre. Un des grands orchestres de Londres la suivait déjà, alors ça m'a semblé étrange. Elle adore la musique. Elle vit pour ça, en fait.

Il se retourna vers eux, les yeux baissés.

— Elle a même un tatouage d'une clé et d'un cœur à l'intérieur du poignet gauche pour pouvoir le voir pendant qu'elle joue.

Mark vit la tête de Jan se relever brusquement de son carnet, son stylo suspendu au-dessus de la page. Il sortit la photographie, mais la garda pliée entre ses doigts.

— Spencer, j'ai besoin de vous montrer une photo. Une jeune femme a été retrouvée au bord de la route juste au nord de Wantage mardi soir…

— C'est Sonya, n'est-ce pas ?

— Nous ne savons pas encore. Nous n'avons pas pu l'identifier, et j'espère que vous allez pouvoir nous aider.

La pomme d'Adam du musicien tressaillit dans sa gorge.

— Est-ce que… est-ce qu'elle…

— Il n'y a pas de sang. Cette photo a été prise avant l'autopsie, expliqua Mark avec une grimace. Écoutez, je dois vous prévenir qu'on ne voit qu'un côté de son visage. L'autre était trop—

— Laissez-moi voir.

Rossbay s'approcha de l'endroit où Mark était assis et prit la photo. Un hoquet de surprise lui échappa lorsqu'il la déplia, puis il ferma les yeux et la rendit.

— C'est elle.

— Merci. Je sais que ce n'était pas facile.

— Je peux vous apporter un verre d'eau, Spencer ? demanda Jan.

— Non, ça va. Merci.

Rossbay s'affala sur le canapé à côté d'elle et essuya ses larmes.

— Pauvre Sonya.

Mark lui laissa quelques instants, puis se pencha en avant.

— Vous dites que son prénom est Sonya, quel est son nom de famille ?

— Raynott. Sonya Raynott.

— Vous savez pourquoi elle a abandonné ses études ?

— Je n'en ai aucune idée. À l'époque, nous lui avons tous dit qu'elle était folle. Honnêtement, elle excellait. Pas une prodige, mais parmi les meilleures.

Rossbay renifla.

— Je... Mon Dieu, j'ai toujours pensé que ça n'arrivait qu'aux autres, que ça n'arriverait jamais à quelqu'un que je connais... connaissais...

— Est-ce que vous avez quelqu'un chez qui vous pourriez passer la nuit, ou à qui vous pourriez parler ? demanda Mark.

— Je, euh, mes parents habitent à Woodstock.

— Appelez-les après notre départ, et peut-être que vous pourriez passer la nuit chez eux.

Les yeux de Rossbay s'écarquillèrent.

— Vous pensez que je suis en danger ?

— Non, mais recevoir ce genre de nouvelles concernant une amie est difficile, dit Jan. Et si vous pouvez être avec quelqu'un, vous devriez l'être.

— Oh. Merci. Peut-être que je vais le faire.

— Pour en revenir à Sonya, vous avez dit que vous aviez dû la renvoyer du quatuor. Pourquoi ?

Rossbay renifla à nouveau, puis appuya ses coudes sur ses genoux.

— Son jeu était toujours excellent, mais elle manquait constamment les séances de répétition. Elle était distante, elle ne se joignait plus à nous pour boire un verre après les répétitions auxquelles elle assistait. Nous allons parfois dîner quelque part après, vous savez, socialiser un peu. D'habitude, nous nous entendons tous très bien, alors nous attendions ces moments avec impatience. Mais Sonya a commencé à quitter la salle où nous répétions dès que nous avions terminé, presque comme si elle ne pouvait pas attendre de partir, ou qu'elle devait être ailleurs. Elle a arrêté de s'occuper du marketing sans nous prévenir, jusqu'à ce qu'on se demande pourquoi les réservations commençaient à se tarir.

Il fit une pause.

— C'était presque comme si quelque chose d'autre était devenu plus important dans sa vie.

— Vous avez dit que Hilary est absente en ce moment, votre violoniste. Qui a remplacé Sonya dans le quatuor quand vous l'avez renvoyée ?

— Graham Tiegler.

Rossbay réussit à sourire.

— Il connaissait un ami d'un ami et il laissait toujours entendre qu'il voulait nous rejoindre si l'occasion se présentait. Il n'est pas aussi bon que Sonya, mais il peut jouer tous les morceaux, et il arrive à l'heure.

— Nous allons avoir besoin de ses coordonnées.

— Bien sûr.

Rossbay sortit un téléphone portable de sa poche et tourna l'écran vers Jan pendant qu'elle notait le nom et le numéro.

— Vous pensez... je veux dire, je ne connais aucun de ses amis ou de sa famille. Ils ne sont jamais venus à nos concerts parce que nous jouons généralement pour des événements privés, mais vous pensez que vous pourriez me tenir au courant quand ils organiseront ses funérailles ? Je... nous aimerions lui rendre hommage.

Mark se leva et hocha la tête.

— Je veillerai à leur transmettre vos coordonnées lorsque nous leur parlerons le moment venu.

— Merci.

Rossbay les accompagna jusqu'à la porte, puis s'arrêta, la main sur la poignée, les épaules raidies.

— J'espère que vous allez trouver celui qui a fait ça à Sonya, détectives. Elle ne méritait pas de mourir comme ça, pas seule et abandonnée comme ça.

— Personne ne le mérite, dit Mark.

CHAPITRE 24

— Tu penses que ce Graham est notre tueur ? demanda Jan, son regard sur le GPS de son téléphone fixé au tableau de bord avant que les feux ne passent au vert.

Mark laissa échapper un petit rire.

— Eh bien, je sais que Rossbay a dit qu'il était impatient de les rejoindre, mais je ne pense pas qu'il aurait tué Sonya pour obtenir la place, pas toi ?

Jan plissa le nez.

— C'est un peu désespéré, non ?

— On va voir. Il habite loin ?

— À cinq minutes, d'après la carte.

— Ok.

Mark fit glisser son doigt sur l'écran de son téléphone et appuya sur la numérotation rapide.

— Alex, nous avons une identification positive pour notre victime. C'est une altiste du nom de Sonya Raynott. Spencer Rossbay a confirmé qu'elle jouait dans son quatuor à cordes, et nous avons aussi une adresse. Tu peux envoyer des agents là-bas une fois que tu auras obtenu un mandat de perquisition ? Jan et moi allons interroger un autre membre du quatuor à cordes. Bien. Merci.

— Des nouvelles de leur côté ? demanda Jan.

— Il dit que Kennedy fait un briefing à dix-sept heures, et Caroline attend des nouvelles d'un opticien qui pourrait aussi nous aider.

— Enfin.

Jan donna un coup de poing sur le volant.

— J'ai l'impression qu'on commence à avancer.

— Quel numéro de maison je dois repérer ?

— Cinquante-trois. Ça devrait être par ici sur la gauche.

Le domicile de Graham Tiegler contrastait fortement avec celui de Rossbay, avec une allée soignée qui traçait un large chemin jusqu'à une porte de garage fraîchement peinte et une pelouse luxuriante bordée de fleurs printanières éclatantes.

— D'après ce que j'ai trouvé sur les réseaux sociaux, il est marié, avec un fils de onze ans, dit Mark alors qu'ils se garaient derrière une citadine bleue bien entretenue qui bloquait l'allée. Il travaille pour une entreprise d'ingénierie à Radstock, et en dehors du quatuor à cordes, il joue au badminton pendant son temps libre. Sa femme est assistante d'éducation dans une école locale.

— Tout semble plutôt normal.

Jan verrouilla la voiture et le suivit vers la porte d'entrée.

— Tiens, c'est lui ?

La porte s'ouvrit alors qu'ils n'étaient qu'à mi-chemin de l'allée et un homme apparut, son crâne fraîchement rasé brillant au-dessus d'une chemise bleue impeccable.

— Spencer m'a dit que vous veniez, dit-il.

— Mince, murmura Jan.

Mark fit les présentations, puis rangea sa carte professionnelle.

— Nous avons juste quelques questions à vous poser.

— Ben fait ses devoirs en ce moment et je ne veux pas qu'on le dérange.

Tiegler ferma la porte d'entrée, puis traversa jusqu'à la citadine et s'y adossa en croisant les bras.

— Ellen pense que je tonds la pelouse de toute façon, alors nous pouvons parler ici.

— Pas de problème.

Mark attendit que Jan soit prête, puis sortit également son carnet.

Tiegler passa d'un pied à l'autre, les yeux injectés de sang.

— C'est vrai, alors ? Cette femme morte dont j'ai entendu parler aux infos, c'est vraiment Sonya ?

— Vous la connaissiez bien ?

— Je la voyais de temps en temps, en passant, bien sûr. Si j'étais à Oxford, je pouvais la croiser en faisant des courses. Nous fréquentions le même magasin de musique pour acheter des cordes, vous voyez, ce genre de choses.

— Quel est le nom du magasin ? demanda Mark.

Tiegler le lui indiqua, puis laissa tomber ses bras et enfonça ses mains dans les poches de son pantalon.

— Je l'ai vue à quelques concerts organisés par l'université l'année dernière. Elle était vraiment douée.

— Jaloux ?

— Pardon ?

Mark afficha un sourire décontracté.

— Est-ce que vous étiez jaloux de Sonya ? Est-ce qu'elle était meilleure que vous ?

Les yeux injectés de sang se plissèrent.

— Elle était meilleure que tout le monde, détective. Pas seulement moi.

— Quand est-ce que vous avez vu Sonya pour la dernière fois ?

— Il y a environ quatre semaines. Elle est passée juste devant moi dans le centre commercial Westgate. Je lui ai dit bonjour, mais elle m'a ignoré et elle a continué son chemin.

— C'était un comportement inhabituel pour elle ?

— J'ai juste pensé qu'elle prenait la grosse tête, c'est tout. C'est comme cette histoire d'avoir abandonné ses études, puis de s'être fait virer du quatuor. Elle se croyait... elle se pensait au-dessus de tout ça.

— Vous pensez qu'elle aurait pu avoir d'autres préoccupations quand vous l'avez vue ?

— Je ne sais pas. Ce ne sont pas mes affaires, n'est-ce pas ?

— Vous semblez un peu fatigué, monsieur Tiegler, dit Jan. Tout va bien ?

— En dehors du fait que je viens d'apprendre qu'une collègue musicienne a été assassinée, vous voulez dire ?

Il fronça les sourcils.

— Je vais bien. Je suis juste sorti tard hier soir. J'ai joué à un événement près de Witney, des quarante ans de mariage.

— Où étiez-vous mardi dernier, entre dix-huit heures trente et vingt-trois heures ? demanda Mark.

Tiegler détourna le regard et fixa les planches de finition de la maison.

— Monsieur Tiegler ?

L'homme se retourna vers eux.

— Écoutez, je suppose que je n'ai rien à cacher, et soyons francs, si je ne vous le dis pas maintenant, ça paraîtra suspect, n'est-ce pas ?

— Nous dire quoi ?

— J'avais un concert à Lockinge en fin d'après-midi mardi. Une fête privée dans un jardin pour récolter des fonds pour une œuvre caritative. Je joue de la guitare en plus de l'alto, voyez-vous. J'ai fini à dix-sept heures et je suis rentré chez moi.

— Par quel chemin êtes-vous passé ?

Tiegler baissa les yeux vers ses mains.

— J'avais bu quelques verres et je ne voulais pas prendre de risque sur la route principale, alors j'ai coupé par la petite route qui passe près de Denchworth.

— Vous voulez dire celle qui mène à Charney Bassett ?

— Oui.

— À quelle heure ?

— Vers dix-sept heures trente, je suppose. J'essayais d'éviter la circulation de l'heure de pointe qui commençait à s'intensifier.

— C'est votre voiture ? demanda Jan.

Une rougeur apparut à la base du cou de Tiegler et se répandit rapidement jusqu'à ses bajoues.

— C'est celle de ma femme.

— Où est la vôtre ?

— Dans le garage, où je la gare toujours. C'est plus sûr si j'ai des instruments dedans. Je n'aime pas réveiller Ben pendant que je décharge si je rentre tard après un concert.

— Vous pouvez nous la montrer, dit Mark, et il fit un pas en arrière tandis que Tiegler s'éloignait de la voiture à côté d'eux.

— Je vais devoir l'ouvrir de l'intérieur.

— Nous allons attendre ici.

Faisant les cent pas sur les pavés de béton pendant que Tiegler disparaissait dans la maison, Mark espérait qu'il n'y avait pas de sortie facile par le jardin arrière vers la rue suivante, ou que l'homme n'était pas assez désespéré pour s'enfuir.

Puis il y eut un *clang* et un grincement derrière la porte du garage avant qu'elle ne se soulève du sol, se repliant vers le haut pour révéler Tiegler debout devant une voiture bleu vif, un modèle légèrement plus ancien que celui garé dans l'allée.

Jan émit un grognement surpris lorsque l'homme se mit de côté.

Il y avait un gros impact sur le pare-chocs avant.

Mark fit un pas en avant.

— Monsieur Tiegler—

— Attendez une seconde. Avant que vous ne commenciez à m'accuser d'avoir tué Sonya, je ne l'ai pas fait et je ne l'ai certainement pas renversée non plus.

Tiegler pointa du doigt la voiture.

— C'est un fourgon de livraison qui a coupé la route à ma femme alors qu'elle conduisait il y a trois jours. Elle a eu de la chance de ne pas avoir eu de coup du lapin.

Mark s'accroupit et utilisa l'écran de son téléphone pour éclairer le pare-chocs et le coin de l'aile avant. En effet, des éclats de peinture blanche étaient incrustés parmi les rayures, signe certain d'un transfert dû à l'impact.

En se redressant, il hocha la tête vers Tiegler.

— Très bien. Nous allons avoir besoin des détails de votre déclaration d'assurance et de l'autre conducteur pour corroborer cela. Pour revenir à Sonya, est-ce qu'elle avait d'autres centres d'intérêt qui l'occupaient et influençaient peut-être sa prise de décision ?

L'homme s'appuya contre la voiture et passa une main sur son crâne lisse.

— Est-ce que Spencer vous a parlé de Nolan Creasey ?

— Non. Il ne l'a pas mentionné. C'est qui ?

— Le petit ami de Sonya. Enfin, je pense qu'il l'est. L'était. Pas un type très sympa.

— Vous l'avez rencontré ?

— En quelque sorte. À deux ou trois occasions.

— Vous avez une idée d'où nous pourrions le trouver ?

— Non. Pour être honnête, je me suis tenu à l'écart de lui. Je crois qu'il était son conseiller pour une chose ou une autre, mais ils me semblaient plus proches que ça.

Tiegler croisa à nouveau les bras sur sa poitrine.

— Je veux dire, je pourrais me tromper sur toute cette histoire de petit ami, mais il semblait très protecteur envers elle. Il n'aimait pas qu'elle se mêle aux autres après le concert où je l'ai vue. Il l'éloignait sans cesse, la présentait à des personnes différentes de celles avec qui elle semblait intéressée à discuter, ce genre de choses.

— Merci pour votre temps, monsieur Tiegler.

Mark sortit une carte de visite de sa poche.

— Si vous pensez à autre chose qui pourrait nous aider, mon numéro direct est là-dessus.

Le bruit d'une tondeuse à gazon qui démarrait leur parvint jusqu'à la voiture de service quand il y monta alors que Jan jetait son sac à main à côté de ses pieds avant de s'installer derrière le volant.

— Alors, dit-il pendant qu'elle attachait sa ceinture de sécurité, il semble que Sonya Raynott était un prodige de l'alto avant de se tourner vers la fraude.

Jan enfonça sa clé dans le contact.

— J'ai toujours pensé que c'était les batteurs qui mouraient dans des circonstances mystérieuses.

CHAPITRE 25

Caroline attendait impatiemment à côté du bureau de Mark lorsqu'il revint dans la salle des opérations avec Jan une demi-heure plus tard.

Elle lui tendit un email imprimé avant même qu'il n'ait pu enlever sa veste, et elle sourit largement.

— Un opticien de Wantage m'a rappelée cet après-midi pour confirmer qu'une de ses patientes correspondait à l'ordonnance que nous avons envoyée, dit-elle avant qu'il n'ait fini de lire. Elle s'appelle Marie Allenton.

— C'est impossible, dit Jan. Elle s'appelle Sonya Raynott. On vient de parler à deux types qui la connaissaient comme altiste. C'est Spencer Rossbay qui a reconnu le tatouage dans le post sur les réseaux sociaux qu'on a diffusé.

— Pas selon cet email, dit Mark en le lui tendant. Alors, est-ce que notre victime a un alias, ou est-ce qu'il s'agit d'une erreur d'identité ?

— Spencer a confirmé que c'était Sonya d'après la photo, chef. Tu l'as entendu. Il était catégorique.

Jan fronça les sourcils.

— Depuis combien de temps allait-elle chez cet opticien ?

— De temps en temps pendant trois ans. Il a dit que son dernier rendez-vous était en février pour un examen de routine. C'est à ce moment-là qu'il a dû ajuster sa prescription parce qu'il y avait eu une légère détérioration de son œil droit.

Caroline reprit l'email et regarda par-dessus son épaule alors que Kennedy approchait.

— Ils ont un nom différent pour elle, chef.

— Ah bon ?

L'inspecteur principal écouta pendant que Mark le mettait au courant.

— Intéressant. Ça explique en grande partie pourquoi Alex vient de m'informer que les agents n'ont trouvé que très peu de choses à l'adresse que Rossbay a donnée pour Sonya Raynott. Encore une fois, pas de pièce d'identité, et des conditions de vie basiques. Peu de vêtements, et certainement pas d'instruments de musique, encore moins un alto. Nous n'avons pas pu retrouver de proches parents non plus.

— L'opticien t'a donné une adresse pour Marie ? demanda Mark.

— Oui, je l'ai appelé après avoir reçu son email.

Caroline retourna rapidement à son bureau et revint en tendant un post-it.

— Selon lui, elle vit dans un village juste à l'ouest de Didcot.

— Envoyez une autre patrouille là-bas maintenant, dit Kennedy. Et entrez ces informations dans le système avant de partir ce soir. Si les uniformes ne trouvent personne à qui parler à la maison, alors vous allez devoir demander un mandat de perquisition pour demain matin.

Jan secoua la tête.

— Mais qu'est-ce qu'elle mijotait ? C'est beaucoup de subterfuges pour quelqu'un qui arnaque les gens de leurs objets de valeur, non ?

— Vous avez eu l'occasion d'en savoir plus sur Nolan Creasey ? demanda Kennedy.

— Il est sur un site de réseautage professionnel, répertorié comme dirigeant une sorte de service de conseil, ce qui correspond à ce que Graham Tiegler nous a dit, répondit Mark. Ni Tiegler ni Rossbay n'avaient de coordonnées directes pour lui, donc dans les circonstances actuelles, nous avons pensé passer le voir demain matin. Il a un bureau ici à Abingdon, juste après East St Helen Street.

— D'accord. Demain matin, Caroline, commencez à téléphoner aux cabinets médicaux locaux avec les deux noms. Nous devons retrouver ses parents avant qu'ils n'apprennent cette nouvelle par accident via les médias ou les réseaux sociaux. Plus nous interrogerons de témoins, plus les rumeurs vont commencer à circuler rapidement.

— Ce serait bien d'avoir aussi une liste des dates où elle était chez l'opticien, ajouta Mark. Juste au cas où cela coïnciderait avec d'autres cambriolages dans cette région que nous n'avons pas encore liés à elle et son complice.

— Pas de problème, dit Caroline. Je vais obtenir de l'aide des uniformes pour ça, donc nous devrions avoir quelques réponses d'ici demain après-midi.

Mark berçait une tasse de thé chaud entre ses mains, une légère brise ébouriffant ses cheveux pendant qu'il était assis en tailleur sur le toit de la péniche, les yeux plissés vers le ciel nocturne.

La pollution lumineuse n'était pas trop forte ici. La péniche était amarrée suffisamment loin du pont qui menait à la ville pour éviter les durs éclairages publics, et les jardins de l'abbaye derrière lui étaient calmes à cette heure de la nuit. Les maisons qui bordaient les jardins étaient suffisamment éloignées pour qu'il n'entende que des sons résiduels des rues au-delà.

Il se demanda si les réparations de son ancienne maison de location étaient terminées, ou si de nouveaux locataires s'y étaient installés.

Il n'y était pas retourné depuis l'incendie.

— J'ai pensé qu'il valait mieux prendre ça pour nous tenir chaud.

En se retournant, il vit Lucy jeter une couverture écossaise sur le toit avant de soulever Hamish, puis elle grimpa pour le rejoindre.

Après avoir disposé la couverture sur leurs épaules, elle prit la tasse qu'il lui tendait avec un sourire.

— Merci.

— Santé.

Il fit tinter sa tasse contre la sienne et souffla sur la surface avant de prendre une gorgée prudente.

— Je peux voir la station spatiale internationale, regarde.

Lucy pointa vers leur position de onze heures et sourit.

— Plutôt eux que moi.

— Tu n'as pas envie d'aller dans l'espace ?

— Non. Je préfère avoir les pieds sur terre, merci bien. Pourquoi, tu aimerais y aller, toi ?

— Je ne sais pas. Je l'apprécie de cet angle, je dois l'admettre.

Ils restèrent silencieux un moment et Mark observa Hamish qui trottait jusqu'à l'extrémité du bateau et s'allongeait, les oreilles dressées vers le pont et les quatre autres bateaux au loin.

Il émit un grognement sourd au bruit des roseaux qui s'entrechoquaient sur la rive opposée, puis un aboiement bref quand un campagnol amphibie plongea dans l'eau.

— Chut, mon grand. Ne dérange pas les voisins, dit Mark.

Lucy appuya sa tête contre son épaule.

— Est-ce que j'ose te demander où en est l'enquête ?

— C'est frustrant. Je ne peux pas te dire grand-chose, sauf qu'on a découvert cet après-midi que notre victime utilisait un alias.

— Pourquoi est-ce qu'elle aurait fait ça ?

— Je ne sais pas encore.

Il posa sa tasse, puis l'entoura de son bras pour la rapprocher de lui avant de border la couverture autour d'eux.

— Je me demande si elle l'a fait pour semer des gens comme nous qui essaient de la coincer, ou si elle le faisait pour se protéger d'une autre manière. La plupart du temps, elle utilisait un seul nom, certainement en public, en tout cas. L'autre nom est apparu lors d'un rendez-vous chez l'opticien qu'elle a eu plus tôt cette année. On a juste eu de la chance qu'ils cherchaient une prescription plutôt qu'un nom, sinon on n'aurait peut-être jamais fait le rapprochement.

— Vous allez communiquer le nouveau nom aux sites d'information et aux réseaux sociaux au cas où quelqu'un pourrait aider ?

— Pas encore. Pas avant qu'on comprenne mieux pourquoi elle utilisait ce nom. Après ça, on devra fouiller pour voir où elle l'utilisait, et lequel est sa véritable identité.

Lucy bougea sous son bras, puis leva les yeux vers lui, le front plissé.

— Je suppose qu'il y a toujours la possibilité qu'elle ait eu plus de deux noms aussi, non ?

Mark gémit, puis vida sa tasse de thé.

— C'est exactement ce que j'avais besoin d'entendre avant d'essayer de dormir.

CHAPITRE 26

Le lendemain matin, Mark se détourna des garde-corps en fer forgé qui séparaient la rue de la rivière pour voir Jan qui se hâtait vers lui, ses talons claquant sur les pavés inégaux.

— Désolée pour le retard. Les jumeaux ont décidé qu'ils voulaient aller à un centre d'activités de plein air ce matin, et on ne trouvait pas le maillot de bain de Luke, dit-elle en levant les yeux au ciel. Je l'ai trouvé dans son tiroir après qu'il a juré mordicus l'avoir laissé dans le sèche-linge hier soir.

Mark sourit.

— Pas de problème. Tu veux reprendre ton souffle ?

— Non, ça va, dit-elle en soufflant pour dégager ses cheveux de ses yeux, sa respiration redevenant normale. Bon, où se trouve le cabinet de ce conseiller ?

— Au coin de la rue. Nolan Creasey a son cabinet dans l'une de ces vieilles maisons qui donnent sur la rivière et qui a été divisée en différentes entreprises. Lucy a exposé certaines de ses œuvres dans la petite galerie d'à côté à plusieurs reprises.

Ils marchèrent côte à côte et passèrent devant l'église Saint-Hélène avant de tourner à droite, où la rue se rétrécissait à mesure que des bâtiments géorgiens et plus anciens s'entassaient sur l'ancienne empreinte romaine.

Quelques mètres plus loin, Mark s'arrêta devant l'entrée d'une cour.

— C'est ici.

Une large porte en bois avait été maintenue ouverte sur une allée en asphalte qui avait besoin de réparations. Devant eux se dressait une maison de trois étages et, sur la gauche, ce qui semblait être trois écuries converties.

— C'est incroyable qu'ils aient pu caser tout ça entre les autres maisons, dit Jan. Je suis toujours étonnée par ce que je découvre ici.

— Les écuries sont louées comme commerces éphémères temporaires, mais Creasey a son cabinet dans la maison principale d'après son site Internet.

— Je te suis, chef.

Mark passa la porte d'entrée et trouva les coordonnées du conseiller sur un tableau d'affichage avec des lettres en plastique indiquant le nom de chaque entreprise, au pied d'un escalier qui divisait le bâtiment en deux.

En montant jusqu'au palier du deuxième étage, il vit un panneau pointé vers la gauche et il suivit le couloir recouvert de moquette jusqu'à une porte en verre dépoli à l'arrière du bâtiment.

— Vue sur la rivière alors, murmura-t-il.

— Très sympa, ajouta Jan, puis elle poussa la porte et entra dans une salle d'attente spacieuse.

La lumière vive du soleil filtrait entre les stores verticaux d'une large fenêtre qui donnait sur la rivière. Un canapé d'apparence bon marché avait été placé sous le rebord avec une table basse en métal et en verre devant, un vase de fleurs et quelques magazines de santé arrangés sur sa surface.

Une solide porte en chêne sur leur gauche était entrouverte et Mark pouvait entendre des mouvements dans la pièce au-delà.

— Il y a quelqu'un ? appela-t-il.

Un bruit de papiers et un grognement parvinrent de l'autre pièce, puis un homme d'une trentaine d'années ouvrit brusquement la porte, les manches de sa chemise retroussées et l'air surpris.

— Désolé de vous déranger, dit Mark en montrant sa carte de police. Nous voudrions parler à Nolan Creasey.

— C'est moi.

L'homme fronça les sourcils.

— De quoi s'agit-il ?

— Sonya Raynott.

Creasey recula d'un pas.

— Sonya ?

— C'est votre cliente, c'est exact ?

— Oui, mais qu'est-ce que—

—Est-ce que nous pouvons nous asseoir ?

Mark fit un geste vers le canapé.

— Nous avons quelques questions.

— Euh... j'attends un client à neuf heures trente.

— Ça ne va pas prendre longtemps, j'en suis sûr.

Les épaules de l'homme s'affaissèrent.

— Venez plutôt par ici, alors.

Il poussa grand la porte et se dirigea vers un bureau au centre du cabinet intérieur.

Mark suivit Jan à l'intérieur et admira les bibliothèques du sol au plafond et la décoration de bon goût.

Deux fauteuils en cuir usés avaient été placés dans un

coin à côté d'une petite table en bois et d'une lampe de lecture, et la baie vitrée avait été équipée d'une banquette d'apparence confortable. La lumière du soleil traversait les stores ouverts, formant des flaques sur une moquette richement colorée qui étouffait ses pas.

— Vous avez de beaux locaux ici, monsieur Creasey.

— J'essaie de mettre mes clients à l'aise quand ils viennent me consulter.

— Depuis combien de temps êtes-vous installé ici ?

Mark tira l'une des chaises face au bureau de Creasey pour Jan, puis il prit celle à côté d'elle et s'enfonça dans le cadre en bois.

— Environ trois ans. Vous avez dit que vous vouliez me parler de Sonya. Est-ce qu'il y a un problème ?

— Je suis désolé de vous informer qu'une femme correspondant à la description de Sonya a été retrouvée morte au bord d'une route au nord de Wantage la semaine dernière. Nous n'avons réussi à l'identifier que ces dernières vingt-quatre heures. Votre nom nous a été transmis par une de ses connaissances.

— Mon Dieu, c'est affreux.

Creasey pâlit.

— Que s'est-il passé ?

— Cela fait toujours partie de notre enquête en cours. Quand est-ce que vous l'avez vue pour la dernière fois ?

— Il y a environ deux semaines.

— Ici ?

— Oui. Elle avait un rendez-vous l'après-midi du... attendez.

Il fit pivoter sa chaise pour faire face à son ordinateur et parcourut l'écran avec sa souris.

— Jeudi il y a deux semaines, à quinze heures.

— Quelle était exactement votre relation avec Sonya ? demanda Mark.

— Il n'y avait pas de relation. Sonya était une cliente, rien de plus.

— Pour quel genre de services vous payait-elle ? demanda Jan. Du conseil psychologique ?

— Pas du tout.

Creasey afficha un sourire bienveillant et désigna les certificats qui tapissaient le mur.

— Même si je suis diplômé en psychologie, j'offre à mes clients une gamme de services pour mieux les équiper face à leurs circonstances individuelles. La pleine conscience, des techniques de respiration... Je suis également coach sportif qualifié et nutritionniste, donc j'espère offrir aux gens un ensemble complet pour améliorer leur quotidien et leur bien-être. Cela les aide tant physiquement que mentalement. Je propose aussi de l'aide pour différentes dépendances, jeux d'argent, alcool, ce genre de choses.

— Quelqu'un d'autre travaille avec vous ? demanda Mark en soulevant l'un des lourds ouvrages de psychologie du bureau pour l'évaluer dans sa main.

— Il n'y a que moi. Si je suis très occupé avec des cas référés par les cabinets médicaux locaux, j'utilise un service de réponse téléphonique et une assistante virtuelle pour les demandes générales par email, mais ces deux arrangements fonctionnent à distance. C'est moins cher pour commencer, mais cela me permet d'avoir la paix et le calme ici entre les consultations avec mes clients. Je n'aime pas être dérangé pendant que je médite sur un problème ou une question particulière.

— Et pourquoi est-ce que vous aidiez Sonya ?

— C'est confidentiel, et cela reste entre ma cliente et moi, détective, vous le savez bien.

— Votre cliente est morte, monsieur Creasey, lança Mark sèchement. Retrouvée abandonnée au bord de la route au milieu de nulle part avec le crâne enfoncé. Nous essayons de découvrir qui lui a fait ça.

— Je sais.

L'autre homme leva les mains.

— Je suis désolé. J'ai tendance à être très protecteur concernant la vie privée de mes clients.

Mark ne dit rien et attendit tandis que Creasey tapotait quelques touches sur son clavier avant de soupirer.

— Voilà. J'ai parlé à Sonya pour la dernière fois il y a presque deux semaines, comme je l'ai dit. À ce moment-là, elle souffrait de problèmes liés à l'anxiété, quelque chose pour lequel je l'avais déjà traitée un an auparavant, ou à peu près. Nous avons fait quelques exercices de respiration, et je lui ai conseillé de réduire sa consommation d'alcool et de faire quelques autres changements mineurs de régime alimentaire pour l'aider avec son insomnie.

— Est-ce qu'elle semblait effrayée par quelque chose à ce moment-là ? demanda Jan.

Creasey fronça les sourcils.

— Non, pas effrayée. Anxieuse, certainement. Quand je lui ai demandé quelle pourrait en être la cause, elle a refusé de le dire.

— Est-ce que ça ne va pas à l'encontre de l'objectif de venir ici ? s'étonna Mark.

— Amener quelqu'un à partager ses peurs les plus profondes prend du temps, détective, répliqua Creasey. Et comme certains autres esprits créatifs avec lesquels j'ai travaillé au fil des ans, il suffit d'un revers mineur pour ébranler leur confiance. Sonya n'était pas différente.

— Est-ce que vous saviez qu'elle était impliquée dans une série de cambriolages autour de Wantage et Stanford in the Vale ?

— Sonya ? Bon sang, non. Vous êtes sûrs ?

— Son identité nous a été confirmée par plus d'une des victimes.

— Mon Dieu.

Creasey cligna des yeux.

— Je n'en avais aucune idée.

— Est-ce qu'elle a expliqué pourquoi elle avait arrêté de jouer de l'alto si subitement ?

— Non. Je n'ai jamais compris ce qui s'était passé.

— On nous a laissé entendre qu'elle aurait perdu intérêt après vous avoir rencontré.

— Par qui ?

La mâchoire de Creasey tomba.

— C'est scandaleux.

— Vous êtes absolument certain qu'il n'y avait rien de plus entre vous qu'une relation professionnelle ?

— Bien sûr que j'en suis sûr. J'ai une entreprise à gérer ici. Une réputation à protéger—

— Et pourtant, avant que Sonya n'interrompe sa carrière musicale, on vous a vu avec elle à plusieurs de ses concerts.

Mark haussa un sourcil.

— Cela faisait également partie de vos responsabilités professionnelles ?

Exaspéré, Creasey repoussa sa chaise et traversa la pièce jusqu'à la baie vitrée, ses mains sur les hanches. Quand il parla enfin, sa voix était basse et menaçante.

— Détective, je prends très au sérieux le bien-être de mes

clients. Je ne suis allé qu'à deux concerts sur l'invitation de Sonya. J'apprécie la musique classique, et elle a beaucoup insisté.

Il se retourna pour leur faire face, son regard transperçant celui de Mark.

— Je n'ai jamais profité d'elle sexuellement, et je n'apprécie pas que vous veniez ici essayer de saper tout ce que j'ai accompli.

— Où étiez-vous entre dix-huit heures trente et vingt-trois heures trente mardi dernier ?

— J'étais ici toute la journée avec des rendez-vous, puis je suis parti à dix-huit heures. J'ai retrouvé des amis pour dîner ici à Abingdon. Nous sommes allés dans un petit restaurant italien près de Ock Street pour fêter un anniversaire, et nous y sommes restés jusqu'à vingt-trois heures. Après cela, nous sommes retournés chez eux pour un café car mon premier rendez-vous mercredi n'était pas avant dix heures.

Il sortit un téléphone portable de sa poche.

— Et vous pouvez avoir leurs numéros de téléphone parce que je sais que vous allez me les demander de toute façon. Est-ce qu'il y avait autre chose ?

— C'est tout pour l'instant.

Mark déposa l'une de ses cartes de visite sur le bureau tandis que Jan refermait son carnet.

— Appelez-moi si vous pensez à quelque chose qui pourrait nous aider.

Creasey resta debout près de la fenêtre.

— Vous savez où se trouve la sortie.

CHAPITRE 27

Mark déposa son carnet à côté de son clavier d'ordinateur, puis il traversa la salle des opérations jusqu'au bureau de Kennedy et frappa du poing contre la porte ouverte.

— Vous avez une minute, chef ?

L'inspecteur principal leva les yeux d'un ensemble de rapports éparpillés sur son bureau, retira ses lunettes de lecture et se frotta les tempes.

— Tout pour m'éloigner de ces prévisions d'effectifs. Comment ça s'est passé avec Creasey ?

— Il confirme avoir vu Sonya il y a environ deux semaines pour un rendez-vous et il affirme ne pas l'avoir revue depuis. Il a semblé vraiment choqué d'apprendre sa mort.

Mark tira l'une des chaises réservées aux visiteurs et s'assit en fronçant les sourcils devant la paperasse que Kennedy rassemblait.

— Ce n'est pas notre enquête, n'est-ce pas ?

— Non, ce sont les plannings d'été. Nous pouvons encore

compter sur un effectif complet pour cette affaire pendant au moins quelques jours.

— Ça ne me rassure pas.

Kennedy esquissa un sourire sinistre et fourra la documentation dans un dossier avant de le jeter sur une pile dans sa corbeille d'arrivée.

— C'est comme ça. Creasey a-t-il pu éclaircir l'implication de Sonya dans les cambriolages ?

— Non, et il semblait surpris par cette révélation.

Mark plissa le nez.

— Je ne pense pas que le sujet soit venu dans les séances de conseil qu'il avait eues avec elle. Il m'a paru un peu trop lisse à mon goût, et je suis certain qu'il avait des sentiments pour elle. Il a fait de son mieux pour le nier, mais Jan a aussi remarqué sa façon de parler d'elle, sans oublier le fait qu'il assistait à ses concerts. Ça dépasse largement le cadre d'une relation conseiller-patient à mon avis.

— Un alibi ?

— Il tient la route pour le mardi soir.

Kennedy tambourina des doigts sur le bureau.

— À moins qu'il ne l'ait abandonnée sur le bord de la route avant d'aller dîner.

Mark exhala.

— Si c'était le cas, Graham Tiegler l'aurait sûrement repérée en rentrant de cet événement où il a joué tard mardi soir.

— Pas s'il était complètement ivre plutôt que d'avoir bu seulement les deux verres qu'il prétend avoir consommés.

L'inspecteur principal leva les yeux en entendant un autre coup contre la vitre de la porte et Mark se retourna pour voir Alex qui attendait sur le seuil.

— Lequel d'entre nous est-ce que vous cherchez ? demanda Kennedy.

— Vous deux, en fait.

Alex resta où il était jusqu'à ce que l'inspecteur principal lui désigne le siège à côté de Mark, puis il s'empressa de le rejoindre et s'éclaircit la gorge.

— Ce n'est peut-être rien, mais...

— Crache le morceau, dit Mark en souriant. Te connaissant, ce n'est pas rien.

— J'ai lu l'email que Caroline a fait circuler avec les détails de l'opticien de Wantage, et... je ne sais pas, j'avais juste envie d'en savoir plus, alors j'ai téléphoné pour leur demander si certaines de nos victimes de cambriolage étaient également leurs clients.

Kennedy se pencha en avant, les coudes posés sur le bureau.

— Pourquoi ?

— J'avais du mal à trouver un lien entre Sonya, Maria, quel que soit son nom, et toutes les victimes de cambriolage. Nous ne savons toujours pas comment elle les sélectionnait, alors je me suis dit que je reviendrais à l'une de nos premières théories selon laquelle elle devait les avoir entendues donner leur adresse à quelqu'un quelque part.

Alex pointa son pouce vers Mark.

— Nous pensions à des cabinets médicaux, des pharmacies, des endroits où on vous demande souvent de confirmer votre adresse.

— Ok. Continue.

— J'ai donc pensé que les opticiens correspondraient aussi à cette théorie. Je viens de recevoir un appel de celui qui nous a donné l'alias de Sonya pour me dire qu'il reconnaît effectivement l'un des noms, Sally Fernsby.

Kennedy se redressa.

— Bon travail. Comment cela s'articule-t-il avec les cambriolages ?

— Je n'en suis pas encore sûr. Quand Sonya s'est introduite chez Sally, elle s'est fait passer pour une assistante sociale préoccupée par la santé de sa fille de cinq ans, son complice est monté à l'étage et a volé des bijoux et l'argent que Sally gardait pour les urgences. Elle était effondrée.

— Je sais qu'elle est morte, mais c'est un acte ignoble, dit Kennedy.

— C'est ainsi qu'ils ont ciblé plusieurs parents célibataires sur notre liste.

Mark secoua la tête.

— Sally n'était qu'une victime parmi tant d'autres.

— Où habite Sally ?

— À la périphérie de Grove, dans l'une des vieilles ruelles, répondit Mark. Elle a été cambriolée en janvier. Complètement terrifiée par l'expérience. Quand la patrouille est arrivée chez elle, elle avait déjà fait venir un serrurier qui remplaçait toutes les serrures des portes d'entrée et de derrière, et en ajoutait d'autres aux fenêtres du rez-de-chaussée.

— Pauvre femme.

Le regard de Kennedy se porta sur l'horloge au mur, au-dessus de ses classeurs.

— Allez la voir demain matin, Mark, et parlez-lui de nouveau. Découvrez depuis combien de temps elle fréquentait cet opticien et si elle avait vu Sonya ailleurs auparavant. Quelque part dans tout ça, nous allons trouver son complice.

— Je m'en occupe, chef.

Mark repoussa sa chaise et remonta ses manches.

— Et quand je l'aurai trouvé, je vais m'assurer qu'il paie.

CHAPITRE 28

Le lendemain matin, Jan remonta un chemin de pierre en direction d'une petite maison mitoyenne bien entretenue.

Elle contourna une table de jeu en plastique renversée puis un bac à sable carré creusé dans le coin de la pelouse, alors qu'une légère odeur d'urine de chat flottait vers elle.

Elle fronça le nez en examinant la façade crépie, et elle remarqua un mouvement de rideau à la fenêtre la plus haute, puis elle se tourna vers Turpin.

— Quand est-ce que tu es venu ici pour la dernière fois ?

— En février. Quelques semaines après le cambriolage, quand Alex et moi avons commencé à faire le lien entre les différentes affaires.

Il tendit le bras et appuya sur la sonnette à droite de la porte d'entrée, puis baissa la voix.

— Sally a perdu sa fille de deux ans juste avant Noël. Leucémie. Son mari l'a quittée trois mois avant ça, il ne pouvait pas supporter la perte imminente apparemment, et il l'a laissée y faire face seule, c'est pour ça qu'elle a repris son nom de jeune fille. Elle a été cambriolée, par Sonya, en janvier. Cette dernière, ou du moins son complice, a volé une montre et deux colliers en or, ainsi qu'une bague en diamant qui appartenait à la grand-mère de Sally.

— Mon Dieu, pauvre femme.

Jan expira, la poitrine encore serrée alors que la porte s'ouvrait.

Une femme d'une trentaine d'années, les cheveux relevés en queue de cheval désordonnée, lança un regard terne à Turpin.

— Vous les avez attrapés ? demanda-t-elle sans détour.

— Il y a eu quelques avancées, répondit Turpin.

La femme émit un reniflement dédaigneux en réponse.

— Est-ce que nous pourrions entrer, s'il vous plaît, mademoiselle Fernsby ? Ma collègue, l'enquêteuse Jan West, et moi-même avons quelques questions à vous poser.

Sally ouvrit la porte et s'éloigna sans attendre de voir s'ils la suivaient.

— Je viens de déposer Charlotte à l'école et je m'apprêtais à retrouver des amis au marché.

— Ça ne va pas prendre longtemps.

Turpin fit signe à Jan de passer devant lui et il ferma la porte derrière elle avant de suivre Sally dans une minuscule cuisine à l'arrière de la maison.

Jan pouvait sentir des restes de porridge et quelque chose de plus sucré dans la pièce étouffante, l'arôme se mêlant à celui du café tandis que la femme prenait une tasse ornée d'un dessin maladroit d'enfant et l'apportait vers une table pliante en pin usée dans le coin.

Jan sortit son carnet, s'approcha et tira une chaise à côté d'elle pendant que Turpin s'appuyait contre le plan de travail.

— Sally, je peux vous appeler Sally ? Nous ne nous

sommes jamais rencontrées mais j'aide le détective Turpin dans son enquête.

— J'espère que vous avez plus de chance que lui, marmonna la femme avant de prendre une gorgée.

— Vous portez des lunettes ?

La tasse fut reposée sur la table avec un bruit sec.

— Pardon ?

— Parlez-moi de l'opticien à Wantage. Depuis quand y êtes-vous cliente ?

— Récemment seulement. J'avais parfois des maux de tête alors j'ai pensé qu'il valait mieux faire vérifier ma vue.

— Quand est-ce que c'était ?

— Euh, en mars je crois.

Jan fronça les sourcils.

— Pas plus tôt dans l'année ?

— Non. Pourquoi ?

Turpin fit un pas en avant.

— L'une des théories que nous explorons est que les personnes qui vous ont ciblée en janvier auraient pu vous entendre donner votre adresse quelque part, comme dans une pharmacie ou peut-être un cabinet médical. Hier, nous avons obtenu une identification positive pour une femme retrouvée morte au bord de la route pas très loin d'ici. C'est la même femme qui était impliquée dans une série de cambriolages similaires au vôtre...

— J'ai entendu parler de la découverte d'un corps de femme.

Sally frissonna.

— Mais je ne—

— Nous avons reçu l'une des identifications positives de son opticien ici à Wantage. Le même opticien chez qui vous vous êtes inscrite.

La voix de Mark s'adoucit.

— Sauf que cela ne correspond pas à notre théorie sur la façon dont elle aurait obtenu votre adresse pour vous cibler en janvier, puisque vous venez de nous dire que vous vous êtes inscrite chez cet opticien en mars. Après avoir été cambriolée.

Jan attendit et observa la femme dont la mâchoire s'agitait, les yeux baissés tandis qu'elle tapotait ses ongles contre le côté de la tasse en porcelaine.

— Comment est-ce que vous la connaissiez ? demanda-t-elle doucement.

— Que lui est-il arrivé ?

Sally regarda tour à tour Jan et Turpin.

— C'est ce que nous essayons de découvrir, répondit Jan.

— Bon sang.

Sally pâlit.

— Je... je ne la connais pas. Ne la connaissais pas, je veux dire. Je... je l'ai juste suivie.

— Quand ?

— En mars. Comme je l'ai dit, j'essaie de retrouver quelques amis au marché, ça me fait sortir de la maison chaque semaine, sinon je reste juste assise ici.

Elle fit un sourire triste.

— Apparemment, ce n'est pas bon pour moi, même si je travaille la plupart du temps.

— Qu'est-ce que vous faites dans la vie ?

— Je suis assistante de direction pour une agence immobilière, uniquement en ligne de nos jours. Vous savez, en télétravail.

— Donc, revenons au jour où vous l'avez suivie.

— Comment s'appelle-t-elle ?

Le regard de Jan croisa celui de Turpin avant de répondre, et il fit un léger signe de tête.

— Nous avons deux noms pour elle. Sonya Raynott et Marie Allenton.

— Oh.

Sally porta la tasse à ses lèvres, la main tremblante. Après avoir pris une autre gorgée, elle s'affaissa dans sa chaise.

— Je l'ai reconnue. Je venais juste de dire au revoir à Michelle, une de mes amies, à côté de la statue du roi Alfred et j'allais traverser la rue quand je l'ai vue marcher sur le trottoir d'en face. Un bus s'arrêtait à l'arrêt, et elle a regardé le numéro sur le pare-brise. C'est là que j'ai vu son visage. Elle devait porter une perruque ou quelque chose comme ça, parce que ses cheveux semblaient trop foncés pour ses traits. Elle s'est détournée, et je... je ne sais pas, j'ai juste voulu voir ce qu'elle faisait. Elle était pressée, comme si elle était en retard pour quelque chose, donc comme je l'ai dit, je l'ai suivie.

— Où est-elle allée ?

— Elle a quitté le marché, puis elle est entrée chez l'opticien au coin de la rue.

Sally repoussa la tasse de café vide, les yeux baissés.

— C'était tellement foutrement normal. Après tout ce qu'elle a fait, après avoir pris...

Elle s'interrompit alors que des larmes cascadaient sur ses joues.

Jan attendit que la femme se reprenne.

Sally renifla et essuya ses larmes avec la manche de son pull, puis elle tendit le bras et déchira une feuille d'un rouleau d'essuie-tout. Après s'être mouchée, elle força un sourire amer.

— Dieu sait à quoi je pensais, mais j'ai attendu deux

minutes puis je me suis faufilée devant et j'ai regardé par la fenêtre. Elle était assise sur une des chaises, en train d'attendre de voir l'opticien, je suppose.

— Qu'est-ce que vous avez fait ensuite ?

— J'ai continué mon chemin, puis après environ cinq minutes, j'ai fait demi-tour et je suis entrée.

Sally repoussa sa chaise et jeta le mouchoir dans la poubelle de la cuisine.

— Elle n'était plus là, mais je voulais voir si elle allait me reconnaître. Je voulais... je ne sais pas ce que je voulais. Bien sûr, à ce moment-là, les deux femmes qui travaillaient derrière le comptoir de la réception étaient sur moi, à me demander comment elles pouvaient m'aider, et j'ai fini par payer un examen de la vue dont je n'avais pas vraiment besoin. C'est comme ça que vous m'avez reliée à elle, n'est-ce pas ?

Jan acquiesça.

— Sally, nous devons vous poser cette question. Où étiez-vous entre six heures et demie et dix heures et demie mardi dernier ?

La mâchoire de la femme tomba.

— Pourquoi ? Vous pensez que je l'ai tuée ?

— Est-ce que vous pouvez nous dire où vous étiez ? demanda Turpin.

— J'étais ici. Avec Charlotte. Ma mère est venue et elle a passé la nuit ici, mon père était parti en voyage de pêche avec deux de ses amis, alors nous avons regardé un film après que Charlotte est allée se coucher.

— Nous allons avoir besoin de son numéro, dit Jan.

— Pour l'amour du ciel.

Sally traversa la cuisine jusqu'à la table et saisit un téléphone portable.

— Vous n'avez aucune compassion pour moi en tant que victime ?

— Si, bien sûr, répondit Turpin calmement. Et je veux vraiment que quelqu'un soit traduit en justice pour ce qui vous est arrivé, mais tant que nous ne découvrirons pas ce qui lui est arrivé, et qui l'a tuée, nous ne pourrons pas trouver son complice. L'homme qui a volé vos bijoux et tout le reste pendant qu'elle vous distrayait.

Les épaules de Sally s'affaissèrent.

— Je sais. C'est juste...

— Vous avez vécu une expérience horrible après tout ce qui vous est déjà arrivé, dit Jan, et vous avez parfaitement le droit d'être en colère.

Elle nota le numéro de téléphone que Sally lui dicta.

— Que s'est-il passé après votre examen de la vue ? demanda Turpin.

— Je pensais avoir manqué ma chance, répondit Sally, et j'étais en colère contre moi-même. Je veux dire, c'était une chose assez stupide à faire, non ? Sauf qu'elle ne m'a pas du tout reconnue. Elle était debout à la caisse, en train de payer pour une nouvelle paire de lentilles de contact, et elle est sortie sans un regard en arrière.

— Qu'est-ce que vous avez fait ?

— Je l'ai suivie. J'ai payé mon examen de la vue aussi vite que possible, je me suis précipitée dehors et je l'ai vue traverser le marché. Quand je suis arrivée là-bas, je l'ai vue se diriger vers une ruelle tout au bout. Je me suis arrêtée à ce moment-là.

Elle tordit ses doigts ensemble.

— J'ai commencé à penser que j'étais paranoïaque, que ça ne pouvait pas être elle. Puis d'un autre côté, je me suis dit que je n'oubliais jamais un visage. Je suis nulle pour les noms, mais pas pour les visages. Elle avait peut-être changé la couleur de ses cheveux, elle était blonde quand elle s'est présentée ici, mais je crois que je me suis inquiétée. Cette ruelle est un cul-de-sac. Et si elle savait que je l'avais suivie ? Et si elle m'attendait ? Je ne pouvais pas laisser quelque chose m'arriver. Je ne pouvais pas laisser Charlotte grandir sans... sans...

Elle ravala de nouvelles larmes.

— Pourquoi est-ce que vous ne nous avez pas dit cela avant ? demanda Mark. Ou d'ailleurs, signalé cela à l'officier chargé de votre affaire de cambriolage ?

— Parce que je pensais que vous seriez en colère contre moi pour avoir pris un risque. Parce que je ne voulais pas qu'elle, ou son complice, revienne ici.

Sally se frotta les bras et jeta un coup d'œil par-dessus son épaule vers la fenêtre de la cuisine.

— Je ne dors déjà pas très bien la nuit ces derniers temps. Plus maintenant. Je ne pense qu'à protéger Charlotte. Je suis tout ce qu'elle a.

Cinq minutes plus tard, après avoir remercié Sally Fernsby pour son temps, Jan marcha jusqu'au bout du chemin puis le long de la route jusqu'à l'endroit où la voiture de service était garée, et elle se tourna vers Turpin qui la rattrapait.

Il lui jeta un regard et fronça les sourcils.

— Quoi ?

— Cette ruelle dont elle a parlé. Juste à côté du marché.

— Quoi donc ?

— C'est là que Marcus Targethen a sa boutique.

CHAPITRE 29

Mark traversait les pavés à grandes enjambées et sa veste claquait dans la brise tandis que Jan essayait de suivre le rythme.

Elle laissa échapper un juron étouffé lorsque son talon se coinça dans une bouche d'égout, se redressa puis l'attrapa par le bras.

— Chef, attends.

Il s'arrêta en la fusillant du regard.

— Quoi ?

— Tu devrais peut-être te calmer avant qu'on ne fasse irruption là-dedans. Au cas où il ne serait pas seul.

Il prit une profonde inspiration et il la laissa le conduire sur le côté de la ruelle, près d'une boutique condamnée, puis il porta son regard plus loin, là où se trouvait le magasin de brocante de Marcus Targethen.

La porte avait été calée par un ensemble d'outils de cheminée, avec un tisonnier en laiton à l'aspect redoutable suspendu à un crochet à côté d'une brosse et de pinces. Une collection hétéroclite de chaises et une petite table basse en bois étaient disposées sous la fenêtre, sorties du magasin et alignées à côté de caisses de bric-à-brac dont le contenu se déversait sur les pavés.

— Il nous a menti, siffla Mark.

— Bien sûr qu'il nous a menti, répondit Jan gaiement. Tout le monde le fait.

Il laissa échapper un rire sarcastique.

— Merci pour le rappel.

— Je t'en prie. Tu es calmé ?

— Allons-y.

Il ouvrit la marche le long du reste de la ruelle, le son de la radio de Targethen se propageant par la porte alors qu'ils avançaient à travers les particules de poussière qui tourbillonnaient dans la lumière de la fin de matinée.

Clignant des yeux pour s'adapter à la pénombre de l'intérieur, Mark aperçut le prêteur sur gages derrière le comptoir encombré.

L'homme avait le menton posé dans sa main, son attention fixée sur un plateau garni de velours avec des billes qu'il triait par couleurs et par tailles.

L'endroit sentait encore pire que samedi et Mark plissa le nez face à la puanteur d'un égout bouché qui s'infiltrait dans le bâtiment. Il se fraya un chemin parmi une collection de livres empilés de façon précaire, et il garda les mains dans ses poches en espérant que son vaccin contre le tétanos était à jour.

Targethen poussa le plateau garni de velours sur le côté et les billes oscillèrent dans leurs compartiments individuels, puis il passa sa main sur la poussière du comptoir en verre avant d'y appuyer ses avant-bras.

— Détectives, dit-il avec un regard lubrique en direction de Jan. Qu'est-ce qui vous ramène ici ?

— Parlez-moi de Sonya Raynott, dit Mark en savourant le choc qui traversa furtivement le regard de l'homme.

— Je ne—

Mark frappa violemment le comptoir du plat de la main.

Le plateau de billes sauta dans les airs et se dispersa sur le sol carrelé.

— Je ne suis pas d'humeur à écouter des conneries, monsieur Targethen, dit-il, alors ne testez pas ma patience.

— Je n'ai jamais entendu parler d'elle. Je vous l'ai dit samedi.

— Je ne vous crois pas.

Mark se pencha plus près en essayant de ne pas inhaler l'odeur corporelle de l'homme.

— J'ai vu votre réaction à sa photo. Vous la *connaissez*.

— D'accord.

La mâchoire de Targethen travailla, ses lèvres tremblantes.

— Mais je ne l'ai pas vue depuis un moment.

— Quand est-ce qu'elle est venue ici pour la dernière fois ?

— Je ne sais pas. Janvier, février peut-être.

— Essayez encore, dit Mark. Parce que nous avons un témoin qui l'a vue ici en mars.

— Attendez ici.

Il observa Targethen disparaître derrière un rideau de brocart défraîchi dans une pièce intérieure derrière le comptoir, le bruit de cartons qu'on déplace et un grognement avant que le prêteur sur gages ne revienne.

— Elle voulait que je vende ça.

Il posa un étui à violon noir sur le comptoir et l'ouvrit pour révéler un alto élégant en épicéa et érable, la touche en ébène usée mais polie et luisante sous la faible lumière.

Mark fronça les sourcils.

— Pourquoi ?

Targethen haussa les épaules.

— Comme la plupart des gens qui viennent ici, elle a dit qu'elle avait besoin d'argent.

— C'était en mars ?

— Ouais.

— Après qu'elle a quitté le quatuor, murmura Mark. Donc elle ne prévoyait pas d'y retourner.

— Elle m'a dit qu'elle en avait un meilleur à la maison et qu'elle n'avait donc pas besoin de celui-ci. Elle m'a expliqué qu'elle l'utilisait seulement comme instrument de secours, c'est tout.

Targethen fit tourner l'instrument dans ses mains.

— J'attends que le bon acheteur se présente. Ça vaut pas mal, ça.

— Est-ce qu'elle vous a vendu autre chose en même temps ? demanda Mark. Des bijoux peut-être, ou un ordinateur portable, quelque chose comme ça ?

— Est-ce que vous vendez des objets volés, monsieur Targethen ? ajouta Jan.

Elle s'était éloignée sur le côté, feignant de s'intéresser à un présentoir de colliers et de bracelets près du comptoir.

— Est-ce que tout ceci est bien légal ?

— Écoutez, je vous l'ai dit, je ne fais pas commerce d'objets volés.

Targethen recula d'un pas.

— Je ne refourgue rien ici.

— Pas ici, mais qu'en est-il de votre entrepôt ? Celui que vous utilisez pour votre entreprise de vide-maison ? demanda Mark. Qu'est-ce que vous y stockez ?

— Vous ne pouvez pas venir ici m'accuser de choses pareilles. Vous allez ruiner mon commerce.

— Nous pouvons obtenir un mandat de perquisition, lança Mark.

— Très bien.

Targethen se redressa et croisa les bras.

— Alors trouvez-moi un avocat avant de me poser d'autres questions.

CHAPITRE 30

Quatre heures plus tard, le soleil avait déjà disparu derrière une rangée de hêtres et un vent fort bousculait Mark, en train d'attendre pendant qu'un serrurier se débattait avec la porte en aluminium de l'unité de stockage de Targethen.

L'unité était l'une des douze louées derrière une cour de ferme en ruine à trois kilomètres à l'ouest de Wantage, et facilement localisable via le site web de vide-maison de Targethen. De temps en temps, il y organisait des ventes aux enchères et le fermier recevait une commission sur les ventes.

Les phares de la voiture de service illuminaient la dalle de béton devant la rangée de douze unités tandis qu'une paire d'agents en uniforme se tenait à côté de celle de Targethen, l'un d'eux dirigeant le faisceau d'une torche sur la serrure.

— Kennedy est d'accord avec tout ça ? demanda Jan en sortant de la voiture et en boutonnant son épais manteau de laine.

— Il n'y voit pas d'inconvénient, répondit Mark par-dessus son épaule. Le mandat a été signé il y a une heure et on a déjà fait appel à ce type. Il habite juste à côté.

Il fit un signe de tête vers le serrurier, qui se détourna du garage et tendit une serrure brisée à Alice Fields.

— On dirait qu'on peut entrer, chef, lança-t-elle.

Il se précipita et s'arrêta devant l'ouverture béante.

Jan lui donna un coup de coude.

— Tiens.

— Merci.

Il enfila les gants jetables qu'elle lui tendait et scruta l'intérieur de l'unité, examinant les cartons et les meubles empilés sur quatre niveaux au-delà de la lumière de la torche d'Alice.

— J'aimerais bien avoir une des combinaisons de protection complète de Jasper et un masque.

Jan s'écarta sur le côté et passa sa main sur les parpaings apparents.

— Super. Pas d'interrupteur.

— Tu as des torches de rechange ?

— Il y en a une autre dans la voiture.

Nathan Willis s'approcha pour en tendre une à Mark tandis que la camionnette du serrurier s'éloignait.

— Qu'est-ce qu'on cherche, chef ?

— Des bijoux.

Mark sortit de la poche de sa veste une liste photocopiée.

— Voici ce qui a été pris lors des cambriolages les plus récents. Comme Targethen aurait probablement voulu que tout ce qu'il avait recelé soit écoulé le plus vite possible, on va partir du principe que tout ce qui a été volé avant mars a déjà été vendu. Si vous trouvez quelque chose qui n'est pas sur cette liste, mettez-le de côté au cas où. On le photographiera et on le comparera à la liste principale au commissariat.

Alice gonfla ses joues.

— Bon, je suis la plus petite, alors pourquoi je ne grimperais pas jusqu'au fond pour commencer par là ?

— Bonne idée. Nathan, faufile-toi le long du côté droit, et Jan et moi, on va s'occuper de la moitié gauche avec cette torche supplémentaire.

Ils se séparèrent et ils entendirent le bruit d'Alice en train d'escalader chaises et cartons dans l'espace de la taille d'un garage simple pendant un moment avant que Mark ne porte son attention sur le premier carton que Jan éclairait avec la torche.

Il sortit ses clés et trancha le ruban adhésif avant de reculer brusquement lorsque les yeux bleus d'un enfant le fixèrent.

— Bon sang.

Jan réussit à rire.

— C'est une poupée, chef.

— Je déteste ces trucs-là.

Il la sortit et grimaça.

— Qui diable achète un truc pareil pour un gosse ?

— C'est en porcelaine. Je pense que c'est ancien.

Il plaça la poupée sur une autre boîte à côté de lui, puis il fouilla plus profondément dans le contenu.

— Non, rien ici. Il n'y a que des vieux jouets, des choses comme ça. Bon, passons à la suivante.

Dix minutes plus tard, le faisceau de la torche d'Alice éclaira le mur du fond et il entendit un cri enthousiaste.

— J'ai quelque chose, dit-elle avant de plonger tête la première dans un carton ouvert presque aussi grand qu'elle et d'en ressortir avec une paire de boucles d'oreilles en or. Zut. Pas sur la liste.

— Apporte-les quand même, au cas où. Ainsi que tout ce que tu pourrais trouver d'autre là-dedans.

Mark choisit une autre boîte et déchira le ruban adhésif avec ses clés.

Jan regarda à l'intérieur.

— Ce serait presque comme Noël si ce n'était pas pour—

— Oui, je sais.

— Et si on ne trouve rien sur la liste ? S'il dit la vérité ?

— Il cache quelque chose. C'est obligé. Ok, Sonya a échangé son alto mais elle savait déjà qu'il lui ferait un prix honnête. Ça me suggère qu'elle le connaissait avant ça, et qu'il la respectait assez pour ne pas essayer de l'arnaquer.

Jan souleva de vieux journaux froissés, puis plongea plus profondément et sortit un ensemble de bougeoirs en étain, puis une bouilloire en cuivre.

— Ça ne s'annonce pas bien.

— Essaie le carton suivant.

Il balaya le mur avec sa torche pour compter le nombre de cartons.

Il y en avait au moins vingt autres de tailles variées, et à chaque fois qu'ils en ouvraient un, leurs chances diminuaient.

— Il doit bien y avoir quelque chose ici, marmonna-t-il.

Jan se fraya un chemin au-delà d'une table posée à l'envers sur une commode en chêne, et elle tendit la main pour stabiliser une lampe ancienne qui vacillait dangereusement, puis elle perfora avec ses clés le ruban adhésif qui scellait la boîte suivante.

— Il serait temps qu'il fasse un autre brocante ou une de ces ventes aux enchères, grommela-t-elle. Quand est-ce qu'il est venu ici pour la dernière fois ?

— D'après le type qui possède l'endroit, il y a environ trois semaines.

Mark prit la lampe torche pendant qu'elle commençait à fouiller dans le contenu.

— Peut-être qu'il attend que le temps se réchauffe pour attirer plus de monde ici.

— Chef ?

Mark se retourna pour voir Nathan avec un collier de diamants contre son cou, les pierres scintillant sous la lumière de la torche de l'agent.

— Ça ne te va pas.

— Peu importe.

Nathan sourit.

— C'est sur la liste.

CHAPITRE 31

Lorsque Mark et Jan entrèrent dans la salle d'interrogatoire le lendemain matin, Marcus Targethen était avachi sur une chaise en plastique gris à côté de l'avocat commis d'office désigné pour le représenter.

Il passa une main calleuse dans ses cheveux gras désormais tirés en une petite queue de cheval à la base de son crâne, accentuant les mèches blanches à ses tempes. Des rides d'inquiétude plissaient son front et ses paupières pendant que Jan installait l'équipement d'enregistrement, puis son regard se posa sur les sachets transparents de pièces à conviction que Mark plaça sur la table entre eux.

Il baissa les yeux vers ses mains tandis que Mark récitait l'avertissement officiel.

— Ma carte, dit l'avocat commis d'office pendant qu'on faisait les présentations pour l'enregistrement.

— Merci, monsieur Williams. J'espère que nous allons pouvoir être rapides si votre client coopère.

L'attention de Mark se reporta sur l'homme à côté de l'avocat.

— Monsieur Targethen, lorsque nous vous avons parlé plus tôt aujourd'hui, vous avez réitéré votre déclaration initiale de samedi selon laquelle vous ne faites pas de commerce de biens volés. Souhaitez-vous modifier ce que vous nous avez dit maintenant que vous êtes sous mise en garde ?

Targethen resta silencieux.

— D'accord, voyons ce que nous avons trouvé dans votre unité de stockage il y a quelques heures. Peut-être que cela vous rafraîchira la mémoire.

Mark enfila des gants jetables et sortit délicatement le collier ras-du-cou en diamants que Nathan avait découvert, puis une paire de boucles d'oreilles assorties.

Suivirent une broche en jade, deux montres estimées à plus de quatre mille livres chacune, et plus d'une douzaine de paires de boucles d'oreilles en or, certaines incrustées de pierres précieuses.

— Il y en a davantage, bien sûr.

Mark lança un regard furieux de l'autre côté de la table.

— Mais vous le savez déjà. Ce que je trouve intéressant, c'est que chacun des objets ici correspond à des bijoux signalés volés lors d'une série de cambriolages qui ont eu lieu entre novembre et fin mars. Des cambriolages que nous soupçonnons avoir été commis par Sonya Raynott.

— Comment se sont-ils retrouvés en votre possession, Marcus ? demanda Jan. Et ne nous dites pas que vous les avez achetés, à moins que vous ne puissiez fournir des reçus.

Targethen déglutit, puis se tourna vers son avocat et lui fit signe d'approcher.

Les deux hommes échangèrent des chuchotements et Mark remit les bijoux dans les sachets avant d'ouvrir un dossier à côté de Jan et d'en retirer un document officiel.

— Voici un mandat de perquisition qui a été exécuté il y a une demi-heure, dit-il. Il nous donne également le pouvoir de fouiller les locaux de votre magasin.

La tête de Targethen pivota brusquement, son visage gris.

— Vous ne pouvez pas faire ça.

— Si, nous le pouvons, et nous allons le faire.

Mark consulta sa montre.

— En fait, notre équipe devrait y arriver dans les dix prochaines minutes, je pense.

— Non !

Targethen repoussa sa chaise.

— Vous ne comprenez pas.

L'avocat commis d'office posa une main restrictive sur le bras de l'homme et le ramena dans son siège.

— Mon client souhaite préciser que bien qu'il soit en possession de ces biens, il nie catégoriquement avoir tué Sonya Raynott.

— Enfin. Nous avançons.

Mark ferma le dossier et joignit ses mains.

— Bien, les objets volés, parlez-nous de tout ça. Quand est-ce que Sonya a commencé à vous apporter ces choses ?

— Début décembre, marmonna Targethen.

— Vous devez parler plus fort pour l'enregistrement, dit Jan.

— Décembre dernier.

— Pourquoi est-ce que vous n'avez encore rien revendu ? demanda Mark. Même vous, vous deviez savoir que c'était risqué de les garder.

— Je ne pouvais pas les vendre dans la boutique, n'est-ce pas ? dit Targethen. Elle avait tout volé dans le coin. J'attendais d'avoir l'occasion de faire un voyage dans le sud quelque part. Les revendre à quelqu'un d'autre ou faire un marché, quelque chose comme ça.

— Comment savait-elle que vous les lui achèteriez ? demanda Mark. Vous faites le recel de marchandises volées depuis un moment, c'est ça ?

Targethen lui lança un regard noir.

— Je ne l'avais pas fait depuis longtemps. Je pensais que c'était trop risqué.

— Pourquoi le faire pour Sonya, alors ?

— Elle était désespérée. Elle n'acceptait pas de refus. Elle a dit qu'elle connaissait des gens qui seraient intéressés par mon passé si je ne l'aidais pas. J'ai pensé qu'elle allait me dénoncer anonymement, donc elle ne m'a pas laissé le choix.

— Comment savait-elle qu'elle pouvait vous demander ?

— Je ne sais pas. Quelqu'un a dû lui dire, je suppose. Peut-être qu'elle a croisé quelqu'un avec qui je traitais avant.

Targethen haussa les épaules.

— Je pensais qu'ils étaient tous en prison. Peut-être que quelqu'un a été libéré et qu'elle le connaissait. Les gens ont tendance à rester avec ceux qu'ils connaissent, je suppose.

— Donc, elle a commencé à vous utiliser pour écouler des biens en décembre. Quand est-ce que vous l'avez revue ensuite ?

— Au début de la nouvelle année, répondit Targethen en fronçant les sourcils. Elle était nerveuse, impatiente de quitter la boutique, et elle portait aussi une perruque blonde. Elle m'a fait peur quand elle est entrée et qu'elle a commencé à parler d'avoir besoin d'un prix pour des pièces spéciales. J'ai cru que c'était vous qui essayiez de me piéger. Elle a trouvé ça drôle, mais j'ai vu ses mains trembler quand je lui ai remis l'argent.

— Pourquoi est-ce qu'elle était nerveuse ?

Targethen secoua la tête en baissant son regard vers la table.

— Quand a eu lieu sa visite suivante ?

— Mi-février, puis fin mars. Quand elle m'a vendu l'alto.

— Est-ce qu'elle apportait le même genre d'objets volés à chaque fois ?

— Non. La plupart du temps, c'était juste des petits trucs. Ça dépendait de... à quel point elle avait réussi.

— Elle était toujours seule ?

Un silence suivit ses mots.

Mark se pencha en avant.

— Targethen ? Regardez-moi. Nous savons que Sonya avait un complice. Un homme. Est-ce que c'était vous ?

— Non, ce n'était pas moi.

Le menton de l'homme se releva et il poussa un soupir haché.

— Je ne fais pas de cambriolages.

— Vous préférez laisser les autres faire le sale boulot, c'est ça ?

— Non, vous devez me croire. Jusqu'à ce qu'elle débarque chez moi, je n'avais pas touché à quoi que ce soit de louche depuis des années.

— Qui était-ce, l'homme qui travaillait avec Sonya ?

Mark inclina la tête sur le côté.

— Vous le connaissez, n'est-ce pas ?

— Il est venu à la boutique avec elle une fois, c'est tout.

— Qui est-il, Targethen ?

— Il va me tuer si je vous le dis.

— Je suis sûr qu'il ne sera pas très content non plus quand il apprendra que nous fouillons votre boutique à la recherche de preuves compromettantes concernant la mort de Sonya, dit Jan.

— Bon sang.

Targethen passa une main tremblante sur sa bouche.

— Où étiez-vous entre dix-huit heures trente et vingt-deux heures trente mardi dernier ? demanda Mark.

— Je vous l'ai dit, je regardais le foot au pub. Je vous l'ai déjà dit la dernière fois que vous avez demandé.

— Alors qui a tué Sonya ? Donnez-nous son nom, Targethen.

— Je ne peux pas.

— Pourquoi pensez-vous qu'elle a été tuée ?

Le prêteur sur gages haussa les épaules.

— Si je devais deviner, c'est parce qu'elle ne remettait pas tout ce que je lui payais pour ces objets.

— Son nom, Targethen.

— Merde, il va me tuer.

— Nous finirons par le découvrir de toute façon. Ce n'est qu'une question de temps.

Targethen regarda son avocat, qui fit un léger signe de tête, puis il soupira et se tourna vers Mark.

— Nolan. Nolan Creasey.

CHAPITRE 32

Mark serra les dents tandis que Jan accélérait entre les voitures garées le long de la rue East St Helen avant de s'engager dans l'allée de la maison géorgienne reconvertie.

Deux voitures de patrouille suivaient, l'une se gara en diagonale face aux anciennes écuries transformées en ateliers d'artisanat temporaires et l'autre bloqua toute fuite possible par le portail ouvert.

Les portières claquèrent, les chaussures et les lourdes bottes martelèrent l'asphalte de l'allée, puis Mark poussa la porte d'entrée qui donnait sur le hall d'accueil commun.

— À l'étage, au deuxième et sur la gauche, Grant, dit Mark en s'écartant pour laisser passer l'agent en uniforme et son collègue, puis il se retourna pour voir Jan qui fixait le mur.

— Chef ? appela-t-elle en montrant du doigt le panneau de liège affichant les noms des entreprises. Il n'est plus là.

Son estomac se noua, puis il agrippa la rampe en bois et s'élança à la suite des deux agents, le cœur battant à chaque pas.

Quand il atteignit le palier du deuxième étage, John Newton l'attendait, le visage impassible.

— L'endroit a été vidé, chef, dit-il en s'écartant pour laisser passer Mark. Il ne reste que quelques meubles.

— Bon sang.

Il traversa le palier en courant, franchit la porte en verre dépoli ouverte et entra dans ce qui avait été la salle de consultation de Creasey.

Il ne restait que les deux canapés.

Une corbeille dans le coin contenait les fleurs et les magazines qui se trouvaient sur la table basse, et les stores avaient été relevés, exposant des rebords de fenêtres usés et ébréchés, couverts de mouches mortes.

Grant sortit du bureau de Creasey et lui tint la porte ouverte.

— J'ai fouillé les classeurs ici, mais ils sont tous vides, chef. Les tiroirs du bureau aussi.

Mark entra dans la pièce, la gorge sèche.

Toutes les étagères étaient vides, les chaises avaient disparu, et tout ce qui restait de l'entreprise de Creasey était l'empreinte poussiéreuse de son ordinateur et de son clavier sur la surface du bureau.

— Qu'est-ce qui se passe, bon sang ? murmura-t-il.

—Nom de Dieu. Il a mis les voiles en pleine nuit.

Jan se tenait sur le seuil, les yeux écarquillés.

— On lui a parlé il y a deux jours à peine.

Mark pivota sur ses talons.

— Grant, John, commencez à interroger les autres propriétaires d'entreprises dans le bâtiment, en commençant par le rez-de-chaussée. Demandez à l'autre patrouille d'interroger ceux dans les anciennes écuries.

Il sortit son téléphone et appuya sur la numérotation rapide.

— Alex ? Nous avons perdu Nolan Creasey, il a disparu. Tu peux trouver le nom du propriétaire de cet endroit et lui demander une copie du bail ?

Quand il termina l'appel, Jan avait déjà sorti son carnet.

— Il y a deux autres entreprises au dernier étage, dit-elle. On leur parle pendant qu'on attend des nouvelles ?

— Quel type d'entreprises ?

— L'une est une société de conseil en informatique, l'autre une société d'investissement.

— Je te suis.

L'escalier se rétrécissait entre le deuxième et le troisième étage, rappelant la disposition d'origine de la maison géorgienne et le fait que l'étage supérieur aurait été habité par les domestiques qu'employaient les propriétaires originaux.

Mark dut baisser la tête sous le plafond incliné lorsqu'ils atteignirent le palier. Il suivit Jan jusqu'à une élégante plaque en aluminium indiquant le bureau de la société d'investissement.

Elle frappa du poing contre un panneau de verre dans la porte puis l'ouvrit.

Un homme d'une cinquantaine d'années avec un téléphone fixe en main se détourna de la fenêtre lorsqu'ils entrèrent, le cordon enroulé autour de son doigt pendant qu'il parlait.

Il le déroula, indiqua un canapé d'aspect bon marché sur le côté, et reporta son attention sur son interlocuteur.

— James, je vais devoir écourter. Des visiteurs inattendus. Oui, oui. D'accord. Donne le bonjour à Trudy de ma part. Ciao.

Il reposa le téléphone sur son socle d'un élégant mouvement du bras, puis regarda Mark.

— En quoi puis-je vous aider ?

— Inspecteur Turpin, et ma collègue l'enquêteuse Jan West. Vous êtes le propriétaire de cette entreprise ?

— Oui. Sebastian Mapleton. Il y a un problème ?

— Nolan Creasey. Vous savez où il se trouve ?

— Nolan ? Non, je ne l'ai pas vu depuis un moment en fait. J'utilise généralement cet endroit comme bureau satellite, pour rencontrer des clients potentiels et ce genre de choses. La plupart du temps, je travaille de chez moi.

— Vous étiez ici mardi ou hier ?

— Non, je viens généralement le jeudi. J'organise toutes mes réunions à partir de neuf heures.

Il regarda ostensiblement sa montre.

— D'ailleurs—

— À qui appartient le bâtiment ?

— Cet endroit ? C'est une petite société d'investissement basée à Enstone, je ne me souviens pas de l'adresse exacte.

— Leur numéro de téléphone ?

— Chez moi, j'en ai peur. Je les appelle rarement donc je ne l'ai pas dans mon téléphone. Ce sont de bons propriétaires, vu les circonstances.

— Les circonstances ?

— Oui, ils vendent le bâtiment pour le réaménager. Apparemment, ils pensent pouvoir y caser six appartements de deux pièces.

Mapleton renifla avec dédain.

— Je n'ose pas imaginer qui finirait par s'installer ici. C'est un peu étriqué, non ?

— Vous êtes en train de dire que vous avez seulement un bail à court terme ?

— Ah oui, ils ne proposent rien de plus de six mois et il y a une clause qui permet à chaque partie de le rompre sans pénalité, ce qui signifie qu'ils peuvent nous mettre dehors dès que la vente est conclue et que les promoteurs peuvent commencer, vous voyez.

— Quand est-ce que votre bail expire ?

— Dans environ huit semaines. Je verrai ce qui se passe à ce moment-là.

Il haussa légèrement les épaules.

— Comme je l'ai dit, c'est pratique pour les réunions formelles et ça ne coûte pas trop cher, donc je pourrais le prolonger. Ça évite d'avoir à trouver d'autres locaux.

— Merci pour votre temps, monsieur Mapleton.

Mark lui tendit une carte et prit l'une des siennes en retour.

— Nous vous contacterons si nous avons d'autres questions.

— Merde, dit Jan une fois qu'ils eurent atteint le palier à nouveau. Ce n'est pas étonnant que Creasey ait pu partir rapidement.

— Qu'en est-il de cette entreprise informatique ?

Jan lui adressa un sourire sinistre alors qu'ils approchaient de la porte en face, puis elle la poussa du bout de l'index.

Elle s'ouvrit vers l'intérieur, révélant un espace vide et poussiéreux.

— Partie depuis longtemps, on dirait.

— Putain.

Mark passa une main sur sa tête.

— Ok. Retournons à la salle des opérations. Autant annoncer la mauvaise nouvelle à Kennedy sans plus attendre.

CHAPITRE 33

— C'est quoi ce—

Mark leva la main en réponse à l'éclat de Kennedy lorsqu'il entra dans la salle des opérations, et il dirigea l'inspecteur principal vers le tableau blanc.

— Comment Alex s'en sort pour trouver l'adresse, chef ? Du nouveau ?

— Pas encore.

Kennedy attendit que Jan les rejoigne avant de pointer du pouce la photo de Sonya.

— Quelles sont vos réflexions sur ces deux-là ? Creasey était d'abord son conseiller, puis il a essayé de participer aux cambriolages, ou—

— Ou peut-être qu'ils se connaissaient déjà avant qu'elle aille le voir pour une thérapie, et que c'était juste une couverture, dit Mark. Je n'en suis pas encore sûr.

— Peut-être qu'il a découvert quelque chose sur elle pendant ces séances de thérapie et qu'il l'a utilisé contre elle, dit Jan. Du chantage, pour la maintenir sous son contrôle.

— Quelqu'un a reparlé à Marcus Targethen ? demanda Mark.

— J'ai eu une petite conversation avec lui il y a vingt minutes, répondit Kennedy. Il insiste sur le fait qu'il ne savait pas où se trouvait le cabinet de Creasey, et encore moins où il habite.

— Vous croyez qu'il dit la vérité ?

— Soit ça, soit il est mort de trouille, oui.

— Et la vidéosurveillance, chef ? suggéra Jan. Une trace de lui en train de quitter le bureau ? Il y a des caméras à toutes les sorties d'East St Helen Street.

— Nous les avons demandées, mais apparemment il y a un retard… manque de personnel, grogna Kennedy. J'ai fait remonter la demande à Melrose. Avec un peu de chance, il pourra nous trouver des effectifs supplémentaires, et vite.

— On devrait envisager une alerte dans tous les ports aussi, dit Mark. Il s'est déjà enfui une fois, nous n'avons aucune idée d'où il est, ni jusqu'où il pourrait aller.

— Laisse-moi m'en occuper, dit Caroline en les rejoignant. Je vais aussi alerter les forces des départements voisins.

— Merci.

Kennedy se retourna vers le tableau blanc.

— Ok, alors à quoi ça ressemble ? Ces deux-là se disputent à propos de quoi ? Qui cambrioler ensuite ? Que faire du butin ? Quoi ?

— Peut-être qu'elle voulait arrêter, proposa Jan. Et peut-être que ce n'était pas quelque chose que Creasey était prêt à accepter.

— Targethen a dit qu'elle l'avait fait chanter pour qu'il achète les objets qu'elle a apportés chez lui pour les vendre.

Peut-être qu'elle a essayé un coup similaire avec Creasey et ça s'est retourné contre elle, ajouta Caroline.

— Bon point, dit Mark. Oui, c'est une victime, mais ce n'était pas nécessairement une personne sympathique. Elle a peut-être poussé sa chance trop loin avec Creasey.

— Je l'ai trouvée !

Mark jeta un coup d'œil par-dessus son épaule pour voir Alex se faufiler entre deux assistants administratifs pour le rejoindre.

— J'ai l'adresse, dit-il en tendant un post-it à Kennedy. C'est une petite exploitation à la périphérie de Lockinge.

— Qu'est-ce que le propriétaire a dit sur Creasey ? demanda l'inspecteur principal.

— Toujours payé à temps, tous les quinze jours, c'était leur arrangement en raison du réaménagement imminent, répondit Alex. Creasey l'a appelé mardi après-midi pour lui dire qu'il fermait son cabinet immédiatement et qu'il partirait avant la fin de la semaine. Il restait encore une semaine sur ce paiement particulier, donc le propriétaire ne s'est pas opposé, il gardait l'argent de toute façon.

Mark regarda la carte épinglée sur le tableau en liège sur le côté.

— C'est où sur cette carte ?

— Ici.

Alex tendit la main et tapa sur une route étroite et solitaire qui serpentait à partir de Lockinge.

— C'est l'adresse sur le bail, qui a été signé il y a un an.

— Ok, je veux des images satellites de cet endroit sur mon bureau dans dix minutes, dit Kennedy en rendant le papier à Alex. Avant que quiconque ne se précipite là-bas, je veux connaître la disposition des lieux. Jan, Mark, une fois que nous aurons compris ce à quoi nous avons affaire, vous pourrez y aller avec quelques patrouilles en renfort. Caroline, vérifiez les comptes de médias sociaux de Creasey et voyez s'il y a quoi que ce soit qui suggère qu'il pourrait devenir violent.

— Et les barrages routiers en attendant ? demanda Mark. Juste au cas où il essaierait de s'enfuir avant que nous soyons prêts à y aller et à l'arrêter ?

Kennedy agita son doigt.

— Bonne remarque. Je vais arranger avec le centre de contrôle l'envoi d'une patrouille au bout de cette route avec une déviation. Si quelqu'un correspondant à la description de Creasey essaie de passer, ils pourront le retarder.

— Nous allons aussi avoir besoin d'un mandat de perquisition, chef, dit Jan. Je vais commencer à le rédiger si ça ne vous dérange pas...

— Je vais le faire signer, ne t'inquiète pas.

L'inspecteur principal dévisagea chacun d'eux.

— Eh bien ? Pourquoi est-ce que vous êtes encore tous debout ici ? Dépêchez-vous, nous avons un tueur à arrêter.

CHAPITRE 34

Jan serrait le mandat de perquisition signé d'une main et la poignée au-dessus de la porte passager de l'autre, le cœur battant pendant que Turpin conduisait la voiture à travers Wantage et ressortait de l'autre côté.

Derrière eux, deux voitures de patrouille suivaient, gyrophares allumés mais sirènes silencieuses.

— Pas besoin de lui annoncer qu'on arrive, avait dit Turpin lors du briefing trente minutes plus tôt.

L'étalement urbain céda la place à une campagne qui explosait de couleurs, des arbres chargés de fleurs défilant à toute vitesse devant la fenêtre de Jan tandis qu'il accélérait, la mâchoire crispée.

Il ne ralentit que lorsque la déviation temporaire apparut à la périphérie de Lockinge, puis il baissa sa vitre avant de s'arrêter à côté des deux agents en uniforme qui la surveillaient.

— Un signe de lui ?

— Rien, chef. Nous n'avons vu passer que deux véhicules depuis notre arrivée : un tracteur qui appartient à la ferme un peu plus loin, et une motocycliste. Elle se rendait à son travail au supermarché de Wantage et son adresse a été vérifiée sans problème.

— D'accord. Restez ici pour l'instant, au cas où il tenterait quelque chose quand nous arriverons à la petite exploitation.

— Compris.

Jan déglutit, la gorge serrée par l'anticipation.

Comme Turpin, elle voulait arrêter le meurtrier de Sonya et obtenir des réponses pour leurs victimes – et peut-être la possibilité de restituer davantage de bijoux volés à leurs propriétaires légitimes.

Il restait encore un tas d'objets de valeur qui ne figuraient pas sur la liste de Turpin et que les agents en uniforme examinaient au commissariat dans l'espoir de pouvoir les tracer.

Turpin tourna à gauche dans l'étroite voie menant à l'adresse de Creasey, le silence dans la voiture n'étant rompu que par le bruit des petits cailloux projetés sous les passages de roues et les gémissements occasionnels de la suspension quand elle rencontrait un nid-de-poule profond.

Les haies ici étaient hautes, elles dominaient la voiture et créaient un effet de tunnel tandis que la végétation frappait contre les vitres et la carrosserie.

— On dirait que peu de gens viennent par ici, murmura-t-elle, puis elle cligna des yeux lorsqu'une ronce frappa le pare-brise.

— C'est probablement pour ça qu'il aime cet endroit.

La prise de Turpin se resserra sur le volant alors que la route se terminait et qu'une barrière métallique à cinq barres apparaissait.

Elle avait été laissée ouverte, prise dans les hautes herbes qui bordaient un chemin pierreux s'éloignant vers l'horizon. Il n'y avait aucun nom sur le poteau de la barrière et aucune indication que quelqu'un vivait là.

Mais il y avait des traces de pneus fraîches dans la boue qui séchait sous les sycomores alentour.

Turpin fit avancer la voiture centimètre par centimètre.

Dans le rétroviseur, Jan vit les deux voitures de patrouille qui suivaient en rebondissant sur la surface inégale, leurs gyrophares maintenant atténués.

Elle porta son attention sur le chemin qui s'élargissait pour former une cour, encadrée de chaque côté par un bâtiment.

La maison sur sa gauche était une construction basse en briques, les ardoises brillant après une averse tardive et des rideaux décolorés couvrant les trois fenêtres sur la cour. Une seule porte en chêne restait résolument fermée entre la première et la deuxième fenêtre.

De l'autre côté de la cour se trouvait une grande grange en bois avec un toit en tôle ondulée. Des doubles portes l'empêchaient de voir à l'intérieur et un gros cadenas brillait sur le loquet.

— Attends ici une minute, dit Turpin en serrant le frein à main. On va d'abord découvrir où il se trouve.

Jan retint son souffle pendant qu'il sortait de la voiture et rejoignait deux des agents en uniforme à côté. Ils parlèrent à voix basse, puis l'un d'entre eux et Turpin se dirigèrent vers la porte d'entrée. Il essaya d'abord la sonnette à droite du cadre, puis frappa à la porte avec son poing quand il n'obtint pas de réponse.

Un moment plus tard, Jan le vit envoyer deux agents en courant à l'arrière du bâtiment tandis qu'il se dirigeait vers les fenêtres de devant et tentait de regarder à l'intérieur.

— Merde, dit-elle à voix basse avant de sortir en laissant le mandat sur le siège passager. Et la grange, chef ?

Il acquiesça et se mit à marcher à côté d'elle.

— Je n'aime pas la tournure que ça prend.

— On a un mandat de perquisition, et si on s'inquiète pour sa sécurité...

— Ouais, je sais. On enfoncera la porte après avoir vérifié la grange, sinon Kennedy ne nous lâchera jamais.

Jan ralentit en s'approchant du grand bâtiment et tendit le cou pour regarder sur les côtés.

— Je ne vois pas de fenêtres.

— Ces portes tombent de leurs gonds, par contre.

Turpin s'approcha du côté droit de l'une d'elles et regarda par la fente.

— Je ne vois fichtre rien. Il fait trop sombre là-dedans.

— Et on ne peut pas passer au-delà de ça.

Jan souleva le cadenas entre ses doigts.

— C'est de la qualité, même si les charnières ne le sont pas.

— Ok, ça suffit. On entre. Attends ici et je vais voir si l'un d'eux a un coupe-boulon dans sa voiture.

Elle l'observa retourner en trottinant vers les véhicules tandis que les deux agents revenaient de l'arrière de la maison en secouant la tête.

Turpin leur donna des ordres, puis se dirigea vers l'une des voitures de patrouille et attendit pendant que le conducteur fouillait à l'arrière.

Avant qu'il ne remette un coupe-boulon à Turpin, un retentissant *crac* se fit entendre quand la porte d'entrée céda sous l'impact d'une pointure quarante-sept et trois agents en uniforme se précipitèrent dans la maison.

Jan sourit tandis que Turpin revenait vers elle.

— Si ça ne marche pas, on pourra toujours demander à Grant de reproduire cet exploit sur cette porte.

— Espérons que ça fera l'affaire. Recule-toi.

Il fallut trois tentatives et beaucoup de jurons, mais Turpin finit par briser le moraillon du cadenas en deux.

Il le poussa du pied sur le côté dans la terre, puis posa sa main sur le loquet.

— Prête ?

Elle hocha la tête et tendit la main vers l'autre porte.

— Utilise-la comme bouclier, au cas où. À trois. Un, deux...

Jan arracha la porte et suivit le conseil de Turpin en se tenant bien derrière pendant quelques secondes.

Quand rien ne se passa, elle jeta un coup d'œil dans l'intérieur sombre.

— Nom de Dieu, dit Turpin en faisant écho à ses propres pensées.

Des marques de traînée couvraient le sol en béton poussiéreux et friable, preuves que des objets lourds avaient été tirés sur sa surface, se mêlant à des empreintes de bottes.

Au fond, à peine visible dans la faible lumière grise qui s'infiltrait dans la grange, elle pouvait voir des tas de vieilles machines agricoles, des chaises empilées à côté de tables retournées et un vieux fauteuil mangé par les mites.

Des cartons étaient éparpillés sur le sol à sa gauche et à sa droite, certains encore fermés avec du ruban adhésif et leur contenu griffonné au feutre sur les côtés.

— Merde.

Turpin se tenait au milieu de la grange, les mains sur les hanches, à examiner les débris.

— Il a également vidé cet endroit, n'est-ce pas ?

— Il va falloir prévenir Kennedy, dit Jan en se dirigeant vers l'extérieur.

En face, les trois agents se tenaient déjà à côté de leurs voitures, en attente de nouvelles instructions.

— J'imagine qu'il n'y a aucune trace de lui non plus là-dedans ? demanda Turpin tandis qu'ils approchaient.

— On dirait qu'il est parti, répondit Grant. Il était bien ici, il y a des factures à son nom sur le comptoir de la cuisine mais il n'y a pas de vêtements dans la chambre. Ça ressemble plutôt à un arrangement temporaire, pas de télé ni de micro-ondes, rien de ce genre. Il n'aurait pas eu le temps de vider son bureau et ici, si ? Ça ne fait que quarante-huit heures.

Turpin ouvrit la bouche pour répondre, mais fut interrompu par la radio de Grant qui grésilla.

— C'est l'équipe au barrage routier, dit-il, puis il augmenta le volume.

— Chef ? Nous avons une voisine ici qui dit avoir vu un camion de location quitter le chemin hier en fin de journée.

Jan vit l'excitation dans les yeux de Turpin lorsqu'il prit la radio des mains de Grant.

— Est-ce qu'elle a relevé le numéro d'immatriculation ?

— Non, chef, mais elle se souvient du nom de la société de location qui était imprimé sur le côté.

CHAPITRE 35

Mark faisait les cent pas pendant qu'on démontait la diversion temporaire, son téléphone à l'oreille et le sentiment accablant que toute la situation lui échappait.

— Caroline, tu peux confirmer que la société de location t'a bien communiqué la plaque d'immatriculation ?

— Il y a vingt minutes, chef. L'information a été transmise à une équipe pour vérifier les caméras dans le secteur. Comment se passe la perquisition ?

Mark était retourné en voiture jusqu'à la route principale, laissant Grant et son collègue de service passer au crible le contenu de la maison et de la grange dans l'espoir vain qu'ils trouvent quelque chose qui leur indiquerait où trouver Nolan Creasey, mais cela prenait du temps.

Beaucoup trop de temps.

— Il n'est pas là, et nous n'avons rien trouvé qui suggère où il est parti, dit-il. Qu'est-ce que les agents en uniforme font concernant les vérifications LAPI ?

— Ils y travaillent, chef. Nous attendons aussi que la société de location nous communique les détails du suivi GPS de la camionnette. Ils les installent sur tous leurs véhicules au cas où quelqu'un s'enfuirait sans payer.

— Bien, contacte-les, puis relance pour les caméras.

Il baissa le téléphone, les yeux voilés par la frustration.

— Elle m'a mis en attente.

— Elle ne peut pas suivre les images de vidéosurveillance ou relancer la société de location si elle est en train de te parler, chef.

Jan s'approcha et se planta devant lui en gardant une voix posée.

— Donne-lui une chance.

Mark expira en plissant les yeux face à l'écran lumineux de son téléphone alors que le crépuscule s'installait autour d'eux.

À sa droite, Grant Wickes finalisait la déclaration de la voisine avec elle, la femme serrant autour d'elle un anorak usé tandis qu'il répétait ses paroles à voix basse.

Un flux régulier de véhicules passait maintenant, un mélange de travailleurs tardifs et de voisins curieux, comme en témoignait la façon dont les conducteurs ignoraient les tentatives des agents en uniforme de les faire circuler et scrutaient à travers leurs pare-brise la présence policière.

La voix de Caroline le tira de sa rêverie.

— Allô ? Attends, je te mets sur haut-parleur.

Mark se retourna et tendit le téléphone entre eux avant d'augmenter le volume.

— Jan est là aussi.

— Sam Owens était en route vers ici quand je l'ai appelé, dit Caroline. L'un de vous a un stylo ? Il a une autre adresse à vous proposer. La camionnette de location a été repérée sur l'A34 à dix-neuf heures vingt-deux hier soir, mais Sam l'a perdue après qu'elle a tourné juste après Abingdon. J'ai parlé au siège de la société de location, ils ont des coordonnées GPS pour un chemin juste de l'autre côté de Boars Hill. Il n'y a que quelques maisons là-bas, et selon la société de location, la camionnette n'a pas encore été rendue. Elle devrait être facile à repérer.

Jan sourit.

— C'est super, Caroline. Nous y allons tout de suite et on demande à une de ces voitures de patrouille de nous suivre. Ils préviendront le centre de contrôle en chemin.

— Pas de problème. Je vous envoie tout de suite l'adresse correspondant aux coordonnées GPS.

— Caroline ? Je te dois une fière chandelle, dit Mark. Dis aussi à Sam que c'est du bon travail.

Son téléphone émit un bip quelques secondes après avoir terminé l'appel, et il courut vers la voiture, ralentissant seulement pour dire aux agents qui démontaient le barrage routier de les suivre.

Il tendit son téléphone à Jan et il démarra le moteur.

— Tu peux entrer ça dans le GPS, s'il te plaît ? Je commence à avancer.

— Ils envoient quelqu'un d'autre ?

— Je ne pense pas qu'il y ait quelqu'un d'autre.

Mark fit faire demi-tour à la voiture, puis appuya à fond sur l'accélérateur.

— Au moins, il n'y aura pas beaucoup de circulation.

Il vit Jan tendre le bras pour attraper la poignée au-dessus de sa fenêtre pendant qu'elle programmait leur destination.

— Ma conduite n'est pas si mauvaise.

— Contente-toi de m'amener là-bas en un seul morceau, d'accord ?

Il fallut vingt-cinq minutes avec les gyrophares et la sirène de la voiture de patrouille pour se frayer un chemin dans la circulation sur la voie rapide, mais le temps que Mark tourne dans la route correspondant aux coordonnées GPS, son rythme cardiaque était revenu à la normale et son attention se concentrait sur son environnement actuel.

— Mon Dieu, la taille de ces maisons, commenta Jan. Même les plus petites coûtent plus d'un million.

— Il y a de quoi se demander comment il peut se permettre de vivre ici. Remarque, certaines ont été converties en appartements, je crois.

Elle ne répondit rien, trop occupée à regarder bouche bée à travers le pare-brise alors que la prochaine propriété de cinq chambres défilait devant la fenêtre.

— Ça devrait être là, là-haut sur la droite, dit-elle.

Il ralentit un peu, puis dirigea son attention vers la radio fixée au tableau de bord et il appela la voiture de patrouille derrière eux.

— Éteignez les gyrophares, les gars. Pas besoin de déranger les voisins.

Il tourna le volant pour s'engager dans une large allée de gravier et il leva les yeux vers la maison à deux étages.

Un crépi blanc avait été appliqué sur la brique, éclatant sous les phares de la voiture, et une seule lumière brillait à travers une fenêtre du rez-de-chaussée, isolée du monde extérieur par un rideau.

À gauche de la maison se trouvait une berline d'un modèle ancien, et une camionnette blanche avec le nom d'une entreprise de location locale imprimé sur ses portes arrière.

— On te tient, dit Jan.

— Pas encore. Allons-y.

Mark traversa l'allée, attendit qu'un des agents en uniforme bondisse de la voiture de patrouille qui bloquait maintenant la sortie, puis il entra sous un porche au toit d'ardoise et frappa du poing contre la porte.

— Je vais à l'arrière, dit Jan.

— Allez avec elle.

Mark attendit que l'agent et son collègue disparaissent de vue, puis il frappa à nouveau du poing contre la surface en chêne massif.

Pas de réponse.

Il chercha une fente pour la boîte aux lettres pour crier à travers, puis il retint un soupir exaspéré à la vue d'une boîte postale fixée sur le côté gauche du porche.

Avant qu'il ne puisse réfléchir à la paperasse qui l'attendrait s'il suivait l'exemple de Grant et tentait d'enfoncer la porte d'un coup de pied, il entendit le bruit de pas sur le gravier.

— On l'a trouvé, chef.

Il se retourna pour voir Nolan Creasey en train d'être emmené vers la voiture de patrouille, sa chemise bleue sortie de son pantalon et couverte de taches d'herbe, et ses cheveux en désordre.

— Il a essayé de s'enfuir ?

— Le jardin arrière mène à un bois, dit Jan en souriant. Il n'avait pas prévu que Carl courrait des ultra-marathons pendant son temps libre. Il n'était pas allé bien loin quand nous sommes arrivés là-bas, mais il a fait de son mieux.

L'agent en uniforme sourit avant de conduire Creasey vers les voitures.

Les épaules de Mark s'affaissèrent légèrement, une partie de la tension quittant sa poitrine.

— Contacte Kennedy et fais-lui savoir que Creasey est en garde à vue. Et dis-lui aussi qu'on va avoir besoin d'un autre mandat de perquisition pour cet endroit.

— Pas de problème.

Jan sortit son téléphone.

— Tu veux attendre le mandat pour jeter un coup d'œil ?

— Non, répondit Mark en faisant un signe de tête vers la voiture de patrouille qui s'éloignait. Je veux parler à Creasey et découvrir pourquoi il a assassiné Sonya Raynott.

CHAPITRE 36

Mark s'arrêta au bas de l'escalier menant à la salle des opérations et il observa à travers la vitre de sécurité pendant que Marcus Targethen était libéré de garde à vue par Tom Wilcox.

Le sergent corpulent guidait le propriétaire du magasin de brocante à travers une série de documents, sa voix basse alors qu'il lui expliquait ce qui allait se passer ensuite, et que Targethen devait s'attendre à recevoir une convocation au tribunal. Son visage devint sérieux lorsqu'il réitéra ce qui arriverait à Targethen s'il ne se présentait pas à cette audience, puis il poussa les effets personnels de l'homme de l'autre côté du comptoir.

Mark entra dans la zone d'accueil alors que la porte en verre renforcé se refermait derrière Targethen et il attendit que Jan le rejoigne.

— Il a vu Creasey quand on l'a amené ? demanda-t-il.

Tom secoua la tête.

— On a préféré attendre. Inutile de le mettre en danger s'il dit la vérité à propos de Creasey.

— Merci. Dans quelle salle sommes-nous ?

— La quatre. Son avocat y est depuis dix minutes.

— Suffisamment longtemps, dit Jan.

Elle s'approcha et tendit un dossier à Mark.

— Tout est là. Je suis prête quand tu l'es.

Quand ils entrèrent dans la salle d'interrogatoire, Nolan Creasey interrompit sa conversation murmurée avec la femme à côté de lui et leur lança un regard de défi.

Il resta silencieux pendant que son avocate leur tendait sa carte, ne confirmant ses coordonnées que lorsque Jan l'y incita pour l'enregistrement, puis il s'affala sur sa chaise.

— Maître French, je présume que vous avez pleinement informé votre client des infractions pour lesquelles nous avons l'intention de le poursuivre, dit Mark.

— En effet, et il les nie toutes, répondit-elle d'une voix neutre.

— Je n'en doute pas.

Mark ouvrit le dossier et fit glisser deux photographies.

— Voilà ce qui est arrivé à Sonya Raynott, dit-il en observant Creasey qui cligna des yeux et détourna le regard. C'est ainsi qu'elle a été retrouvée mardi soir dernier. Dieu sait ce qu'elle a enduré dans les derniers moments de sa vie.

Creasey ne dit rien, son regard revenant vers la table tandis que Mark retirait les images.

— Nous avons un témoin qui affirme que vous vendiez des objets volés avec Sonya, poursuivit Mark. Vous vendiez des bijoux volés que vous aviez pris lors d'une série de cambriolages dans toute la région de Stanford in the Vale. Sonya était celle que vous envoyiez en éclaireur pour détourner l'attention de vos victimes, s'assurant que vous puissiez entrer à l'intérieur et voler autant que possible avant que vous ne preniez tous les deux la fuite.

Jan disposa des photographies de certains des objets qui avaient été retracés à travers la liste des vols.

— Nous pouvons vous relier, vous et Sonya, à plusieurs incidents de cambriolage et de fraude, dit-elle. Elle portait souvent différents déguisements, vous aussi ? Nous ne pensons pas que ce soit le cas. Nous pensons que vous étiez si confiant dans ses capacités que vous ne vous en êtes pas donné la peine.

— Voici ce qui se passe en ce moment à l'étage, Creasey, dit Mark en se penchant en avant. Nous avons une équipe d'officiers prêts à rendre visite à chacune des victimes de cambriolage avec une photo de vous. Combien de personnes pourront vous identifier, à votre avis ?

— Je dirais au moins une douzaine, suggéra Jan. Facilement.

— Que lui est-il arrivé, Creasey ?

Mark observa les yeux de l'homme qui passaient d'une photo à l'autre.

— Pourquoi est-ce que vous l'avez tuée ? Vous vous êtes disputés ? Elle voulait une plus grande part des profits et vous avez refusé ? Est-ce que c'est à ce moment-là que vous vous êtes querellés ? Avec quoi est-ce que vous l'avez tuée ?

— Stop.

Creasey leva les mains, la sueur perlant à ses tempes.

— Je ne l'ai pas tuée. Je ne sais pas ce qui se passe.

Il passa une main sur sa bouche, puis se pencha vers son avocate, dont les lèvres formèrent une moue parfaite tandis qu'elle écoutait.

Elle finit par faire un bref signe de tête et se tourna vers Mark.

— Mon client souhaite faire une déclaration, cependant il niera toute implication dans la mort de Sonya Raynott.

— Très bien, on l'écoute.

Creasey s'éclaircit la gorge avant de s'agiter sur son siège, son regard fixé sur les photographies.

— J'admets avoir aidé Sonya à voler certaines choses.

— Reprenons depuis le début.

Mark vit Jan ouvrir son carnet avec anticipation.

— Comment vous êtes-vous rencontrés, Sonya et vous ?

— De façon légitime. Elle est venue me voir il y a environ un an, elle cherchait de l'aide pour une addiction.

— Le vol, vous voulez dire ?

— Oui.

Creasey releva le menton.

— Elle voulait arrêter, j'en suis vraiment convaincu.

— Je ne m'intéresse pas à ce dont vous êtes convaincu, monsieur Creasey. Je veux savoir pourquoi Sonya a été assassinée.

— Après environ trois ou quatre séances, elle venait me voir toutes les deux semaines, je lui ai demandé ce qu'elle volait et comment elle s'y prenait.

L'homme baissa les yeux et joignit les mains, puis il prit une profonde respiration avant de poursuivre.

— Je ne sais pas, je suppose que j'étais fasciné par elle. Voilà une musicienne talentueuse avec toute la vie devant elle, et pourtant elle passait son temps à escroquer les gens et à les voler. Quand elle est venue me consulter pour la première fois, je pensais qu'elle avait une dépendance aux drogues à financer. Il s'est avéré que sa dépendance était le processus même du vol. Elle n'avait même pas d'intérêt à conserver les objets après.

— Comment est-ce que vous vous êtes retrouvé impliqué ?

Creasey expira.

— J'avais des dettes. Assez importantes. Des dettes de jeu, principalement.

— Quelle ironie, dit Jan. Et pourtant vous vendez vos services comme conseiller en addiction.

— Je fais attention aux clients que j'accepte. Je ne me mêle pas aux autres joueurs.

Mark entendit le ton défensif dans la voix de l'homme et il leva un doigt pour faire taire sa collègue.

— Dites-nous comment vous avez fini par aider Sonya.

— Ça devait être trois ou quatre mois après sa première visite, et elle ne montrait aucun signe d'arrêt. J'étais intrigué. Je veux dire, je pouvais comprendre ma propre addiction, mais pas une où il y avait tant de... risques. Tant de chances que quelque chose tourne mal et qu'on se fasse prendre. Désolé, je pourrais avoir un verre d'eau s'il vous plaît ?

Jan se dirigea vers la porte, se pencha et parla à un jeune agent stagiaire. Quelques instants plus tard, elle revint avec un gobelet en plastique rempli à ras bord.

Creasey prit une grande gorgée, puis s'essuya la bouche avec sa manche.

— Merci. Donc elle a accepté. Je pense qu'elle était un peu nerveuse au début parce qu'en chemin, elle ne cessait de me répéter ce que je devais faire, ce que je ne devais pas faire, ce genre de choses. J'étais trop... trop excité pour le remarquer à ce moment-là, mais c'était presque comme si elle était réticente à laisser quelqu'un s'approcher autant d'elle.

— Où êtes-vous allés ?

— Une ferme entre Stanford in the Vale et la route qui

mène vers Swindon. Un couple âgé, probablement dans les soixante-dix ans.

Creasey fronça les sourcils.

— Je devais me faufiler sur le côté de la maison pendant qu'elle faisait son numéro sur le pas de la porte en essayant de les convaincre de la laisser entrer. Je crois qu'elle prétendait venir de l'agence des autoroutes ce jour-là, pour leur dire que la voie express allait être élargie et qu'une partie de leur terrain pourrait être achetée pour le projet.

La mâchoire de Mark se crispa, mais il ne dit rien, se rappelant qu'un faux pas de sa part ferait que les normes professionnelles lui tomberaient à nouveau dessus.

Creasey prit une autre gorgée d'eau.

— Dès qu'elle est entrée, je lui ai laissé quelques secondes puis je suis entré à mon tour. Elle m'avait dit de chercher des petites choses, rien de gros ou de difficile à transporter.

— Qu'est-ce que vous avez pris ?

— Je craignais que les marches de l'escalier ne grincent, c'était une vieille maison, probablement décorée pour la dernière fois dans les années quatre-vingts, alors j'ai fait une reconnaissance rapide du salon. Je n'ai pas trouvé grand-chose, à vrai dire. Quelques bagues en argent dans un vieux bureau et une horloge ancienne. Elle était furieuse quand elle les a vues plus tard. Elle m'a dit qu'elles ne valaient rien. Alors avant qu'on ne recommence, elle m'a appris ce que je devais chercher la prochaine fois.

— Et vous êtes devenu aussi dépendant au vol qu'elle.

— Je-je ne peux pas l'expliquer. C'est… c'était une telle montée d'adrénaline. Je veux dire, on aurait pu se faire prendre à tout moment.

Creasey tourna le gobelet en plastique entre ses mains.

— Je ne m'attendais simplement pas à ce qu'elle soit assassinée pour ça. Je tenais à Sonya, vraiment.

— Au point d'encourager sa dépendance, au lieu de la guérir, dit Jan.

Creasey lui lança un regard noir.

— Je ne savais pas que ça allait finir comme ça.

— Quelle naïveté incroyable de votre part, grogna-t-elle.

— Que s'est-il passé la dernière fois que vous avez réussi à entrer par ruse dans la maison de quelqu'un ? demanda Mark. Quelque chose a mal tourné ?

— Je n'en sais rien. Je n'allais pas toujours avec elle.

— Est-ce que vous êtes en train de suggérer que Sonya arnaquait des gens en plus des victimes que vous cibliez ensemble ?

— C'est exactement ça.

Les yeux de Nolan s'assombrirent.

— Et elle cambriolait des maisons quand les propriétaires étaient absents. J'avais des soupçons depuis un moment, puis je l'ai confrontée à ce sujet il y a un mois. Elle n'a même pas pris la peine de le nier, elle a simplement dit qu'il y avait certains coups qu'elle préférait faire seule. Je lui ai dit qu'elle prenait trop de risques et qu'elle se ferait prendre.

— Est-ce que vous l'avez tuée parce que vous aviez peur qu'elle ne révèle votre implication ?

— Quoi ? Non, non, ce n'est pas ce qui s'est passé.

Nolan se tourna vers son avocat.

— Je n'ai pas tué Sonya, je le jure.

— Et pourtant, vous n'aviez pas l'air surpris quand nous vous avons annoncé sa mort.

— Parce que j'avais vu les informations. Parce que je ne suis pas idiot et que j'ai fait le rapprochement. J'essayais de l'appeler depuis mercredi matin. Je ne savais pas qu'elle était déjà morte à ce moment-là.

Mark saisit le sachet plastique avec le téléphone portable de Nolan.

— Donc on va trouver son numéro là-dessus ?

— Non... Je...

Il soupira.

— J'ai utilisé un téléphone jetable pour l'appeler. Quand j'ai compris ce qui s'était probablement passé, je m'en suis débarrassé. J'ai eu peur.

— Peur de quoi ?

— De ça, bien sûr ! D'être accusé de l'avoir tuée, alors que je ne l'ai pas fait.

Jan leva les yeux de ses notes.

— Elle vous était trop utile.

— C'est ce que je dis, insista Nolan. Pourquoi est-ce que je l'aurais tuée ? Tout allait bien jusqu'à ce qu'elle aille trop loin.

— Est-ce qu'elle travaillait avec quelqu'un d'autre ? demanda Mark.

— Je ne sais pas. Elle ne me l'a jamais dit. On s'est disputés à ce sujet, et elle m'a dit de me mêler de mes affaires.

Nolan releva le menton.

— Je lui ai dit que c'*étaient* mes affaires. Elle nous mettait tous les deux en danger en faisant ce qu'elle faisait. Je vous l'ai dit, il y avait quelque chose qui n'allait pas chez elle. C'était plus qu'une addiction, presque un défi pour elle de voir jusqu'où elle pouvait pousser sa chance à chaque fois.

— Quand est-ce que vous lui avez parlé pour la dernière fois ?

— La dernière fois que j'ai vu Sonya, c'était la semaine

avant qu'on la trouve morte. On s'est rencontrés dans un des pubs de Headington, près de l'hôpital.

Nolan fronça les sourcils.

— Elle était plus silencieuse que d'habitude.

— Est-ce qu'elle a mentionné si quelque chose la préoccupait ? demanda Jan.

— Non, mais elle semblait distraite, comme si elle avait quelque chose en tête. Inquiète, je pense. Elle n'a pas voulu me dire pourquoi.

— Je vous le demande encore une fois, dit Mark. Où étiez-vous entre dix-huit heures trente et vingt-deux heures trente mardi de la semaine dernière ?

— Je vous l'ai dit. J'étais à Oxford toute la journée de mardi à la clinique pour des rendez-vous, puis j'ai retrouvé une connaissance et sa femme pour dîner dans ce nouveau restaurant sur High Street à dix-neuf heures. Nous ne sommes pas partis avant vingt-trois heures, nous avons pris un café chez eux et ensuite j'ai pris un taxi directement pour rentrer chez moi.

— Est-ce que vous savez qui a tué Sonya Raynott ?

— Non, je ne sais pas.

Mark rassembla les photographies, les glissa dans le dossier et dévisagea Nolan Creasey.

— Vous allez être officiellement inculpé pour les vols et pour avoir profité de la vente de biens volés, dit-il. J'ai bien envie de vous inculper aussi pour entrave à la justice. Vous auriez dû nous dire tout cela quand nous vous avons parlé la première fois.

— Elle serait quand même morte, répondit doucement Creasey, les lèvres tremblantes. Il n'y a rien que je puisse vous dire pour changer ça.

CHAPITRE 37

Un bruyant coin-coin de canard accompagna le bruit du poêle de la cabine qui s'allumait le lendemain matin, tandis que Mark remplissait le récipient d'eau de Hamish et versait de la nourriture dans un bol en acier inoxydable sur le pont.

Le soleil avait franchi l'horizon trente minutes plus tôt, et il s'était levé à contrecœur, avait enfilé un sweat et un short de jogging ainsi qu'une paire de chaussures de course bien usées.

Son souffle formait un nuage de buée devant son visage pendant qu'il maintenait un rythme rapide vers l'écluse, traversant le déversoir puis la prairie, tandis que le petit chien à ses talons suivait sans difficulté.

Maintenant, il restait immobile un instant, appréciant la chaleur du soleil sur sa nuque pendant que Hamish plongeait son museau dans la nourriture.

Il laissa la porte de la cabine ouverte pour que le chien puisse rentrer quand il aurait fini, et il prit son téléphone sur le plan de travail de la cuisine tout en trouvant machinalement l'interrupteur de la bouilloire.

Il n'y avait rien aux informations nationales, mais un rapide coup d'œil aux sites d'actualités locales donna rapidement des résultats.

Même si aucun communiqué officiel n'avait été diffusé concernant l'arrestation de Nolan Creasey, un journaliste de l'*Abingdon Times* avait d'une façon ou d'une autre découvert que le conseiller municipal avait été au centre de l'attention la veille, avançant que l'homme aidait la police dans son enquête.

La frustration de Mark augmenta en lisant les maigres lignes de texte, tandis que la bouilloire vibrait sur son support.

Il se fit la note mentale de parler à Kennedy pour qu'il rappelle à tous les membres de l'enquête les sanctions encourues pour avoir parlé à la presse, et de demander à Sarah des relations médias de publier un communiqué pour calmer les rumeurs avant midi.

En attendant, le fait demeurait que l'alibi de Creasey était solide, et ils n'avaient toujours aucune idée de qui avait tué Sonya Raynott – ni pourquoi.

— Autant tout reprendre à zéro, gémit-il.

Mark soupira tandis que Hamish dévalait les marches, traversait la cabine en trottinant et bondissait sur une couverture sur le canapé face aux jardins de l'abbaye, les pattes sur les coussins bordant le siège.

Le chien gronda doucement quand deux promeneurs traversèrent l'étendue herbeuse derrière un épagneul, puis il poussa un jappement excité lorsqu'un canoéiste passa devant la fenêtre.

— Calme-toi, murmura Mark en remuant le lait dans l'un des cafés et en ajoutant du sucre aux deux. Tu sais, ce n'est pas ta rivière.

Hamish gémit en réponse, puis sauta au sol et se dirigea vers son panier.

Mark bâilla largement en se dirigeant vers la chambre principale, retira ses chaussures de course avec ses orteils et contourna le lit jusqu'au côté de Lucy.

— Tu es réveillée ? J'ai fait du café.

Il posa sa tasse sur sa table de nuit à côté d'un thriller qu'elle avait lu jusqu'aux premières heures du matin.

Elle gémit en réponse, se retourna et cligna des yeux.

— Il est quelle heure ?

— Presque sept heures. Hamish est sorti et il a été nourri, alors ne le crois pas s'il te dit le contraire.

Lucy se frotta les yeux, puis lui sourit.

— Ce short tombe en lambeaux.

— Il est confortable.

Il souffla sur la surface de son café, prit une gorgée prudente puis fronça le nez quand le liquide chaud lui brûla la bouche.

— Je vais prendre une douche.

En repoussant la couette, Lucy sourit.

— Je peux penser à une meilleure façon de passer ton temps en attendant que ça refroidisse.

Mark sourit, posa la tasse et se glissa à côté d'elle avant d'entourer ses épaules de ses bras et d'enfouir son nez dans ses cheveux.

— Tu sens bon.

— C'est ce qu'ils disent tous.

Elle gloussa tandis qu'il la chatouillait, puis recula en fronçant les sourcils.

— C'est ton téléphone ?

Il leva la tête.

En effet, la sonnerie familière résonnait depuis la cuisine.

— Merde.

Il rejeta la couette en ignorant le cri indigné de Lucy face au courant d'air soudain qui balaya son corps, et il dépassa Hamish en courant pour s'arrêter net près du comptoir.

Le nom de Kennedy s'affichait sur l'écran.

Il saisit le téléphone avant que l'appel ne bascule sur la messagerie vocale et répondit.

— Vous êtes allé courir ? demanda l'inspecteur principal en guise de salutation.

— Qu'est-ce qui se passe, chef ?

— Je voulais juste vous demander de venir plus tôt ce matin.

— Il s'est passé quelque chose ?

— Le père de Sonya Raynott nous a contactés. Il souhaite nous rencontrer à neuf heures.

Kennedy fit une pause et le bruit d'une boisson en train d'être avalée parvint aux oreilles de Mark.

— J'aimerais faire un bref débriefing avant cela pour voir ce qu'il nous reste après l'entretien avec Creasey.

— Il n'est-il pas tenu au courant par l'agent de liaison familiale qui lui a été assigné ?

— Si, mais apparemment, il souhaite quand même nous parler.

— Vous avez vu les informations ce matin ?

— En effet. M. Raynott les a sans doute vues aussi, alors je vous suggère d'être là à huit heures précises.

Mark jeta un coup d'œil à l'horloge murale avant de regarder vers la chambre, puis il réprima un gémissement.

— J'y serai.

CHAPITRE 38

— Kennedy attend un compte rendu.

Aux paroles de Jan, Mark jeta un coup d'œil par-dessus son épaule et vit l'inspecteur principal debout à côté du tableau blanc, les manches de sa chemise retroussées et les restes d'un sandwich bacon-œuf à emporter dans la main.

L'arôme gras des petits déjeuners pris à la hâte et des boissons énergisantes sucrées emplissait la salle des opérations, tandis qu'une pâle lumière grise pénétrait à travers les stores des fenêtres et accentuait une atmosphère déjà épuisée qui empestait le désespoir.

Il détourna le regard, puis aperçut la lumière rouge clignotante sur le téléphone de son bureau et jura entre ses dents.

— Je te rejoins là-bas. Je dois vérifier ces messages vocaux, au cas où.

Mark la regarda s'éloigner, puis il se mit au travail, sa bonne humeur matinale se dissipant un peu plus à chaque voix qu'il entendait.

Non, la société de location n'avait jamais loué de véhicule à Sonya Raynott ou à quelqu'un du nom de Marie Allenton.

Non, aucun des voisins de Nolan Creasey à Lockinge ou Boars Hill ne reconnaissait la femme.

Et pourrait-il fournir une citation pour l'*Abingdon Times* à temps pour leur mise à jour de midi ? Officieusement, bien sûr.

Il claqua le téléphone sur son socle, frotta ses yeux déjà fatigués, puis saisit son carnet et traversa la pièce jusqu'à l'endroit où Kennedy l'attendait.

Caroline lui tendit un burger de petit déjeuner tiède avec un léger sourire.

— J'ai pensé que tu aurais peut-être besoin de manger quelque chose.

— Merci. Désolé pour hier. Je sais que tu fais tout ce que tu peux dans ces circonstances.

Elle lui fit un clin d'œil, puis rejoignit Alex qui était assis sur l'un des bureaux face à l'inspecteur principal et elle picora les restes d'un sandwich aux œufs.

— Bien, merci à tous d'être venus si tôt, commença Kennedy. J'ai parlé avec le commandant divisionnaire Melrose hier soir et il a accepté que nous inculpions Nolan Creasey pour les infractions liées à la fraude et au cambriolage. Creasey sera relâché plus tard aujourd'hui, avec une date de comparution qui sera fixée dans la semaine par le ministère public. En attendant, il va devoir remettre son passeport et se présenter quotidiennement à son commissariat local.

Sa mâchoire se crispa tandis qu'il dévisageait chaque membre de l'équipe tour à tour.

— Je sais que c'est décevant de ne pas avoir l'assassin de Sonya en détention, mais nous avons au moins éliminé un problème de l'équation initiale. Les agents en uniforme vont continuer à examiner les objets saisis afin de les restituer, dans la mesure du possible, à leurs propriétaires. Maintenant, notre attention se porte sur les autres personnes que Sonya a pu fréquenter dans les semaines précédant son meurtre.

— On pourrait reparler à Spencer Rossbay, proposa Mark en époussetant les miettes de son pantalon et en avalant la dernière bouchée de son burger. C'est le violoncelliste qui a essayé de la contacter avant sa disparition. Il nous a donné les coordonnées de Graham Tiegler, mais il pourrait savoir vers qui d'autre elle se serait tournée si quelque chose l'inquiétait, comme l'a suggéré Creasey.

— Est-ce que Creasey a fait des suggestions ?

— Non. À part les deux fois où Tiegler l'a vu aux concerts de Sonya, il confirme que les seuls moments qu'il a passés avec elle étaient soit lors de ses séances de thérapie, soit quand ils cambriolaient des gens.

— Bien, dit Kennedy. Jan, vous pouvez vous en occuper ce matin ? Caroline, j'ai besoin que vous relanciez Jasper au sujet des analyses de laboratoire des fibres que Gillian a trouvées dans la blessure à la tête de Sonya. Ça fait dix jours, et comme Melrose a approuvé l'accélération du processus, ils devraient avoir quelque chose pour nous maintenant.

— Je vais examiner les délinquants qui auraient pu être libérés sous condition avec des antécédents de violence, au cas où, dit Alex. Je veux dire, il pourrait s'agir d'une attaque aléatoire sans rapport avec ses activités, mais ça vaut la peine de vérifier, je suppose.

Mark sourit au plus jeune membre de l'équipe d'enquêteurs tandis que Kennedy notait sa suggestion sur le tableau blanc.

Il n'y avait pas si longtemps, Alex était un enquêteur

stagiaire nerveux, peu sûr de ses propres capacités et trop effrayé pour s'exprimer.

— Bonne idée, dit Kennedy, puis il s'interrompit lorsque Tracy s'approcha de lui.

— Monsieur Raynott est en bas, dit-elle. Je l'ai installé dans la salle de réunion près de l'atrium.

— Merci, nous allons descendre dans une minute.

Il se retourna vers le groupe.

— D'autres suggestions ?

— J'aimerais parler à nouveau avec Marcus Targethen, dit Mark. Il nous a donné le nom de Creasey à contrecœur, et pourtant il devait savoir que Sonya détournait les profits de leur opération. Je ne serais pas surpris qu'il soit plus actif qu'il ne le prétend dans le commerce d'objets volés, et il pourrait nous révéler d'autres noms si on le ramène ici.

— Faites ça.

L'inspecteur principal lui adressa un sourire carnassier.

— Demandez aux uniformes d'aller le chercher. Et quand vous lui parlerez, faites-le dans la salle d'interrogatoire numéro un. C'est la moins confortable, et foutrement glaciale en cette période de l'année. Ça pourrait le rendre plus enclin à soulager sa conscience une bonne fois pour toutes.

CHAPITRE 39

Lorsque Kennedy ouvrit la porte de la salle de réunion au rez-de-chaussée, Sam Raynott se détourna de la fenêtre, les yeux rougis et le visage défait.

— Est-ce que c'est vrai ? demanda-t-il. Vous avez arrêté le salaud qui a assassiné ma fille ?

— Nous sommes sincèrement désolés pour votre perte, monsieur Raynott. Asseyons-nous, vous voulez bien ? dit Kennedy en tirant une des chaises de la table de conférence et en posant son carnet et son téléphone à côté de lui.

Mark attendit que Sam s'assoie en face de l'inspecteur principal et il observa les traits brisés d'un homme et père en deuil, se demandant à quel point il avait vieilli depuis qu'il avait reçu la nouvelle la semaine précédente.

Il rejoignit les deux hommes et se glissa dans sa chaise tandis que Kennedy s'éclaircissait la gorge.

— L'homme que nous avons arrêté hier soir sera inculpé de plusieurs délits liés au cambriolage et à la fraude, dit-il. Pour l'instant, nous n'allons pas le poursuivre pour le meurtre de Sonya.

Sam cligna des yeux, sa bouche s'ouvrant et se fermant pendant un moment comme s'il cherchait son souffle.

— Mais... mais ce n'est pas ce qu'ils ont dit aux informations. Sur les réseaux sociaux, on dit que Nolan Creasey a été arrêté pour son meurtre également.

— Malheureusement, les médias et certains membres du public ont tendance à déformer les faits pour servir leurs propres intérêts, monsieur Raynott, expliqua Kennedy. Nous n'avions même pas publié de communiqué que déjà des journalistes et d'autres personnes tiraient leurs propres conclusions sur son implication. Même s'il nous a aidés dans notre enquête concernant les circonstances ayant conduit à son meurtre, nous n'avons encore aucune preuve suggérant qu'il soit responsable de sa mort.

— Oh.

— Je peux vous assurer que mon équipe fait tout ce qui est en son pouvoir pour découvrir ce qui est arrivé à Sonya, poursuivit Kennedy. L'inspecteur Turpin et moi-même avons tous deux des filles, et nous sommes—

— Oui, mais vos filles sont toujours en vie, n'est-ce pas ?

Sam essuya avec colère les larmes qui coulaient sur ses joues.

— Vous n'attendez pas qu'on vous dise quand vous pourrez récupérer la vôtre pour l'enterrer... vous n'êtes pas en deuil, à vous demander pourquoi vous, pourquoi elle, pourquoi... oh, mon Dieu.

Mark se leva et traversa la pièce jusqu'à une armoire sous un tableau blanc, en sortit une boîte de mouchoirs avant de revenir et d'en prendre une poignée.

— Tenez, dit-il doucement. Je suis désolé. Bien sûr, nous ne pouvons pas comprendre ce que vous traversez. Mais l'inspecteur principal Kennedy a raison. Je vous promets que je fais tout ce qui est en mon pouvoir pour trouver et arrêter celui qui a fait ça. Je n'abandonnerai pas jusqu'à ce que j'y parvienne.

Sam hocha la tête, puis enfouit son visage dans ses mains.

— Je sais que vous n'abandonnerez pas. C'est juste que...

Mark retourna à sa place et attendit que le père de Sonya se ressaisisse, enfouissant ses propres émotions face à la douleur de cet homme.

Il serra les poings sous la table, sachant parfaitement ce qu'il ferait si quelqu'un faisait du mal à Anna ou Louise.

— Je suis désolé, finit par dire Sam.

— Vous n'avez pas besoin de vous excuser, répondit Kennedy en joignant les mains sur la table. Je me demandais si vous pourriez nous aider concernant certaines informations qui sont apparues au sujet de Sonya au cours de la semaine dernière, monsieur Raynott. Si ce n'est pas le bon moment pour vous, nous pouvons bien sûr prévoir d'autres—

— Non, je vous en prie. Allez-y, posez vos questions.

— Ce n'est pas facile, mais vous devez savoir que nous soupçonnons Sonya d'avoir été impliquée dans plusieurs cambriolages dans la région à l'ouest d'ici, et d'avoir profité de la vente des produits de ces vols. Est-ce que vous étiez au courant ?

— Non, je ne l'étais pas.

Sam expira.

— Écoutez, elle a traversé une phase quand elle avait environ quatorze ans. Il y a eu quelques cas de vol à l'étalage. L'école est intervenue, vos collègues aussi. Il s'agissait de quelques produits de maquillage, mais nous savions qu'il fallait couper court à cela pour éviter que ça ne s'aggrave. Nous avons travaillé avec l'école et l'agent de police qui est venu à la maison pour lui faire la peur de sa vie dans l'espoir qu'elle ne recommence pas. Nous pensions que ça avait fonctionné.

— Quand est-ce que vous avez soupçonné que ce n'était pas le cas ?

Sam s'agita inconfortablement sur son siège.

— Quelques mois plus tard. Je pense qu'elle est simplement devenue plus habile pour le cacher, pour s'assurer de ne pas se faire prendre. Ni ma femme ni moi ne pouvions prouver quoi que ce soit, et Sonya a toujours nié catégoriquement.

— Une idée de la raison pour laquelle elle aurait continué à voler ? demanda Mark.

— Je crois qu'elle aimait ça, répondit Sam. Ça semble fou, je sais, mais nous ne pouvions pas trouver d'autre explication.

— Monsieur Raynott, d'après Monsieur Creasey, il a rencontré Sonya pour la première fois quand elle l'a consulté pour une thérapie concernant son addiction au vol, si nous pouvons l'appeler ainsi, dit Kennedy. Mais au lieu qu'il la guérisse, elle l'a persuadé de se joindre à elle pour escroquer des personnes vulnérables en leur soutirant des objets de valeur et de l'argent qu'ils laissaient traîner. C'était l'année dernière. Est-ce que Sonya vivait avec vous à ce moment-là ?

— Non, elle vivait dans son appartement. Elle n'habitait plus à la maison depuis qu'elle avait commencé l'université, dit Sam, la voix tremblante. Je crois qu'elle ne pouvait pas attendre de quitter la maison. Sonya était notre enfant unique, alors je suppose que nous l'avons gâtée, c'est ce qui me frustre tellement à propos du vol et tout ça. Elle n'*avait pas besoin* de voler quoi que ce soit. Elle aurait pu simplement me demander si elle voulait quelque chose.

Mark vérifia ses notes.

— Nous essayons de comprendre pourquoi elle s'est inscrite chez un opticien à Wantage sous le nom de Marie Allenton.

Il entendit une inspiration brusque de l'autre côté de la table et leva les yeux.

Sam secoua la tête.

— C'est le nom de jeune fille de sa mère.

— Votre femme est-elle au courant que votre fille utilisait son nom ?

— Bien sûr que non.

Sam s'essuya les yeux.

— Elle est décédée il y a quatre ans.

CHAPITRE 40

Jan vérifia par-dessus son épaule que la porte donnant sur l'atrium s'était bien refermée derrière elle, puis elle se dirigea rapidement vers la rangée de chaises en plastique vissées au sol dans la salle d'accueil du commissariat.

Spencer Rossbay leva les yeux au bruit des pas, rejeta sa mèche trop longue de ses yeux d'un mouvement de cou bien rodé et se leva.

— Merci d'être venu, monsieur Rossbay, dit Jan. Et si rapidement.

— Pas de problème. Vous l'avez attrapé ?

Elle lui adressa un sourire crispé, lui fit franchir le portique de sécurité et le conduisit dans la plus grande des salles d'interrogatoire.

— Pas encore.

— Oh.

Entendant la déception dans sa voix, elle l'examina plus attentivement et remarqua les cernes sombres sous ses yeux.

— Vous aviez un concert hier soir ? demanda-t-elle en insérant une nouvelle cassette dans l'enregistreur.

— Non. Je, euh... Je ne dors pas très bien depuis que vous m'avez parlé de la découverte de Sonya dans cet état.

Rossbay ôta son manteau en laine couleur chameau et chercha un crochet du regard.

— Il fait chaud ici, non ?

— C'est soit l'un soit l'autre extrême ici-bas, j'en ai peur, dit Jan. Et vous allez devoir poser votre manteau sur la table ou sur la chaise de rechange là-bas. Nous ne pouvons pas avoir de crochets dans ces salles, au cas où.

Ses yeux s'écarquillèrent.

— Oh. Oui, je comprends.

Il rougit légèrement et il se dandina d'un pied sur l'autre, puis il plissa sa lèvre supérieure à la vue de la surface ébréchée et rayée de la table avant de plier son manteau sur son bras et de s'asseoir en face de Jan.

— Vous avez parlé à vos parents après notre visite lundi ? demanda-t-elle.

— Oui. Merci d'ailleurs. Je suis allé chez eux.

Sa rougeur s'intensifia.

— Je ne voulais pas rester seul dans la maison. Hilary revient lundi mais ça semble trop vide en ce moment.

— Je comprends. Je suis contente que vous ayez quelqu'un à qui parler.

— Moi aussi.

Il se redressa.

— C'est ce qu'on appelle « aider la police dans son enquête », alors ?

Elle sourit.

— Non. C'est ce que nous appelons un entretien volontaire. Je vais quand même réciter une mise en garde formelle, au cas où j'apprendrais quelque chose qui pourrait aider notre enquête, mais vous n'êtes pas en état d'arrestation et vous n'êtes pas obligé de répondre à mes questions. Nous pouvons également arrêter à tout moment, il suffit de le dire. Ça vous convient ?

Il hocha vigoureusement la tête, ses cheveux retombant une fois de plus sur ses yeux, et elle se demanda comment diable il parvenait à traverser tout un concert sans s'aveugler.

— Ah, oui. Tout me convient.

— Parfait. Allons-y, alors.

Elle accomplit les formalités, puis se tortilla sur la chaise dure jusqu'à trouver un semblant de confort dans le maigre rembourrage en plastique.

— Bien, merci pour votre aide lundi, Spencer. Quand nous avons parlé, vous avez dit avoir vu Sonya pour la dernière fois il y a trois mois. Est-ce que vous pouvez vous rappeler où, et peut-être quand exactement ?

Rossbay fronça les sourcils, puis plongea la main dans la poche de son pantalon et en sortit un téléphone.

— Je ne peux pas, mais je suis sûr d'avoir quelque chose dans mon agenda. Je ne peux pas vivre sans listes, dit-il, déjà en train de faire défiler l'écran. Si je n'écris pas quelque chose, je l'oublie.

— Nous sommes pareils, dit Jan en lui rendant son sourire éclatant.

— Je sais que c'était le lendemain du jour où notre quatuor avait joué à un mariage à Banbury. Une réception coûteuse, d'ailleurs. Je crois que c'est Hilary qui avait trouvé ce contrat. Ça payait bien mais... Je n'étais pas le seul à avoir remarqué que Sonya n'était pas dans son assiette ce jour-là. Elle semblait fatiguée et elle a raté quelques passages. Rien que les invités ne puissent remarqué, mais il était clair pour nous tous que son jeu se dégradait de plus en plus.

— Qu'est-ce que vous avez fait ?

— Ah, voilà. C'était il y a onze semaines, donc pas tout à fait trois mois. Le concert était le samedi soir, et je l'ai appelée le lundi pour lui demander de me retrouver pour un café ce matin-là.

— Comment ça s'est passé ?

— Ah, aussi mal qu'on pouvait s'y attendre. Personne d'autre n'avait le cran d'en parler, alors ils m'ont laissé porter le coup fatal.

Rossbay soupira.

— Honnêtement, on aurait pu penser qu'elle se serait rendu compte de ce qui allait arriver, vu son comportement ces derniers temps, mais je crois que ça l'a complètement déstabilisée.

— C'est à ce moment-là que vous vous êtes disputés ?

Il hocha la tête en rangeant son téléphone.

— Oui. Elle est sortie du café en trombe. J'allais la suivre, mais ensuite je me suis dit, merde alors. Ce n'est pas moi qui ai tort, et si elle ne peut pas accepter sa responsabilité, c'est son problème. Mon Dieu, maintenant je regrette de ne pas lui avoir couru après. J'aurais aimé l'avoir harcelée jusqu'à ce qu'elle me dise ce qui se passait vraiment. Vous pensez que j'aurais pu empêcher quelqu'un de la tuer si je l'avais fait ?

Jan tendit la main et tapota celle du jeune homme.

— Non, je ne pense pas, Spencer. Je crois que vous avez probablement fait tout ce que vous pouviez pour l'accommoder, d'après ce que j'entends.

— Hm. Peut-être.

Jan parcourut rapidement ses notes.

— Lors de notre dernier entretien, vous avez mentionné ne connaître aucun ami ou membre de la famille de Sonya.

Qu'en est-il des connaissances, des personnes avec qui vous partagiez peut-être des intérêts communs ?

Elle observa Rossbay qui mordillait sa lèvre inférieure, son regard perdu dans les dalles du plafond.

— Et concernant d'autres personnes que vous auriez pu voir autour d'elle à un moment donné ? l'encouragea-t-elle. Est-ce qu'elle avait des gens qui venaient lui parler lors de vos concerts, ce genre de choses ?

— De temps en temps, oui.

Il repoussa sa mèche entre ses doigts avant de laisser retomber sa main dans sa poche.

— Je dois avoir quelques adresses email ou des choses comme ça sur mon téléphone. Si quelqu'un lui parlait durant ces événements, c'était généralement parce que nous lui avions confié la communication, comme je vous l'ai dit. Elle distribuait des cartes de visite avec l'adresse email du groupe. Nous étions tous en copie pour information mais c'était à elle de répondre.

— Ce serait utile, merci, dit Jan en complétant ses notes.

— Vous devriez probablement contacter l'université au sujet des deux concerts qu'elle a donnés avant de démissionner. C'étaient des événements avec billetterie, ils pourraient encore avoir les coordonnées de tous les spectateurs.

Elle lui adressa un sourire.

— Je vais le faire, c'est une bonne idée.

— À part ça, je ne sais vraiment pas qui elle fréquentait, dit Rossbay. Je suis désolé, mais nous évoluions dans des cercles sociaux différents en dehors des représentations et des répétitions du groupe.

— Pas de problème.

Jan conclut formellement l'entretien et retira la cassette de l'appareil.

— Merci encore d'être venu.

Après avoir raccompagné Rossbay à la réception, elle remonta les escaliers, perdue dans ses pensées.

Comment diable Sonya avait-elle réussi à cacher ses activités illégales à ses compagnons du quatuor pendant si longtemps ?

Et qu'y avait-il dans ces cambriolages qu'elle commettait seule qu'elle ne voulait pas partager avec Nolan Creasey ?

Lorsqu'elle entra dans la salle des opérations, la chaise de Mark était vide et la porte du bureau de Kennedy était fermée.

Les fins cheveux sur sa nuque se hérissèrent face à l'atmosphère feutrée qui régnait parmi ses collègues, et elle croisa le regard de Caroline tandis qu'elle s'asseyait et réveillait son écran d'ordinateur.

— Alors, qu'est-ce que j'ai raté ?

Caroline ouvrit la bouche pour répondre, mais la porte de Kennedy s'ouvrit brusquement et l'inspecteur principal se pencha vers l'extérieur.

— Jan ? Vous avez une minute ?

Elle se dépêcha de le rejoindre et Kennedy referma la porte derrière elle avant de se diriger vers son bureau et de s'affaisser dans son siège.

Turpin leva les yeux depuis l'une des chaises visiteurs, le visage furieux.

— Que s'est-il passé ? demanda-t-elle. Vous avez l'air tous les deux fous de rage.

En réponse, Kennedy tourna son écran d'ordinateur.

Une photographie agrandie de Nolan Creasey en train de quitter le commissariat la nuit précédente s'y étalait, son visage clairement visible tandis qu'il regardait la circulation passer, un téléphone à l'oreille. À côté, un titre réclamait l'attention, restant juste du bon côté de la diffamation tout en suggérant qu'il était lié à la mort de Sonya Raynott.

— Merde, parvint à dire Jan.

— Ils ont aussi obtenu son nom, d'une manière ou d'une autre, dit Turpin.

— Je vais pendre ce putain de journaliste quand je vais découvrir qui c'est, grogna Kennedy en pointant du doigt le texte offensant. Journaliste interne, mon cul.

— Je viens de parler à l'avocate de Creasey, dit Turpin. Elle va avertir son client de ne parler à personne. Espérons que personne ne découvre où se trouve sa maison à Boars Hill et qu'il puisse faire profil bas jusqu'à sa comparution devant le tribunal.

Kennedy gémit.

— Je ferais mieux d'appeler le ministère public aussi. Melrose est déjà en train de parler au rédacteur en chef du journal.

— Comment diable le reporter a-t-il découvert qui il était ? dit Jan. Ça ne peut pas être quelqu'un d'ici, n'est-ce pas ? Tout le monde veut découvrir qui a assassiné Sonya, personne ne compromettrait l'enquête de cette façon, si ?

— On pense que c'était un coup de chance, répondit Turpin. L'information a circulé via l'ancien lieu de travail de Creasey et sans doute son voisin à Lockinge, donc le journaliste et le photographe savaient que la personne que nous avions arrêtée serait amenée ici. Pendant que le photographe attendait de l'autre côté de la rue, le journaliste pouvait rôder n'importe où près de cette porte d'entrée et surprendre la conversation téléphonique.

Jan s'appuya contre le classeur.

— Qu'est-ce qu'on fait, chef ?

— Nous sommes bloqués jusqu'à ce que Jasper nous fasse parvenir ces résultats d'analyses, et selon lui, ce ne sera pas avant lundi, dit Kennedy d'un ton résigné. Vous feriez aussi bien de prendre votre journée demain tous les deux, ça ne sert à rien qu'on travaille tous alors qu'on est épuisés. Venez dimanche et je parlerai de nouveau au rédacteur en chef du journal. Avec un peu de chance, je pourrai le convaincre de ne pas vendre l'histoire à la presse nationale, sinon le meurtrier de Sonya va disparaître dans la nature.

— On peut aussi éliminer Targethen de la liste des suspects, ajouta Turpin en se tournant vers Jan. J'ai fini de lui parler cinq minutes avant ton arrivée ici, et à part quelques types que les agents en uniforme avaient déjà arrêtés pour d'autres vols le mois dernier, il n'avait pas d'autres noms à nous donner.

— Bon sang, dit-elle. Nous voilà revenus à la case départ, n'est-ce pas ?

CHAPITRE 41

Le lendemain matin, Mark se tenait sur le chemin de halage en amont de la péniche avec les jumeaux de Jan et deux épuisettes orange vif.

— Bon, vous deux, il n'y a que deux règles. Un, ne tombez pas dans l'eau, et deux, si vous tombez, ne laissez pas votre mère vous voir.

Luke gloussa en tendant une main.

— Ok. Qu'est-ce qu'on peut attraper ?

— C'est là tout le plaisir, tu vas devoir le découvrir.

Mark donna l'autre épuisette à Harry, puis examina l'eau peu profonde près d'eux.

— Même si, d'après ce que je vois, les vairons sont votre meilleure chance. Où est votre bocal ?

— Ici, répondit Harry en se retournant pour montrer un grand pot de marmelade vide.

Mark le prit et y recueillit un peu d'eau avant de le mettre de côté. Quand il se redressa, il vit Jan sortir de la cabine de la péniche avec une tasse de thé à la main avant de grimper par-dessus le plat-bord et de s'installer dans l'une des chaises de jardin que Lucy avait mises sur le chemin de halage.

Le soleil tachetait le cours d'eau, scintillant sur les vagues créées par une paire de cygnes qui glissaient gracieusement. Une légère brise ébouriffait les imperméables des garçons, portant avec elle le bruit de la circulation du samedi matin en provenance du pont.

— Tu as déjà attrapé quelque chose ici ? demanda Luke en plongeant déjà son filet dans l'eau avec une aisance expérimentée.

— Non, mais je dois admettre que je n'ai jamais essayé.

Mark désigna l'écluse plus en amont.

— On ne peut pêcher sérieusement qu'au-delà de ça, et je ne me suis jamais embêté à obtenir un permis.

Harry semblait inquiet.

— Alors, on a le droit de faire ça ?

— Bien sûr, vous avez le droit. Et puis, on remettra tout dans l'eau quand on aura fini.

Une fois rassurés, les garçons s'accroupirent plus près du bord de l'eau et bientôt leur doux bavardage s'estompa, chacun devenant fasciné par les petites créatures qu'ils voyaient filer au-dessus du limon argileux.

Mark baissa les yeux quand Hamish s'élança de la péniche, suivi de près par Lucy qui marchait tranquillement, une tasse de café à la main.

— Tu es un ange, dit-il en l'embrassant. Merci.

— Toute la nourriture est prête. Tu n'auras qu'à allumer le barbecue quand les garçons auront fini ici. Jan dit que Scott devrait arriver dans une heure, dès qu'il aura fini d'établir un devis pour un client.

Elle sourit quand Harry leva les yeux vers eux.

— Tu as attrapé quelque chose ?

— Ils sont trop rapides, grommela-t-il en se retournant vers l'eau.

Lucy rit doucement, serra la main de Mark et retourna vers Jan, Hamish sur ses talons.

Mark avait proposé ce brunch avec Jan et sa famille quand ils avaient quitté la salle des opérations la veille au soir, peu enclin à suivre le conseil de Kennedy sur la prise d'un jour de congé.

Il connaissait l'impact que l'épuisement pouvait avoir sur une grande équipe d'enquête, et malgré son réveil avec une culpabilité persistante de n'être pas plus près d'identifier le meurtrier de Sonya, il attendait avec impatience la journée à venir.

Avoir deux enfants de dix ans à divertir l'empêcherait de s'inquiéter pendant quelques heures, au moins.

— J'en ai un ! chantonna Luke.

Il leva son filet avec un petit vairon qui se tortillait à l'intérieur.

— Vite, mets-le dans le bocal. Sinon il va mourir. On ne veut pas ça.

Mark démêla doucement le filet et glissa le poisson dans l'eau. En rendant l'épuisette, son attention fut attirée par Jan qui se penchait soudain dans sa chaise, téléphone à l'oreille.

Quelques secondes plus tard, elle se précipitait sur le chemin de halage vers lui, l'air sinistre.

Il expira pour stabiliser son rythme cardiaque en voyant l'expression de choc sur son visage.

— Euh, les garçons. Il va falloir qu'on arrête pour l'instant. Désolé, mais je crois que votre mère et moi devons retourner au travail.

Harry se leva et rendit l'épuisette.

— De toute façon, je n'ai rien attrapé.

— Je crois qu'on a fait fuir les autres, ajouta Luke.

— Mark ?

Jan adressa un sourire radieux à ses garçons, puis l'attira à l'écart.

— Caroline vient d'appeler. Ce n'est pas une bonne nouvelle.

— Où... ?

Jan secoua la tête et se tourna vers les jumeaux.

— Ça vous dit d'attendre avec Lucy jusqu'à ce que votre père arrive, et puis vous pourrez quand même faire votre barbecue ?

— Oui ! sourit Luke. Je croyais que tu allais nous faire rentrer à la maison.

— Comme si j'allais vous faire rater un repas.

Mark prit les épuisettes des garçons tout en regardant Harry verser doucement le contenu du bocal de marmelade dans la rivière, puis il se dépêcha de retourner à la péniche dans leur sillage. Il adressa un sourire d'excuse à Lucy quand elle posa les filets sur le toit de la péniche pour les faire sécher.

— Je t'emmènerai déjeuner quand tout ça sera terminé, promis, dit-il.

— Tu as entendu ça, Jan.

Elle sourit.

— J'ai un témoin.

Jan regarda avec envie le barbecue installé sur la terrasse et soupira.

— Dommage qu'on n'ait pas commencé. On aurait pu emporter quelque chose.

Ils se dirent au revoir et marchèrent d'un même pas à travers la prairie, les hautes herbes leur frôlant les talons.

— Alors, qu'est-ce que Caroline a dit ? demanda Mark. De quoi s'agit-il ?

— Elle et Alex ont été envoyés à Boars Hill il y a vingt minutes.

— Boars...

Le rythme cardiaque de Mark s'accéléra.

— Nolan Creasey ?

— Ça n'a pas l'air bon, chef. Quelqu'un l'a agressé et l'a laissé pour mort.

CHAPITRE 42

Jan fit passer sa voiture à travers les grilles ouvertes de l'adresse à Boars Hill puis freina brusquement en laissant échapper un hoquet de surprise.

— Merde, Caroline ne plaisantait pas.

Trois voitures de patrouille encombraient l'allée avec la camionnette de Jasper garée à côté de l'une d'elles, tandis qu'un mélange d'agents en uniforme et de spécialistes de la police scientifique faisaient des allers-retours depuis la porte d'entrée ouverte de la propriété.

Elle se gara sur le côté, à l'écart de l'agitation, et pointa du doigt à travers le pare-brise.

— Voilà Alex.

— Allons voir ce qui s'est passé.

Mark se dirigea à grands pas vers le jeune enquêteur, en déroulant ses manches de chemise et en boutonnant ses poignets pour se protéger de l'air frais sous les énormes conifères qui bordaient l'allée.

— Chef, tu es arrivé.

Le soulagement dans les yeux d'Alex correspondait à celui dans sa voix.

— Caroline m'a dit qu'elle avait parlé à Jan, mais je ne savais pas si tu—

— Où est Creasey ? le coupa Jan. Qu'est-ce qui s'est passé ici, bon sang ?

— L'ambulance l'a emmené il y a environ dix minutes. Il respirait encore mais il était inconscient quand son père l'a trouvé, et il y a du sang partout.

Alex les conduisit vers la porte d'entrée, que Jasper était en train de délimiter avec du ruban.

— On peut entrer ?

— Il y a des combinaisons de rechange à l'arrière de la camionnette, dit le chef de la police scientifique. Enfilez-les, et je vais vous faire entrer.

Mark prit l'un des packs scellés qu'Alex lui tendait, enfila les surchaussures de protection et aida Jan à faire de même.

— Est-ce que le père de Creasey a vu quelqu'un quitter la maison quand il est arrivé ? demanda-t-il lorsqu'ils retournèrent à l'endroit où Jasper attendait.

— Je ne crois pas, répondit Alex. Caroline l'interroge en ce moment, puis elle va l'emmener à l'hôpital.

En tendant le rouleau de ruban de délimitation à l'un de ses collègues, Jasper montra l'encadrement de la porte lorsqu'ils passèrent.

— Ni celle-ci ni la porte arrière n'ont été forcées, dit-il. Donc celui qui l'a attaqué a été invité à entrer.

— Ou Creasey a ouvert la porte, et a ensuite été repoussé à l'intérieur, suggéra Mark en montrant les marques de frottement le long d'un côté du mur du couloir. Où sont-ils allés ensuite ?

— Par ici.

Jasper se retourna, ses surchaussures glissant sur le carrelage à damier.

— Après avoir répondu à la porte, il semble qu'il ait été poursuivi jusqu'ici.

— Poursuivi ?

Mark fronça les sourcils, puis le suivit dans une pièce et s'arrêta, stupéfait.

— Bon sang.

Du sang striait les carreaux et éclaboussait le plâtre à côté d'un luxueux canapé trois places, une grande tache descendant le long du mur avant de s'étendre sur le sol à côté d'une petite table en bois.

— Je pense que Creasey a essayé d'utiliser le canapé comme barrière entre lui et son agresseur, dit Jasper. Mais il semble qu'il ait été acculé ici, et c'est là que la majorité de l'attaque a eu lieu. Le sang entre la porte d'entrée et ici suggère que l'agresseur a réussi à le poignarder dès que la porte a été forcée.

— Les ambulanciers ont dit qu'il avait plusieurs plaies par arme blanche, ajouta Alex. Il y avait des blessures défensives aux poignets et aux mains, mais la plupart des dégâts ont été causés par un coup à l'estomac et un autre au cou.

Mark serra les lèvres tout en examinant la scène, notant une lampe de table renversée et une petite table basse en bois.

— Vous allez essayer de relever des empreintes sur ces objets ?

— Absolument.

Jasper montra plusieurs marqueurs en plastique placés autour de la pièce.

— Nous avons trouvé des gouttes de sang ici et une

empreinte de pas partielle. Quant aux résultats, tu peux dire à Kennedy que nous allons faire de notre mieux.

— Merci. Très bien, on va te laisser travailler.

Une fois dehors, Mark retira sa combinaison de protection et la fourra dans une poubelle pour déchets biologiques à l'arrière de la camionnette de Jasper, puis il se retourna alors que Caroline sortait de l'arrière de la propriété, le visage blême.

— Le père de Creasey, Garen, n'a vu personne partir quand il est rentré, dit-elle. Il n'y avait pas d'autres véhicules dans l'allée, mais il a dit qu'il savait que quelque chose n'allait pas quand il a vu la porte d'entrée ouverte. Apparemment, il y avait également un journaliste ici plus tôt.

— Est-ce qu'il sait de qui il s'agit ?

— Oui, j'ai un nom et un numéro. Je pensais retourner au poste et l'interroger, si cela te convient ?

— Qui s'occupe d'emmener Garen à l'hôpital si tu fais ça ?

— Je peux m'en charger, dit Alex.

— Très bien, Caroline, tu peux y aller. Jan et moi allons terminer ici et on se retrouve tous au commissariat dans quelques heures. Ça vous va ?

Ils acquiescèrent, puis se précipitèrent vers leurs voitures respectives. Le gravier crissa sous les passages de roues tandis qu'ils s'éloignaient à toute vitesse.

Mark expira et jeta un regard en coin à Jan, qui fixait la maison, l'air préoccupée.

— À quoi tu penses ?

— Je me demandais si nous n'avions pas abordé tout ça sous le mauvais angle.

Elle haussa les épaules d'un air contrit.

— Tu penses que cette attaque n'est pas liée à la mort de Sonya ?

— Non, je pense qu'elles sont liées. Ce serait trop de coïncidence autrement. Ce que je voulais dire, c'est : et si Sonya et Nolan étaient allés trop loin avec leur entreprise de cambriolage ? Et s'ils avaient marché sur les plates-bandes de quelqu'un ?

— Comme un conflit territorial ?

— Exactement. Et si quelqu'un s'était retrouvé dans l'ombre à cause de ce qu'ils faisaient et avait décidé d'éliminer la concurrence ?

CHAPITRE 43

Kennedy sortit en trombe de son bureau tandis que Mark se dirigeait vers le tableau blanc, le visage livide.

— Selon le journal, seuls leurs réseaux sociaux ont mentionné Creasey par son nom, dit-il les dents serrées. La publication a été retirée après mon appel au rédacteur en chef hier, mais—

— C'était déjà trop tard pour empêcher quelqu'un de découvrir où il habitait.

Mark observa la photo de Creasey sur le tableau et fit un signe du menton vers sa collègue, qui se tenait près de son bureau, téléphone à l'oreille.

— Jan pense que les deux meurtres pourraient être liés à une guerre de territoire.

— Pour l'instant, je ne sais pas quoi penser, alors c'est une hypothèse aussi valable qu'une autre.

L'inspecteur principal griffonna un nouveau point sur le tableau et recula d'un pas.

— C'est un désastre, Mark. J'ai déjà eu Melrose au

téléphone qui exigeait une explication sur ce qui s'est passé, et la commissaire va vouloir une mise à jour d'ici une heure.

— Qu'en est-il du journaliste et du photographe qui ont publié l'article d'hier ?

— Des contractuels.

Kennedy renifla.

— Tout le monde est un foutu contractuel de nos jours. Et assurés jusqu'aux dents au cas où quelque chose comme ça arrive. Ils ne travailleront pas pendant un moment cependant, je parie.

— Oh, je ne sais pas... plein de sites d'informations douteux s'arracheraient ce genre de reporter en un instant.

— Est-ce que quelqu'un a eu l'occasion de chercher comment son agresseur a trouvé l'adresse de Creasey ?

— Il utilise toujours la camionnette de location. Selon Caroline, son père lui a dit qu'il l'avait utilisée hier pour retourner à son ancien bureau dans East St Helen Street afin de récupérer le reste de ses affaires. Il ne faudrait pas grand-chose pour que quelqu'un localise le bureau et le suive à partir de là, surtout avec cette publication sur les réseaux sociaux. La camionnette est facile à repérer étant donné qu'elle vient d'une entreprise locale plutôt que d'une entreprise nationale, elle se démarque davantage. Ils n'ont pas encore beaucoup de véhicules de location dans leur flotte.

— Vous pensez que Marcus Targethen est impliqué ?

Mark secoua la tête.

— Je pense que Targethen est un petit dealer. Rappelez-vous, il était inquiet quand nous l'avons forcé à révéler le nom de Creasey. Je ne pense pas qu'il soit capable de faire quelque chose comme ça. Et puis, son alibi pour le meurtre de Sonya est confirmé.

— Où était le père de Sonya Raynott au moment de l'attaque contre Creasey ?

— Caroline lui a parlé en revenant ici. Il était chez sa sœur, il y séjourne pour éviter les médias.

— Et ce chef du groupe de justiciers, comment s'appelait-il ?

— William Bereton.

— Faites-le venir ici. En fait, faites venir toute la bande ici et découvrez s'ils sont derrière tout ça. Je vais parler à Kidlington et leur demander d'envoyer quelqu'un chez cette autre prêteuse sur gages demain matin, Brenda Stephens. Peut-être qu'elle pourra nous éclairer.

— Il y a peu de chances, chef.

Il vit Kennedy serrer les lèvres.

— Mais je vais demander à Jan et Caroline de me donner un coup de main. On va essayer de parler à tout le monde avant la fin du week-end. Je vais demander à Alex de travailler avec les uniformes pour obtenir les images de vidéosurveillance des stations-service, des magasins, tout ce qui se trouve dans la région de Boars Hill qui pourrait montrer l'agresseur de Creasey. Avec tout ce sang sur la scène, ses vêtements devaient en être éclaboussés. Je vais aussi leur demander d'interroger les voisins le long de cette route, peut-être que quelqu'un a remarqué un véhicule étrange ou une personne à pied en train de quitter la maison.

— Faites ça. Qu'est-ce que vous pensez de l'hypothèse de Jan ? Vous croyez qu'elle tient la route ?

— C'est une analyse correcte, chef.

— Mais ?

— L'attaque contre Creasey...

Mark se frotta le menton tandis que son regard parcourait

les notes griffonnées et les photographies épinglées au tableau.

— Ça semblait trop personnel. Trop violent. Je veux dire, on ne va pas l'exclure, mais j'ai l'impression qu'il y a autre chose qui se passe ici. Quelque chose qui n'est pas encore apparu malgré toutes les personnes à qui nous avons parlé, et toutes les questions que nous avons posées. Nous avons raté quelque chose.

Kennedy baissa les yeux quand son téléphone portable commença à sonner et il grimaça en regardant l'écran.

— C'est Melrose. Attendez.

Jan s'approcha pendant que Kennedy arpentait la moquette et parlait à voix basse tandis que son expression restait grave.

— Il veut qu'on parle au groupe de justiciers de Bereton avant la fin du week-end, murmura Mark. Est-ce que tu vas pouvoir faire ça ?

— J'ai déjà appelé Scott pour lui faire savoir que je travaillerai demain.

Elle esquissa un petit sourire quand il ouvrit la bouche pour répondre.

— Ne t'inquiète pas. On s'y attendait un peu avec cette affaire. À qui parle Kennedy ?

— Au commandant divisionnaire.

Ils se retournèrent tous les deux lorsque l'appel prit fin et que Kennedy baissa son téléphone.

— Melrose vient de parler à quelqu'un à l'hôpital John Radcliffe, dit-il. Le décès de Creasey a été prononcé il y a vingt minutes.

Mark soupira et regarda la photo de l'homme épinglée au tableau blanc.

— Donc maintenant, nous avons une enquête pour double meurtre entre les mains.

CHAPITRE 44

Le lendemain matin, Mark avala le fond de sa deuxième tasse de café, rassembla son carnet et un dossier plein de paperasse, puis descendit les escaliers.

En traversant l'atrium du commissariat, il jeta un coup d'œil à l'écran de télévision en sourdine fixé sur un mur et observa le bandeau d'informations qui défilait en bas.

Jusqu'à présent, la mort de Creasey avait suscité un flot d'intérêt de la part des grands journaux locaux et une réaction convenablement discrète de celui qui avait publié sa photo.

Mark ne doutait pas que le rédacteur en chef de cette entreprise particulière était encore en train d'examiner ses options avec son équipe juridique.

— Tu es prêt ? demanda Jan en sortant des toilettes et en rajustant son chemisier sans sembler le moins du monde dérangée par le fait d'avoir commencé à sept heures ce matin. Elle le dévisagea.

— Tu as bu combien de cafés ?

— Seulement deux.

— Bon sang, on va devoir te trouver quelque chose de plus fort.

— Je ne suis pas du matin, protesta-t-il en tenant la porte ouverte vers l'accueil.

— J'ai remarqué.

Tom Wilcox était derrière le bureau d'accueil quand ils entrèrent.

— William Bereton est dans la salle d'interrogatoire numéro deux, dit-il. Alex et Caroline ont commencé avec deux autres membres de son groupe qui sont arrivés il y a environ une heure.

— Bereton est là depuis combien de temps ? demanda Mark.

— Seulement quinze minutes, répondit Tom avec un clin d'œil. Il a eu la présence d'esprit de refuser le café de la machine.

Mark sourit, puis suivit Jan à travers le portique de sécurité et le long d'un couloir carrelé, la porte de leur salle d'interrogatoire entrouverte.

William Bereton se leva à leur entrée, sa carrure imposante s'accordant avec le regard noir qu'il leur lança.

— Je n'apprécie pas qu'on me dise quoi faire, grogna-t-il. Surtout à huit heures un samedi soir. Qu'est-ce que tout ça signifie, nom d'un chien ?

— Asseyez-vous, monsieur Bereton, dit Jan en tapotant la table. Nous parlons à tous les membres du groupe de protection des foyers du Cheval blanc au cours de la journée. Vous n'êtes pas visé particulièrement, croyez-moi.

Mark ferma la porte tandis que l'homme reprenait place, puis il fit un signe de tête à Jan.

Si Bereton était déjà énervé par cet entretien, alors le fait qu'une femme officier le dirige pourrait le calmer.

À ces mots, les sourcils de l'homme se levèrent quand Jan lut la mise en garde officielle et son visage devint écarlate.

— Nous avons examiné le compte de médias sociaux de votre groupe hier soir, commença Jan. Comment avez-vous appris l'existence de Nolan Creasey ?

— C'était partout dans les nouvelles, répondit Bereton, son regard glissant vers Mark, puis revenant. Tout ce que nous avons fait, c'est repartager le post que ce journal avait mis en ligne.

— Ce post a été supprimé une heure plus tard, après que notre commissaire en a fait la demande. Le nom de Creasey n'avait pas été communiqué à la presse et ils avaient obtenu cette information par des moyens dissimulés, expliqua Jan. Et maintenant, probablement à cause de ce post original qui révélait son nom, M. Creasey est mort.

— Mort ?

Elle ouvrit le dossier que Mark lui glissa et en sortit une capture d'écran d'un site de médias sociaux familier.

— Il y a quinze minutes encore, votre groupe affichait toujours ce post. Nous avons identifié toutes les autres personnes qui ont partagé ce post et elles l'ont supprimé dès qu'elles ont appris la mort de Creasey hier. Pas vous. Vous pouvez nous expliquer pourquoi ?

— Je... je ne gère pas le réseau social. Vous devriez demander à Charles.

— C'est ce que nous allons faire. Mais vous avez tous accès à ce site, monsieur Bereton. De plus, selon le site, vous êtes également l'un des administrateurs du groupe. Vous partagez la responsabilité de ce qui y est publié.

Bereton déglutit de façon audible et Mark se demanda si l'homme réfléchissait à ses responsabilités civiques ou s'il pensait à son avenir politique dont on parlait tant.

Finalement, l'homme s'éclaircit la gorge, se pencha en avant et baissa la voix d'un ton conspirateur.

— Pour être honnête, je n'aime même pas ce site ni ce qu'ils défendent, dit-il sans la moindre gêne. Je ne me souviens même pas qu'on m'ait demandé d'administrer la présence en ligne du groupe. Je suis plutôt un homme pratique, impliqué directement dans les affaires. Je cherche des solutions plutôt que de créer des problèmes, vous voyez.

— Vous nous avez dit qu'il y avait six membres dans votre soi-disant groupe de protection, dit Jan. Pourtant, il y a vingt-trois membres dans la version en ligne. Est-ce que vous pouvez vous porter garant de chacun d'entre eux ? Vous gérez cela comme un groupe fermé, ou sur invitation seulement ?

— Encore une fois, vous allez devoir vérifier auprès de Charles, dit Bereton en se redressant. Je suis un homme occupé, détective. Je n'ai pas le temps de rester assis devant un ordinateur toute la journée.

— Où étiez-vous hier matin entre neuf heures trente et onze heures trente ?

— Je... quoi ?

Jan joignit les mains et attendit.

— Je... j'ai emmené ma femme en ville. Elle voulait faire des courses.

— Quelle ville ?

— Abingdon, bien sûr.

— Qu'est-ce que vous avez fait pendant qu'elle faisait ses courses ?

— Je suis allé me promener, comme d'habitude. Je ne supporte pas les supermarchés. Des endroits horribles.

— Où est-ce que vous êtes allé vous promener ?

— Je ne sais pas... à travers la place du marché je suppose, puis autour de l'église...

— Laquelle ?

— Nom de Dieu, ma pauvre dame, je ne connais pas le nom de ce foutu endroit.

— Un peu plus de respect pour ma collègue, monsieur Bereton, si vous voulez bien, lança Mark sèchement. Pour vous, c'est détective West.

Bereton pinça les lèvres.

— Bien sûr. Toutes mes excuses.

— Où êtes-vous allé ensuite ? demanda Jan. Est-ce que vous êtes passé par East St Helen Street vers le quai ?

— Non, non je ne suis pas allé par là.

— Est-ce que vous avez marché devant les bâtiments marqués pour réaménagement ? Est-ce que vous avez vu Nolan Creasey avec sa camionnette de location et décidé de le suivre jusque chez lui ?

— Non !

Les yeux de Bereton s'écarquillèrent.

— Nom de Dieu, vous pensez que je l'ai assassiné, n'est-ce pas ?

— Vous l'avez fait ?

— Non. Pour l'amour de Dieu, non. J'ai fait une promenade de dix minutes autour de la place du marché, j'ai fait demi-tour et j'ai retrouvé ma femme devant le supermarché comme convenu pour l'aider à porter les sacs jusqu'à la voiture. Ensuite, nous sommes rentrés chez nous. Où nous sommes restés. Je n'ai pas quitté la maison jusqu'à ce matin pour venir ici.

Un air de désespoir emplit la pièce tandis qu'il prenait une profonde inspiration et regardait Jan d'un air suppliant.

— Je vous dis la vérité, je le jure.

Elle referma le dossier d'un coup sec, rangea son stylo et se leva.

— J'espère que c'est le cas, monsieur Bereton. Mais ça ne vous dérangera pas de nous donner le numéro de portable de votre femme pour que nous puissions vérifier auprès d'elle avant de vous relâcher, n'est-ce pas ?

CHAPITRE 45

Le lundi matin apporta avec lui de nouveaux niveaux de frustration au sein de l'équipe d'enquête soudée.

Une session exhaustive d'entretiens avec le groupe de justiciers de William Bereton la veille n'avait produit aucune nouvelle piste, et encore moins un suspect pour deux meurtres de sang-froid.

Alors que Mark rangeait son VTT à côté de la porte arrière du commissariat, puis prenait une douche et montait les escaliers en courant jusqu'à la salle des opérations, une léthargie s'installait parmi les officiers appelés en renfort.

Le visage de Kennedy était sombre lorsqu'il jeta un coup d'œil depuis son bureau et lui fit signe d'approcher.

Mark prit le café à emporter que Jan lui tendait avec un remerciement murmuré, puis il se précipita vers le bureau de leur supérieur.

— Nous allons perdre au moins huit des agents là-bas pour qu'ils puissent aider à enquêter sur une agression mortelle à Cowley plus tard aujourd'hui, dit l'inspecteur principal en fermant la porte. Melrose a essayé de défendre notre dossier auprès des supérieurs, mais...

— Nous n'avons pas eu de percée depuis deux semaines, termina Mark. Mais qu'en est-il du fait que Creasey a été agressé et qu'il est mort pendant le week-end ? Nous allons avoir besoin de cette aide supplémentaire pour finir avec les caméras de surveillance et les appels de suivi aux voisins.

— C'est politique, répondit Kennedy en jetant un regard furieux à son écran d'ordinateur. Et j'ai reçu un email il y a cinq minutes pour confirmer le changement de personnel. Ce n'est plus entre mes mains maintenant.

Mark sirota son café et regarda à travers les stores les têtes baissées, les conversations murmurées au téléphone et le personnel administratif qui commençait à arriver pour s'occuper des quantités copieuses de documentation générées par une telle enquête.

— Merde, finit-il par dire.

— En effet.

Kennedy traversa la pièce vers sa chaise et s'y enfonça.

— Clive Moore a téléphoné il y a dix minutes, Gillian va faire l'autopsie de Creasey à neuf heures trente, alors emmenez Jan avec vous. Peut-être que cela nous donnera un autre angle à explorer.

— Ok.

Mark tendit la main vers la poignée de la porte.

— Et, Turpin ?

— Oui, chef ?

— Vu sa performance jusqu'à présent sur cette affaire, je pense qu'Alex mérite un rôle plus actif. Ne gâchons pas ce talent, sinon Melrose nous le prendra.

— Compris.

Mark ouvrit la porte et regarda vers l'endroit où le jeune enquêteur fixait le tableau blanc, la mâchoire serrée.

— Il a vraiment fait des progrès fulgurants cette année.

— C'est vrai. J'ai une réunion à Kidlington dans une heure, donc je vais partir dans un instant—

Le téléphone de Kennedy bipa et il haussa un sourcil.

— Je dois prendre cet appel. Nous parlerons plus tard.

Mark le laissa et se dirigea vers Alex en faisant un signe de tête vers le tableau.

— De nouvelles théories ?

Sa réponse fut morne.

— Non. Jasper sera là dans un moment cependant, alors espérons qu'il a quelque chose pour nous.

— Il vient ici ?

— Apparemment, il a travaillé au labo hier pour essayer de rattraper le retard. Il a des résultats pour nous et il voulait les passer en revue avec nous sur son chemin de retour ce matin.

L'espoir menaçait d'apparaître et Mark le réprima immédiatement.

— Et la femme de Bereton ? Elle a confirmé son alibi ?

— Oui, et tous les autres membres de son groupe ont aussi un alibi. Ils ont également supprimé le post partagé de leur page de médias sociaux.

Alex soupira.

— C'est comme fermer l'écurie quand les chevaux se sont enfuis…

Mark se pinça l'arête du nez et balaya ensuite du regard toutes les notes en boucles.

— Qu'est-ce qu'on a bien pu rater, bon sang ?

— J'espérais en quelque sorte que ça me saute aux yeux si je continuais à regarder. Mais je ne vois pas les connexions.

Je veux dire, oui, Sonya et Nolan se connaissaient, mais son alibi a été vérifié pour son meurtre, et Caroline a parlé à ses anciens amis du quatuor hier en fin de journée et ils ont des alibis pour le moment où Creasey a été tué.

— Jan a mentionné que tout cela pourrait être lié à un conflit territorial. Je commence à penser qu'elle a raison...

— J'ai raison à propos de quoi ?

Sa collègue s'approcha avec Caroline sur ses talons.

— Une guerre de territoire, plutôt que de la vengeance, dit Mark. Ah, et Kennedy dit que nous allons perdre la moitié du personnel de soutien aujourd'hui, alors quoi que nous trouvions, nous sommes livrés à nous-mêmes à partir de maintenant.

Les yeux de Jan s'écarquillèrent.

— Merde.

— C'est ce que j'ai dit.

— Jasper est là, dit Alex en faisant un signe du menton vers la porte avant de saluer le responsable de la police scientifique. Bonjour.

— Bonjour à tous.

Mark observa le technicien qui posait sa sacoche en cuir usé sur un bureau voisin et roulait des épaules, des cernes sombres sous les yeux.

— Kennedy m'a dit que tu avais travaillé hier aussi.

— Tu m'en dois une, dit Jasper sans rancœur.

Ses yeux brillaient malgré l'évidente fatigue qui persistait.

— J'ai peut-être quelque chose pour vous.

— La scène est à toi, dit Caroline en se mettant sur le côté et en exécutant une révérence moqueuse. Ne nous fais pas languir davantage.

Jasper sortit des copies d'un rapport imprimé de sa

sacoche et en distribua une à chacun des détective, puis il désigna ensuite les photographies de Sonya.

— Tout d'abord, l'éruption cutanée qu'elle avait sur les bras et les jambes, dit-il. Gillian ne voulait rien présumer pendant l'autopsie simplement parce qu'elle hésitait sur l'interprétation de ce qu'elle voyait. Nous avons fait appel à l'un de nos experts pour analyser les prélèvements. C'est ce qui nous a retardés, ajouta-t-il d'un ton d'excuse. Toutefois, il a confirmé tard vendredi que Gillian avait raison concernant les brûlures par frottement, et que l'éruption est une réaction allergique à une plante, probablement quelque chose comme l'euphorbe qui a une sève irritante et provoque des éruptions ou des cloques sur la peau.

— Comment est-ce qu'elle aurait pu entrer en contact avec ça ? demanda Jan. C'est une plante de jardin, elle n'aurait pas été dans l'accotement où on l'a trouvée, si ?

— Non, nous n'avons définitivement rien vu de tel sur la scène de crime. J'ai parlé à Gillian hier de la position des marques d'éruption.

Jasper détacha une des photographies du tableau.

— L'éruption est ici, vous voyez, sur la cuisse gauche de Sonya, les paumes de ses mains et son avant-bras gauche.

— Peut-être qu'elle s'est accidentellement frottée contre, dit Mark. Peut-être un jour ou deux avant d'être tuée.

Jasper acquiesça.

— C'est ce que Gillian et moi pensons. Où qu'elle ait été, je suppose que quelqu'un avait taillé les plantes le même jour, donc la sève était encore exposée.

— Creasey et Targethen ont tous deux confirmé que Sonya commettait ses propres cambriolages plus fréquemment, dit Caroline. Si elle a été interrompue et qu'elle a dû s'échapper, elle a peut-être traversé un jardin pour fuir en vitesse.

Mark hocha la tête en inscrivant déjà les nouvelles informations sur le tableau pendant que Jasper replaçait la photographie.

— Quoi d'autre pour nous ?

— Nous avons réussi à préciser la composition de l'arme utilisée pour frapper l'arrière de sa tête.

Le responsable de la police scientifique prit un des rapports de Jan et feuilleta les pages avant de le lui rendre.

— Voilà. Les échantillons que Gillian a prélevés de la plaie contenaient des traces d'acrylonitrile et de fibre de verre. J'attends encore les résultats d'un test final, il y a une poudre mélangée à l'acrylonitrile dont je veux d'abord avoir confirmation.

— Qu'est-ce que l'acrylonitrile ?

Alex fronça les sourcils.

— À base d'acrylique, évidemment, mais—

— C'est une colle spécialisée, utilisée pour lier les composés de fibre de verre et de fibre de carbone, expliqua Jasper.

Mark leva les yeux de la page.

— Donc, le même type de composition qu'une fourche de vélo, ce genre de chose ?

— Exactement.

Jasper ramassa sa sacoche.

— Je vous transmettrai plus d'informations à mesure que les résultats arriveront, mais j'ai pensé que vous voudriez ce que nous avons jusqu'à présent. J'ai également tout envoyé par email à Tracy.

— Merci.

Mark observa Alex raccompagner le responsable de la

police scientifique, puis il retourna à son bureau, la tête baissée tandis qu'il parcourait à nouveau le contenu du rapport.

Il s'enfonça dans son fauteuil et il regarda par-dessus son écran d'ordinateur pour voir Jan qui fixait le vide.

— Un penny pour tes pensées ? dit-il.

Elle cligna des yeux, puis se tourna vers lui avec un froncement de sourcils.

— Rien pour l'instant. Juste quelque chose que j'ai vu mais je ne me souviens plus où. Ça va me revenir.

— Eh bien d'ici là, prends tes clés, nous sommes attendus à la morgue dans une heure.

CHAPITRE 46

Jan tapotait ses doigts sur le volant en attendant que la circulation s'écoule au rond-point de Headington dès que les feux passeraient au vert. La voix de Turpin n'était qu'un bruit de fond jusqu'à ce qu'elle entende son nom.

— Quoi ?

Puis la camionnette derrière eux klaxonna et elle appuya sur l'accélérateur, les joues rougissantes.

— Désolée, chef, j'étais ailleurs.

— J'ai remarqué.

Il sourit.

— Qu'est-ce qui se passe ? Tu penses encore au rapport de Jasper ?

— Mmm.

Elle ralentit pour tourner dans le complexe hospitalier et elle trouva une place de stationnement près de la morgue.

Turpin sortit et plia sa veste pour la laisser sur la banquette arrière.

— Si tu veux lui reparler, on pourrait organiser une

conférence téléphonique cet après-midi. Il aura peut-être plus d'informations pour nous d'ici là.

— C'est vrai.

Elle plissa les yeux vers le ciel alors que les nuages se dissipaient, révélant des taches de bleu et une fin alléchante à la pluie qui avait tourmenté le pays ces deux dernières semaines.

— Croisons les doigts pour que ça reste comme ça pour Pâques.

— Qu'est-ce que tu as prévu ?

Turpin ouvrit la porte de la morgue et la suivit à l'intérieur.

— Les garçons sont en vacances cette semaine, non ?

— Ça dépend.

Elle lui fit un sourire résigné.

— Si on ne travaille pas, Scott et moi avons prévu de les emmener camper une semaine dans le Dorset. Les filles viennent chez toi ?

Il hocha la tête.

— Pour quelques jours. Debbie veut passer du temps avec sa mère, donc je vais aller les chercher à Swindon jeudi...

Ils tombèrent dans le silence tandis qu'ils marchaient vers le bureau de Clive, réalisant tous deux que s'ils ne trouvaient pas le ou les meurtriers de Sonya et Nolan d'ici là, ils ne verraient pas beaucoup leurs familles.

— Bonjour à vous deux, dit l'assistant de la médecin légiste en faisant glisser le registre des visiteurs pour qu'ils le signent. Gillian est en train de préparer, alors si vous pouviez aller vous changer et nous rejoindre là-bas, on va commencer sous peu.

— Je te retrouve dans un instant.

Jan entra dans le vestiaire au bout du couloir et mit son

sac et sa veste dans un casier avant de sortir une des combinaisons de protection gratuites de son emballage plastique. Après avoir attaché les surchaussures en plastique par-dessus ses chaussures, elle ferma le casier et appuya son front contre en laissant échapper un profond soupir.

Elle leva les yeux à un coup sec contre la porte.

— Tu es prête, Jan ?

— Oui.

Traînant ses pieds sur les carreaux usés, elle ouvrit la porte pour voir Turpin qui faisait les cent pas dans le couloir.

— Chef, avant qu'on entre, est-ce qu'on sait si d'autres clients de Creasey ont été cambriolés par Sonya ?

Il s'arrêta, la mâchoire tombante.

— C'est juste que, je pensais, continua Jan, s'il a découvert pendant une de ses séances de conseil que quelqu'un était particulièrement vulnérable, il aurait pu transmettre cette information à Sonya, non ?

— Bon sang, dit Turpin en sortant déjà son téléphone portable. Alex ? Qu'est-ce que tu fais en ce moment ? D'accord, arrête ça un instant. Prends Caroline et quelques agents en uniforme pour t'aider à passer en revue tous les dossiers de cambriolage originaux et vois si tu peux trouver quelqu'un qui correspond aux listes de clients de Nolan Creasey. Si son avocat refuse de les remettre, obtiens un mandat. Oui, c'est urgent. Merci.

Jan se déplaça vers la fenêtre pour regarder les voitures dehors pendant que Turpin parlait ensuite à Kennedy, qui avait manifestement entendu la conversation et voulait savoir ce qui se passait. Elle jeta un coup d'œil par-dessus son épaule à un toussotement impatient au bout du couloir pour voir Gillian qui les observait, et elle leva la main.

— Deux secondes, dit-elle. C'est urgent.

Gillian secoua légèrement la tête et laissa les doubles portes se refermer.

Jan fit un pas en avant alors que Turpin terminait son appel, et elle prit une profonde respiration.

— Chef ? Il y a autre chose—

— Attendez, chef, dit Turpin à Kennedy, puis il la fixa du regard. Quoi ?

— Les éclats de carbone et de fibre de verre dont Jasper a parlé. Quand nous sommes allés interroger une des victimes de cambriolage la semaine dernière, il avait un jeu de clubs de golf dans l'entrée. Sa partie avait été annulée à cause de la pluie.

— Tu te souviens—

— Michael Phillips. Le type qui travaille pour cette entreprise à Didcot. Sa femme a—

— Chef ? Nous avons besoin que des agents en uniforme aillent chercher Michael Phillips. Alex a tous les détails... Non, pas une arrestation. Pas encore. Nous devons lui parler de ses clubs de golf cependant, et... Oui, d'accord. Merci, chef.

Jan expira quand il termina l'appel et haussa un sourcil dans sa direction.

— Tu ne fais jamais les choses à moitié, n'est-ce pas, West ? dit-il en souriant.

— Je pourrais me tromper.

— Nous allons bientôt le savoir.

Il agita un doigt vers elle tandis qu'ils marchaient en direction de la salle d'examen.

— Tu pourrais aussi être sur une piste.

— C'est bien aimable à vous deux de nous rejoindre enfin, dit Gillian en levant les yeux de son travail lorsqu'ils entrèrent.

— C'est une enquête pour meurtre, dit Turpin. Tu sais comment ça se passe.

Jan s'approcha pour observer la forme pâle de Nolan Creasey et elle grimaça à la vue des plaies froncées qui parsemaient sa peau.

— Combien ?

— Il a été poignardé neuf fois au total, répondit Gillian tout en passant des écouvillons sous les ongles de l'homme, qu'elle transmettait ensuite à Clive pour qu'il les enregistre et les scelle. J'ai fait des radiographies de la blessure la plus profonde ici, au-dessus de son bassin. La lame a entaillé son os iliaque.

— Bon sang.

Turpin siffla entre ses dents.

— C'est celle qui l'a finalement tué ?

— Non, c'est celle-ci.

Gillian tendit le dernier écouvillon à Clive, puis retourna doucement le corps de Creasey sur le côté.

— Celle-ci a transpercé une artère principale dans son cou. D'où l'énorme perte de sang sur la scène de crime.

Elle remit la victime sur le dos et elle posa ses mains gantées sur ses hanches.

— Il n'avait aucune chance après ça, surtout avec toutes ses autres blessures.

— Des idées sur le couteau utilisé ? demanda Jan.

La médecin légiste hocha la tête et leur fit signe d'approcher.

— Si vous regardez la blessure à sa hanche, vous verrez des contusions minuscules autour de la saillie de l'os. C'est là où la garde a heurté la peau en s'enfonçant. Il y a un motif similaire ici, juste sous ses côtes.

— Un couteau plus court alors, pas quelque chose comme un couteau à découper, suggéra Turpin.

— Exactement, et avec une extrémité dentelée, plutôt comme un couteau de chasse.

— Caroline a réussi à obtenir un inventaire complet des couteaux de la maison auprès du père de Creasey hier, et aucun ne manquait, dit Jan.

— Donc votre tueur l'a emporté avec lui.

Gillian prit un scalpel des doigts de Clive.

— Est-ce que la blessure au cou était un coup de chance pour le tueur ? demanda Turpin.

— Peut-être.

La bouche de la médecin légiste se tordit.

— Pas pour M. Creasey en tout cas. Mais tu as raison, ça ressemble à une attaque frénétique selon moi, alimentée par la colère. Regardez la façon dont les blessures ont été infligées, il y en a une à sa taille, à son estomac, plusieurs à ses bras alors qu'il essayait de se défendre, et puis l'estocade finale au cou alors qu'il se détournait, je suppose. Celui qui a fait ça était déterminé à le faire souffrir, et à le voir mourir.

— Il n'allait pas survivre, murmura Jan.

— Non, parce que je ne pense pas que votre tueur allait s'arrêter avant d'avoir fait ce qu'il était venu faire.

Turpin s'éloigna de la table et chercha son téléphone sous sa blouse.

— Mark, tu connais ma règle concernant les téléphones portables dans la salle d'examen, le réprimanda Gillian.

— Je sais, dit-il en appuyant déjà sur des boutons. Mais je dois envoyer une patrouille à Wantage. Je crains que celui qui a fait ça à Sonya et Nolan n'ait pas terminé. Nous devons nous assurer que Marcus Targethen reste en vie jusqu'à ce que nous ayons la possibilité d'arrêter un suspect.

CHAPITRE 47

Mark renifla le col de sa chemise, puis fronça le nez.

Malgré la combinaison de protection, malgré les dix minutes passées dans les vestiaires des hommes à prendre une douche dès que Jan et lui étaient revenus au commissariat, et malgré la pulvérisation de déodorant qu'il avait vaporisée sur son torse et ses bras, il était persuadé que la puanteur de l'autopsie persistait.

Il avait essayé le vieux remède consistant à tamponner de la pommade mentholée sous son nez avant que Gillian n'ait mis en marche sa scie électrique préférée, mais il ne cessait d'être stupéfait par la facilité avec laquelle l'odeur s'attardait dans ses narines pendant au moins une journée.

Parfois plus longtemps.

Il soupira et il releva le menton pour ajuster sa cravate, puis il tourna le dos au miroir et se précipita à l'étage vers la salle des opérations.

Jan ébouriffait ses cheveux, sa veste posée sur le dossier de sa chaise, et elle esquissa un sourire résigné en laissant tomber un petit flacon de parfum dans son sac avant de le pousser sous son bureau d'un coup de pied.

— Certaines choses ne changent pas, n'est-ce pas ? murmura-t-elle.

— Au moins, nous n'allons pas dégoûter Michael Phillips avant même d'avoir eu la chance de lui poser une question, répondit Mark.

Il regarda au-delà d'elle vers Caroline qui s'avançait vers lui.

— Il est en bas ?

L'autre enquêteuse hocha la tête.

— Les uniformes l'ont amené il y a vingt minutes. Wilcox l'a installé dans la salle d'interrogatoire numéro trois et son avocat vient d'arriver.

— Et Targethen ?

— Il était au pub sur la place.

Elle fit la moue.

— Déjà complètement ivre et il n'était que onze heures et demie. Il a dit à la patrouille qui est entrée qu'il n'avait pas besoin de leur aide et qu'ils pouvaient aller se faire voir.

— Heureusement qu'on a mis Phillips en garde à vue quand on l'a fait, alors.

Mark sortit son carnet de son sac à dos, puis fit signe à Alex.

— Tu as trouvé quelque chose d'utile dans les images de vidéosurveillance qu'on a obtenues pour mardi soir dernier après avoir reparlé aux Tillcott ?

— Rien, chef, désolé, répondit Alex. M. Tillcott a peut-être vu un autre véhicule sur cette route devant eux, mais nous n'avons rien trouvé sur les caméras le long de ce tronçon. Au moment où elle rejoint la route principale de Swindon à Oxford à cette heure de la nuit...

— Il se serait perdu dans la circulation.

Mark acquiesça tandis que Jan tapotait sa montre.

— Bien, allons voir ce que Michael Phillips a à nous dire.

———

— C'est scandaleux, fulmina Leonard Sparkford en tendant sa carte de visite vers Mark dès qu'il entra dans la pièce. Mon client nie toutes les accusations, et—

— Nous devons procéder de manière formelle, le coupa Mark en tendant la carte à Jan. Alors retenez-vous jusqu'à ce que nous soyons prêts. Et asseyez-vous, je vous prie.

Michael Phillips était assis, les mains jointes sur la surface rugueuse et usée de la table, sa pomme d'Adam montant et descendant tandis qu'il regardait son avocat tirer une chaise à côté de lui, puis il se tourna pour faire face aux deux détectives.

Après avoir mis en marche l'enregistreur et lu l'avertissement requis pour l'entretien, Mark fit une pause pour rassembler ses pensées pendant que Sparkford faisait tout un spectacle en sortant un bloc-notes vierge de sa mallette et en décapuchonnant un stylo-plume extravagant.

— Michael, lorsque l'enquêteuse West et moi-même vous avons parlé, à Patricia et vous, la semaine dernière au sujet du cambriolage qui a eu lieu plus tôt cette année, est-ce que vous avez dit la vérité concernant vos allées et venues mardi dernier ?

— Oui. Pourquoi est-ce que j'aurais menti ?

— Est-ce que vous pouvez nous indiquer exactement vos déplacements de mardi dernier pour l'enregistrement, s'il vous plaît ?

— Je vous l'ai dit. J'étais au travail.

Le talon de la chaussure de Michael tapait contre le sol carrelé tandis qu'il parlait.

— J'ai quitté le bureau juste après quatre heures. J'y étais depuis sept heures quarante-cinq ce matin-là et j'avais quelques devis à faire quand les clients rentreraient du travail.

— Où étaient ces rendez-vous ? demanda Mark en gardant les yeux fixés sur Michael tandis que le stylo-plume de l'avocat et le stylo à bille moins cher de Jan grattaient leurs carnets respectifs.

— Euh, le premier... oui, c'était à Wallingford, complètement dans la direction opposée à mon domicile. De là, je me suis arrêté dans une épicerie à la périphérie de Didcot pour acheter une bouteille de rouge pour le dîner de ce soir-là, puis je suis allé à mon dernier rendez-vous à Appleford. J'en suis parti à sept heures et demie, comme je vous l'ai dit.

Michael avança le menton, une moue sur les lèvres.

— Je vous ai dit tout cela la semaine dernière.

— Quel itinéraire avez-vous emprunté pour rentrer chez vous après le rendez-vous d'Appleford ?

— Je suis passé par Steventon, puis j'ai repris la route de Reading vers Wantage, et de là je suis rentré chez moi.

— À quelle heure est-ce que vous êtes rentré chez vous ?

— Un peu après huit heures, je suppose. Patricia pourra le confirmer.

Mark haussa un sourcil aux paroles de l'homme.

— Est-ce que vous avez, à un moment donné entre seize heures et vingt heures, fait un détour par la route qui passe près de Charney Bassett ?

— Non, pourquoi est-ce que je l'aurais fait ?

Michael se tourna sur son siège vers Sparkford.

— Je n'ai pas tué cette femme. Comment s'appelle-t-elle déjà ? Sonya ?

— Quelles preuves avez-vous pour porter une accusation aussi fallacieuse ? exigea l'avocat.

— Parlez-nous de samedi matin, dit Mark en ignorant l'avocat. Où étiez-vous ?

— Chez moi, bien sûr.

— Toute la matinée ?

— Eh bien, non. Il ne faisait pas trop froid et Patricia avait besoin de prendre l'air, alors nous sommes allés en voiture à Uffington vers dix heures et demie, puis nous avons déjeuné au pub de Woolstone.

— Est-ce que vous avez fait des détours en chemin ?

— Non.

— Patricia était avec vous en permanence ?

— Oui, bien sûr, répondit Michael. Pourquoi est-ce qu'elle ne l'aurait pas été ?

— Michael, quand nous sommes venus chez vous la semaine dernière, vous aviez un ensemble de clubs de golf dans votre entrée, dit Jan. Vous pouvez nous dire en quoi ils sont fabriqués ?

L'homme fronça les sourcils.

— Ils sont en graphite. Pourquoi ?

— Est-ce qu'il y a de la fibre de carbone dedans ?

— Eh bien, oui, c'est comme ça qu'ils sont fabriqués. C'est de la fibre de carbone et de la résine époxy, je crois. Quand on les chauffe, on obtient le tube creux en graphite. C'est ce que m'a dit le type de la boutique de golf en tout cas.

— Où est-ce que vous les rangez quand ils ne sont pas dans votre entrée ? demanda Mark.

— Soit dans le coffre de la voiture, soit dans le garage, juste à l'intérieur de la porte qui mène à la cuisine. Pourquoi ?

Pour toute réponse, Jan sortit un dossier de sous son carnet, l'ouvrit et fit glisser quelques pages agrafées à travers la table vers Sparkford.

— Voici une copie d'un mandat de perquisition actuellement exécuté chez Mme Phillips.

Tandis que Sparkford balbutiait, Mark tourna son attention vers Michael.

— Nous devons prendre vos clubs de golf pour les analyser. Lorsque Sonya Raynott a été assassinée la semaine dernière, c'était avec un instrument long et contondant. Elle a été frappée si violemment à l'arrière de la tête que de minuscules particules de fibre de verre, de fibre de carbone et d'une substance semblable à de l'époxy ont été incrustées dans la plaie.

— C'est atroce, explosa Sparkford en repoussant le mandat à travers le bureau. Vous ne pouvez pas—

— Leonard, arrêtez.

Michael tendit la main et la posa sur le bras de l'homme avant de regarder Mark.

— Prenez ce dont vous avez besoin dans la maison. Promettez-moi juste que vous ne bouleverserez pas Patricia, d'accord ? Quelque chose comme ça pourrait avoir un effet catastrophique sur sa santé. Je ne veux pas que la police piétine dans notre maison et la stresse.

— Nous avons déjà veillé à ce que les agents soient pleinement informés de la situation de votre femme, dit Mark.

Il observa l'autre homme se détendre un peu sur son siège, un sentiment de malaise s'insinuant alors que l'avocat se penchait en avant et murmurait à son oreille.

Michael fit un léger signe de tête, puis leva les yeux.

— Leonard me conseille d'expliquer pourquoi je suis si sûr de mes déplacements mardi dernier.

— Je vous en prie.

— Je ne suis pas allé à Appleford pour rencontrer un client.

Les joues de l'homme rougirent.

— Je suis allé voir une thérapeute.

— Une thérapeute ?

— Oui. Je… j'ai peur parfois. Je suis frustré, à cause de la maladie de Patricia.

Michael essuya soudain des larmes de sa main, puis renifla.

— Je n'ai pas de famille proche dans le coin. Mes parents sont morts et ma sœur vit à Chester. Nous ne sommes pas proches, et parfois... c'est trop pour moi, pour être honnête.

Mark soupira.

— Nous allons avoir besoin du nom et du numéro de téléphone de votre thérapeute.

— Bien sûr.

Il les récita, puis il cligna des yeux lorsque Jan repoussa sa chaise et quitta précipitamment la pièce.

Le silence dans la pièce s'étira pendant encore deux minutes, puis Jan réapparut, son visage ne trahissant rien.

Elle attendit d'avoir repris sa place et elle lança un regard d'excuse vers Mark avant de continuer.

— Merci, monsieur Phillips. Votre thérapeute a confirmé votre alibi pour mardi dernier et elle a déclaré que vous n'avez pas quitté son cabinet avant sept heures et demie. Votre épouse a également corroboré vos déplacements samedi matin.

— Je n'ai pas tué Sonya ou quel que soit son nom, déclara Michael d'une voix un peu plus forte. Je la déteste pour ce qu'elle a fait à Patricia, ce qu'elle nous a fait, mais l'assassiner ne m'a jamais traversé l'esprit. Je voulais simplement que vous la retrouviez et qu'elle paie.

— Je sais.

Mark se tourna vers l'avocat.

— Monsieur Sparkford, soyez assuré qu'aucune charge ne sera retenue contre votre client.

— J'ai également parlé aux agents présents chez vous, ajouta Jan. Aucun de vos biens ne sera emporté, et ils ont informé votre femme que vous serez bientôt de retour à la maison.

Michael s'affaissa sur sa chaise.

— Merci. Vous ne lui parlerez pas de la thérapeute, n'est-ce pas ? Je ne supporterais pas qu'elle pense que je la considère comme responsable de quelque... quelque...

— Ne vous inquiétez pas, nous n'en parlerons pas, l'assura Mark. J'espère que vous nous permettrez de passer à un autre aspect de notre enquête pour lequel vous pourriez nous aider, si cela vous convient ?

L'autre homme acquiesça.

— Qu'est-ce que vous voulez savoir ?

— Depuis combien de temps est-ce que vous consultez votre thérapeute à Appleford ?

— Environ quatre semaines.

— Vous consultiez quelqu'un avant cela ?

Michael ricana.

— Oui, et quelle coïncidence, c'était ce type, Nolan Creasey.

Jan émit un petit couinement avant de le transformer en une quinte de toux peu convaincante, tandis que Mark s'efforçait de garder un visage impassible.

— Creasey ? Pourquoi est-ce que vous avez arrêté de le consulter ?

— J'avais un mauvais pressentiment à son sujet, c'est tout. Au début, les séances se passaient bien. Je l'ai trouvé en ligne au début de l'année. À ce moment-là, je savais que je devais me ressaisir, sinon je ne serais d'aucune utilité pour Patricia. J'ai eu mon premier rendez-vous avec lui la deuxième semaine de janvier.

— Pourquoi est-ce que vous avez eu un mauvais pressentiment à son sujet ?

— Il devenait trop personnel.

Michael secoua la tête alors que Mark ouvrait la bouche.

— Je sais, je comprends qu'il est censé me poser des questions, mais après la deuxième ou troisième séance, j'y allais une fois par semaine, le mardi, il a commencé à me demander combien je gagnais en ventes, comment j'aimais dépenser mon argent. Il connaissait déjà ma situation familiale grâce à nos séances. C'est juste que... quelque chose ne collait pas, et j'ai commencé à redouter d'y aller, je suppose.

— Ok, une dernière chose.

Mark tendit la main pour prendre un second dossier que Jan avait rapporté dans la pièce.

— Ces photographies montrent des bijoux et d'autres objets de valeur qui ont été saisis lors d'une perquisition dans un garde-meuble la semaine dernière. Nous devrons vérifier leur provenance bien sûr, mais est-ce que vous reconnaissez quelque chose ? Je ne veux pas vous donner de faux espoirs, votre cambriolage remonte à quelque temps, et les chances de—

— Laissez-moi voir.

Michael baissa la tête tandis qu'il passait en revue les images, tournant chacune d'elles dans tous les sens avant de pincer les lèvres ou de secouer la tête et de la mettre de côté, puis de répéter l'opération.

Jan commençait à rassembler les photographies écartées lorsque l'homme émit un hoquet de surprise.

— Oh mon Dieu.

Il laissa échapper un rire étranglé, puis leva les yeux larmoyants vers Mark.

— Je pensais les avoir perdus à jamais.

Michael retourna la photographie pour montrer une paire de boutons de manchette en or avec un minuscule diamant étincelant dans un coin de chacun. Il passa une main sur sa bouche avant de parler à nouveau, les doigts tremblants.

— Mon père me les a offerts le matin de mon mariage. Il est mort il y a quatre ans, complètement à l'improviste. Ce n'était pas un homme facile, détective Turpin, mais il a dit que le jour où j'ai épousé Patricia était le moment dont il était le plus fier de toute sa vie. Il me manque tellement.

CHAPITRE 48

Caroline ferma la porte de la salle de réunion au rez-de-chaussée avec son talon avant de déposer une pile de dossiers sur la table de conférence.

— Voici une copie de toutes les dépositions que nous avons recueillies depuis le début des deux enquêtes, dit-elle à Mark tandis que lui et les autres examinaient la documentation. Tracy les a classées par ordre chronologique pour nous, donc vos documents sur les cambriolages sont en premier, suivis des dépositions relatives aux enquêtes pour meurtre. Comment est-ce que tu veux procéder ?

Mark déglutit, submergé par la quantité d'informations.

— Les conclusions de Jasper concernant l'acrylonitrile constituent notre point de référence. Si Sonya a été tuée par quelque chose fait d'un composite de fibre de carbone et de fibre de verre, alors nous devons vérifier les antécédents de chacune des victimes de cambriolage que nous avons interrogées jusqu'à présent. Séparons celles qui correspondent aux objets récupérés dans l'entrepôt de Targethen et commençons par celles-là. Nous pouvons utiliser les réseaux sociaux pour voir si elles ont des centres d'intérêt qui impliquent une sorte d'instrument à base de fibre de carbone. Et des couteaux, évidemment.

Il parcourut ses notes, vérifia à nouveau le nombre de dossiers, puis leva les yeux.

— Jan a également suggéré que Creasey aurait pu identifier des victimes potentielles pour les cambriolages via ses services de conseil.

Il jeta un regard dans sa direction.

— Je pense que tu es sur la bonne voie, même si Michael Phillips n'était pas notre suspect.

Il vit une partie de la tension quitter le visage de sa collègue alors qu'elle ramassait deux des dossiers avant de s'asseoir au bout de la table et d'ouvrir son ordinateur portable, puis il posa sa main sur le reste de la pile et se tourna vers Alex.

— Combien d'agents en uniforme reste-t-il depuis la réduction de ce matin ?

— Six, chef. Trois d'entre eux travaillent encore sur les objets que nous avons trouvés dans l'entrepôt qui ne figuraient pas sur la liste des cambriolages récents.

— Il leur reste quelle quantité à examiner ?

— Environ vingt sacs à preuves, un mélange de bijoux pour femmes, de montres et de bricoles diverses.

— Ok, prends la moitié de ces dossiers et répartis-les entre les trois autres agents. Nous allons prendre le reste. Si les personnes de cette autre pile peuvent fournir des alibis solides pour samedi ainsi que pour mardi dernier, alors la prochaine étape sera de leur demander si elles reconnaissent des objets de valeur parmi les photographies que nous n'avons pas pu faire correspondre à leurs déclarations initiales. Au moins, nous pourrons les transmettre aux officiers là-bas pour éliminer ce retard.

Mark risqua un coup d'œil vers l'horloge au-dessus de la porte tandis que les autres détectives se répartissaient dans la salle et s'installaient pour accomplir la tâche.

Dans quelques heures, cela ferait deux semaines que quelqu'un avait assassiné Sonya Raynott.

À chaque instant qui passait, l'enquête perdait de son élan, les souvenirs s'estompaient et les détails se perdaient.

Il sortit de sa rêverie, se laissa tomber sur une chaise au bout de la table et commença à lire.

L'heure suivante passa avec des éclairs d'espoir occasionnels suivis de jurons frustrés et d'une pile grandissante de dossiers au milieu de la table.

Il s'agissait des cas où aucun lien ne pouvait être établi, où les alibis avaient déjà été vérifiés deux fois, et où les réseaux sociaux montraient que la personne n'avait aucun intérêt pour des activités impliquant un instrument à base de fibre de carbone.

Seulement deux possibilités lui avaient été présentées jusque-là : un homme dans les quatre-vingts ans à qui on avait volé de vieux trophées de snooker et qui gardait encore ses queues dans son garage pour que ses petits-fils puissent jouer, et un courtier en assurance au sud de Wantage dont les réseaux sociaux montraient une passion soutenue pour le tennis.

— Les queues de snooker sont en bois, dit Mark en feuilletant les documents pendant la pause suivante.

Caroline leva les yeux de son écran d'ordinateur portable.

— Je sais. Je me suis dit que ça valait la peine de lui demander si nous ne—

Il y eut un coup sec à la porte, puis Alice Fields passa la tête à l'intérieur.

— Désolée. Je peux te dire un mot, chef ?

— Entre.

La jeune agente tenait l'un des sacs à preuves, le visage empourpré.

— J'ai trouvé ceci au fond de la boîte que j'étais en train d'examiner.

Mark prit le sac qu'elle lui tendait et l'inclina pour voir le contenu.

À l'intérieur se trouvait un délicat anneau d'argent, finement gravé de petits animaux et de lierre.

— Qu'est-ce que c'est, une boucle d'oreille de grande taille ou quelque chose comme ça ?

— Ça semble trop grand pour ça, remarqua Alex.

— C'est un bracelet de baptême. Regardez l'inscription à l'intérieur, dit Alice en tendant à Mark une paire de gants de protection. Il était dans l'unité de stockage, mais il ne figurait pas sur la liste initiale des objets de valeur que nous avons établie d'après les déclarations.

Il réprima un soupir de frustration, se demandant si, avec plus d'effectifs pour enquêter correctement sur les cambriolages initiaux, les agents en uniforme auraient pu obtenir un résultat différent.

Il enfila les gants et sortit le bracelet, puis il plissa les yeux pour lire la minuscule inscription.

— « Emma, avec tout l'amour de Papi et Mamie. »

Un frisson lui parcourut l'échine et remonta jusqu'à ses épaules.

— Qu'est-ce qu'il y a, chef ? demanda Jan. Tu es tout pâle.

Il montra le bracelet.

— La fille de Sally Fernsby s'appelait Emma. Celle dont je t'ai parlé, qui est morte à l'âge de deux ans.

— Eh bien, nous pouvons le lui rendre maintenant, c'est une bonne chose, non ?

Mark ferma les yeux un instant, puis regarda son équipe.

— Quand nous avons parlé à Sally la semaine dernière, nous lui avons demandé où elle se trouvait mardi. Elle a dit que sa mère était restée dormir et qu'elles regardaient un film ensemble parce que son père était parti à la pêche.

— Merde.

Jan repoussait déjà sa chaise.

— Il a des cannes à pêche. En fibre de carbone.

— Exactement, dit Mark. Et il doit avoir des couteaux.

CHAPITRE 49

— Du nouveau ?

Mark serrait le volant tandis que la voiture dérapait dans un virage avant d'écraser l'accélérateur, la mâchoire crispée.

— Rien ici, répondit Jan en faisant défiler son téléphone d'une main tout en s'agrippant à la poignée au-dessus de la fenêtre de l'autre. Sa mère a mis son profil de médias sociaux en privé, donc je ne peux rien voir. Les photos qui apparaissent ne nous aident pas.

— Et son père ?

— Pareil, tout est en privé.

— On est à cinq minutes de chez Sally.

Mark vérifia ses rétroviseurs.

— Où sont ces putains de renforts qu'on a demandés ?

— Ils nous rejoignent là-bas. Deux patrouilles de Didcot.

— Et les locaux ?

Jan laissa échapper un rire amer.

— Quatre en service aujourd'hui, dont un agent communautaire. Ils ne sont pas disponibles, l'un fait une intervention dans une école, deux sont en train d'interroger quelqu'un pour un vol à l'étalage dans le supermarché de Wantage, et l'autre vérifie un signalement concernant un homme au comportement étrange près de la rivière. Possiblement suicidaire.

— Merde.

Mark frappa le volant du plat de la main tandis qu'un tracteur s'avançait vers eux, l'obligeant à se ranger pour le laisser passer.

Dès que ce fut fait, il repartit en trombe et fila à travers le carrefour avec la route principale avant de foncer sur les chemins étroits.

Lorsqu'il immobilisa la voiture devant la maison de bout de rangée de Sally Fernsby, Jan s'arrêta, la main sur le toit de la voiture.

— Chef, sans vouloir te manquer de respect, tu devrais peut-être respirer un coup avant d'y aller comme un bulldozer. Elle pourrait ne rien savoir.

— Elle sait quelque chose, dit-il en claquant la portière et en prenant la direction de la maison.

Les pleurs d'un enfant leur parvenaient par la fenêtre du rez-de-chaussée et il expira.

Quoi qu'il arrive ensuite pourrait déchirer une famille entière, et à cet instant précis, il se détestait pour ça.

Il frappa et Sally ouvrit la porte quelques instants plus tard, le visage empourpré.

— Oh. Qu'est-ce qui se passe ?

— Est-ce que nous pouvons entrer un moment, madame Fernsby ? dit Mark en glissant déjà son pied entre le seuil et la porte ouverte, sa main contre la surface en PVC. Nous avons encore quelques questions.

La jeune femme d'une vingtaine d'années jeta un coup d'œil par-dessus son épaule à un autre cri.

— Est-ce qu'on doit faire ça maintenant ? Charlotte n'est pas à l'école aujourd'hui, elle a une otite, et je suis—

— S'il vous plaît.

Mark haussa un sourcil.

Jan s'approcha.

— Madame Fernsby, je peux rester avec Charlotte pendant que vous parlez avec l'inspecteur Turpin, si ça peut aider ?

Le regard de Sally passa de Mark à Jan, puis revint sur Mark. Elle soupira et ouvrit grand la porte.

— D'accord.

Jan disparut dans le salon, sa voix roucoulant à la fillette malade, et Mark fit un signe de tête vers la cuisine.

— On y va ?

— Je ne vois pas ce que je pourrais vous dire de plus, dit Sally, les épaules affaissées par l'épuisement.

Elle attacha ses cheveux en bataille avec un élastique rose et s'effondra sur l'une des chaises près de la table de cuisine.

— Vous savez tout.

Mark tira une chaise à côté d'elle et la regarda automatiquement tendre la main pour ranger des feutres éparpillés, des factures et des lettres, poussant tout vers l'autre côté de la table.

Quand elle se retourna vers lui, il sortit le sachet de preuves avec le bracelet et le plaça sur la table entre eux.

— Vous reconnaissez ceci ? demanda-t-il.

Elle pâlit, puis tendit la main vers le sachet et le rapprocha, ses yeux s'humidifiant.

— C'est celui d'Emma.

— Vous en êtes sûre ?

— Oui. Il y a une inscription à l'intérieur. Mon père le lui a offert pour son baptême.

Mark hocha la tête, satisfait.

— Où est-ce que vous l'avez trouvé ? demanda Sally en détournant brièvement les yeux.

Il remarqua qu'elle gardait sa main sur le sachet, comme si elle craignait qu'il ne le reprenne.

— Il a été retrouvé dans un box de stockage appartenant à un homme que nous avons arrêté la semaine dernière en lien avec les cambriolages.

— Je pensais l'avoir perdu pour toujours.

Elle renifla en souriant à travers ses larmes.

— Papa était encore plus bouleversé, surtout parce que c'était l'un des rares souvenirs que nous partagions d'Emma. Il l'adorait, vous savez. Je savais qu'il l'aurait terriblement gâtée si elle avait... si elle avait vécu...

— C'était une trouvaille chanceuse, admit Mark. Il n'était pas sur la liste originale des objets volés que nos collègues ont prise après votre cambriolage.

Sally s'essuya les yeux avec sa manche.

— J'étais tellement bouleversée quand ils sont arrivés. Je pensais avoir tout dit à l'agent de police qui s'est présenté, concernant ce qui avait été pris. Remarquez, j'ai douté de moi-même pendant des jours après, me demandant si j'aurais dû me rendre compte que j'étais arnaquée, m'imaginant ce qui se serait passé si Maman ou Papa avaient été là quand cette femme a frappé à la porte. J'ai réussi à reprendre le dessus uniquement grâce à Charlotte.

— Quand est-ce que vous avez découvert que ce bracelet avait également été volé ?

— Environ une semaine après le cambriolage. Je le gardais dans le tiroir du bas de ma table de nuit. Il était dans une petite boîte rouge qui finissait toujours par être poussée au fond sous d'autres choses. Je cherchais autre chose, un vieil agenda d'il y a quelques années parce que je voulais l'adresse d'une amie qui avait déménagé en Irlande. Je n'avais plus son numéro de téléphone, vous voyez, et c'est là que j'ai réalisé qu'ils avaient aussi pris le bracelet. J'ai appelé le numéro que l'agent m'avait donné pour les en informer.

Mark ravala un juron, comprenant que le message s'était perdu dans le système, et pourquoi le bracelet n'avait jamais figuré sur la liste.

Sans le souci du détail d'Alice...

— Je les détestais pour l'avoir pris. Papa était furieux quand je lui ai dit, dit Sally en tripotant le sachet en plastique. Est-ce que je peux l'ouvrir ?

— Oui, bien sûr. Nous avons prélevé les empreintes digitales, il n'y a donc aucun problème.

Elle lui adressa un sourire larmoyant, puis dézippa le sac.

Mark observa tandis qu'elle tenait le bracelet à la lumière d'une main tremblante, la voix de Jan leur parvenant du salon alors qu'un éclat de rire s'échappait de Charlotte.

Puis il prit une profonde inspiration.

— Sally, est-ce que vous avez dit à votre père que vous aviez suivi Sonya Raynott ?

CHAPITRE 50

La maison de Greg et Maureen Fernsby se trouvait tout au bout d'une impasse bien entretenue à la périphérie de Wantage, accessible par un ensemble complexe de mini-ronds-points et de petites routes étroites et sinueuses.

Coincée entre deux maisons jumelles identiques, elle possédait l'un des plus petits jardins de façade que Mark ait jamais vus, et une allée vide devant un minuscule garage.

— Merde. Est-ce qu'elle l'a prévenu ?

Jan brandit son téléphone.

— Carl Antsy dit que non, il est resté avec elle depuis notre départ.

Mark trouva une place libre derrière la voiture d'un voisin et il vit l'une des voitures de patrouille s'approcher du coin de la rue en impasse, avant de reporter son attention sur la maison.

— Ne traînons pas, au cas où.

Après avoir récupéré un gilet de protection sur la banquette arrière et en avoir tendu un autre à sa collègue, il remonta d'un pas vif le court chemin et frappa du poing contre la porte d'entrée.

Il passa sa main le long des fermetures velcro du gilet, essayant d'ignorer la nausée qui menaçait de le submerger.

Il avait déjà été poignardé auparavant et il avait eu de la chance de survivre à cette attaque.

La porte d'entrée s'entrouvrit et une femme d'une soixantaine d'années le fusilla du regard.

— Madame Fernsby ? Madame Maureen Fernsby ?

— Qu'est-ce que vous voulez ?

Mark montra sa carte de police.

— Où est votre mari Greg ?

— Il est... il est sorti pour le moment. Que se passe-t-il ?

Il ne répondit pas et jeta plutôt un coup d'œil par-dessus son épaule aux quatre agents en uniforme qui attendaient au bout du chemin, puis il leur fit signe.

— Vérifiez le jardin arrière. J'ai vu un portail sur le côté.

Trois d'entre eux s'éloignèrent et le dernier resta sur le trottoir au cas où le père de Sally réapparaîtrait.

Mark se retourna vers Maureen et garda un visage impassible.

— Est-ce que nous pouvons entrer, madame Fernsby ? Nous avons quelques questions à vous poser concernant deux meurtres sur lesquels nous enquêtons actuellement.

— Quel rapport avec nous ?

— S'il vous plaît, est-ce que nous pouvons faire cela à l'intérieur ?

Il posa sa main sur la porte, qui céda sous sa pression tandis qu'elle reculait d'un pas, le désarroi dans les yeux.

Les murs du couloir étaient tapissés de photographies de famille parmi des aquarelles de scènes bucoliques qui représentaient des rivières et des ruisseaux. En la suivant vers une porte sur sa gauche, il s'arrêta.

— C'est Emma ?

Il désigna une photographie amateur prise dans un jardin, avec en arrière-plan une clôture et des plants de tomates derrière Sally et le petit bébé qu'elle tenait dans ses bras.

Maureen fit un petit signe de tête.

— Trois mois avant son premier diagnostic, dit-elle d'une voix tremblante. Plus rien n'a été pareil après ça.

Ces mots le frappèrent en plein ventre alors qu'il entrait silencieusement dans un salon au plafond haut qui compensait sa taille exiguë.

Deux fauteuils et un petit canapé étaient disposés autour d'une table basse à plateau de verre, et tandis que Maureen s'installait à l'extrémité du canapé, elle sembla se ratatiner sous son regard.

Il entendit des pas derrière lui, une voix de baryton profonde en train de murmurer quelque chose à Jan, puis elle fut à ses côtés.

— Il n'est pas là.

Mark plissa les yeux en reportant son attention sur la mère de Sally.

— Où est Greg ?

— Il a dit qu'il allait pêcher. C'est ce qu'il fait habituellement le mardi.

— Vous savez où ?

— S'il n'est pas au club de pisciculture, alors il sera quelque part le long de la Tamise vers Shifford, il aime cet endroit. Il espérait attraper des brèmes.

Elle fronça les sourcils.

— Pourquoi est-ce que vous voulez parler à Greg ? De quoi s'agit-il ?

Mark attendit que Jan quitte rapidement la pièce, son téléphone à l'oreille.

— Madame Fernsby, j'ai besoin de vous poser quelques questions, et en raison de leur nature, je dois procéder de manière formelle.

Maureen pâlit quand il l'avertit de ses droits, et elle se laissa aller en arrière, la bouche ouverte.

— Je voudrais revenir à il y a deux semaines. Vous avez rendu visite à Sally, n'est-ce pas ?

Elle cligna des yeux, puis acquiesça.

— Oui, en effet.

— Pourquoi cela ?

— Greg a dit qu'il voulait faire une pêche de nuit, il n'en avait pas fait depuis un moment, et il m'a suggéré de dormir chez Sally. Cela faisait quelques semaines que je n'avais pas vraiment passé de temps avec elle car j'ai été très occupée avec le travail.

— Où est-ce que vous travaillez ?

— Je travaille à temps partiel dans l'un des cabinets d'avocats ici à Wantage.

Elle haussa les épaules d'un air fatigué.

— Greg a pris sa retraite il y a quelques années, mais vu l'état de ma pension, je ne pouvais pas me le permettre, alors je vais continuer aussi longtemps que possible.

— Vous êtes allée seule chez Sally il y a deux semaines ?

— Oui, il y a un bus qui passe deux fois par jour et qui me dépose au bout de sa rue. Il n'y a que huit cent mètres à marcher après ça.

— À quelle heure est-ce que vous êtes partie ?

— Après le travail, j'y suis allée directement. Ça devait être vers dix-sept heures trente parce que je termine à dix-sept heures et j'ai dû attendre le bus.

— À quelle heure Greg a-t-il dit qu'il allait pêcher ?

— Habituellement, il part d'ici à quinze heures trente s'il va à Shifford. Parfois, il attrape suffisamment de poissons pour rentrer tôt, d'autres fois il peut rester dehors jusqu'à une ou deux heures du matin.

— Qu'est-ce que vous avez fait le lendemain matin ?

— Je suis allée directement de chez Sally au travail.

Maureen joignit ses mains sur son genou.

— Écoutez, vous allez me dire ce qui se passe ?

— Je vais le faire, soyez patiente. Quand vous êtes rentrée ce mercredi après-midi, est-ce que Greg se comportait étrangement ?

— Qu'est-ce que vous voulez dire ?

— Est-ce qu'il semblait troublé ou malheureux à propos de quelque chose ?

— Non, pas du tout. En fait, il était de très bonne humeur, il m'a même acheté des fleurs.

Elle sourit, puis son sourire s'effaça rapidement.

— Il n'avait pas fait ça depuis la mort d'Emma. Il a même oublié notre anniversaire l'année dernière. Trente ans...

— À propos du décès d'Emma, l'un de vous a-t-il consulté un thérapeute pour vous aider à traverser votre deuil ?

Le regard de Maureen glissa vers le tapis et il remarqua comment elle enfonçait ses ongles dans ses paumes.

— Je l'ai forcé à y aller. J'étais inquiète. Effrayée, même.

— Greg ne s'en remettait pas bien ?

— Aucun de nous ne s'en remettait bien, mais il l'a particulièrement mal vécu. Il l'aimait tellement.

Elle soupira.

— Il aime Charlotte aussi, évidemment, mais c'est un caractère tellement différent d'Emma : turbulente, alors qu'Emma était douce, heureuse de jouer tranquillement. Elle traversait la moquette en rampant pour se diriger droit vers lui chaque fois que Sally nous l'amenait.

— Qui était son thérapeute ?

— Un type à Abingdon. Je l'ai trouvé sur les réseaux sociaux. Je ne voulais pas que nous consultions quelqu'un de trop local parce que les gens bavardent, vous savez ? Je veux dire, je sais que le thérapeute ne le ferait pas, mais je ne voulais pas que les gens nous voient entrer ou sortir de son cabinet.

— Est-ce que Sally était au courant ?

— Mon Dieu, non, bien sûr que non. Elle a reçu beaucoup d'aide de son médecin traitant, et de nous. Ça nous a aidés de parler à un étranger qui ne faisait pas de suppositions.

— Revenons au mercredi après votre séjour chez Sally. Greg avait été à la pêche, vous dites, alors qu'est-il arrivé aux vêtements qu'il portait cette nuit-là ?

Elle parut perplexe.

— Comme je l'ai dit, il était de bonne humeur quand je suis rentrée, et il m'avait acheté un joli bouquet de chrysanthèmes. Je lui ai demandé ce qu'il avait réussi à attraper, et il a dit juste une truite...

— C'est un peu étrange, étant donné qu'il était dehors toute la nuit. Les poissons ne mordaient pas ?

— C'est ce que j'ai dit, répondit Maureen. Mais ses vêtements... ils étaient pliés sur le comptoir de la cuisine. C'étaient les mêmes que ceux qu'il portait mardi matin, un vieux pull et un jean qu'il garde pour la pêche, et je lui ai dit qu'il ferait mieux de ne pas empester la maison. C'est là qu'il m'a dit qu'il les avait déjà lavés.

— C'était inhabituel pour lui ?

— Je suppose que oui. Je veux dire, il lance une machine

de temps en temps, mais c'est généralement moi qui fais la lessive le mercredi. Normalement, je lance une machine avant de partir au travail.

— Où sont son jean et sa chemise en ce moment ? Ceux que vous l'avez vu porter ce mardi avant qu'il n'aille pêcher ?

— Dans les tiroirs de la chambre, je suppose. Il portait ses autres vieux vêtements quand il est parti tout à l'heure, il a deux tenues pour la pêche. À moins qu'il n'ait mis la chemise qu'il porte en dessous dans l'armoire à repassage. Je ne fais généralement pas le repassage avant que la deuxième lessive ne soit terminée le samedi, vous voyez, parce qu'il aime aller pêcher le mardi après-midi et le samedi matin. Cela me permet de faire partir tout le sang et les viscères de poisson du tissu immédiatement. Je veux dire, parfois je dois utiliser du peroxyde d'hydrogène mais ensuite je...

Mark était déjà sorti et à mi-chemin dans l'escalier avant qu'elle n'ait fini de parler.

Il tira des gants de protection de la poche de son pantalon et il trouva rapidement la chambre principale avec une armoire encastrée contre le mur extérieur, puis il vit la commode derrière la porte.

Il trouva le vieux sweat-shirt et le jean de Greg Fernsby pliés dans le tiroir du bas, et il les porta prudemment à son nez.

Il y avait une légère odeur, sous l'arôme distinct des mêmes capsules de lessive que lui et Lucy utilisaient, et en regardant de plus près, il put voir plusieurs taches de la taille d'un pouce sur l'ourlet du sweat-shirt.

Il semblait que Greg Fernsby n'était pas aussi efficace pour éliminer les taches que sa femme.

Des pas résonnèrent dans l'escalier derrière lui et Jan apparut avec un sac à preuves.

— J'ai pensé que tu allais en avoir besoin, dit-elle en l'ouvrant d'un geste pendant qu'il y glissait les vêtements. Et j'ai parlé à Kennedy. Il a autorisé les documents pour la perquisition ici il y a dix minutes, ainsi que pour l'arrestation de Greg Fernsby, si on arrive à le trouver. Une patrouille se trouvait à environ un kilomètre et demi du réservoir quand il a contacté le centre de contrôle, ils sont en route maintenant.

— Ok, allons-y. On va demander à l'une des patrouilles en uniforme de rester avec Mme Fernsby et de prendre sa déposition formelle pendant qu'ils attendent l'équipe de Jasper. Nous devons fouiller la maison et le garage.

Quand Mark atteignit le pas de la porte, l'agent John Newton abaissa sa radio.

— Personne correspondant à la description de M. Fernsby ou à sa voiture n'a été signalé au réservoir, chef. Il doit être à Shifford.

— Comme il prétendait l'être il y a deux semaines quand il a tué Sonya, répondit Mark.

Jan jonglait avec les clés de voiture d'une main à l'autre.

— Tu es sûr ?

— Eh bien, Fernsby a définitivement menti à propos de la pêche nocturne là-bas.

Newton remit sa radio dans son gilet.

— Ce n'est pas autorisé le long de cette portion de la Tamise, je viens de vérifier.

— Bien joué, agent.

Mark tendit son téléphone pour que Jan puisse voir l'application de cartes pendant qu'il cherchait l'emplacement.

— Ça explique comment il connaissait la voie qui passe par Charney Bassett. C'est un accès direct à son coin de pêche préféré.

CHAPITRE 51

Mark pila sur les freins, sa ceinture de sécurité imprimant une marque sur ses épaules et son torse avant qu'il ne regarde la petite cabane en bois au bout du chemin privé.

Un cottage aux tuiles rouges se dressait derrière, un joli rosier grimpant recouvrant les toits des deux bâtiments, avec un panneau d'information et une bouée de sauvetage devant la porte ouverte de la cabane.

Une voiture de patrouille aux couleurs de la police de la vallée de la Tamise était déjà garée devant la barrière, et il aperçut un sergent en uniforme qui parlait à un groupe de promeneurs plus loin sur le chemin de halage.

Il descendit de voiture et observa le petit bateau de croisière à deux couchettes et son pilote qui attendaient patiemment dans l'écluse pendant que l'eau s'écoulait entre les vannes, abaissant le niveau.

Il s'approcha et fit signe à l'homme en gardant sa voix aussi basse que possible malgré le rugissement de l'eau.

— N'ouvrez pas les portes tant que je ne vous l'ai pas dit, d'accord ? Nous avons peut-être une situation ici.

L'homme déglutit.

— Ok.

— Restez à l'intérieur de la cabine pour votre propre sécurité, et ne bougez pas.

Satisfait, Mark se retourna vers la voiture et suivit Jan en direction de l'éclusier, qui regardait l'agent Ian Knowles avec un mélange de confusion et de peur.

— Chef, M. Dunham ici présent dit que Greg Fernsby est en amont, à environ quatre cents mètres de l'écluse, annonça le policier.

— C'est son coin préféré. Il jure que c'est le meilleur endroit pour une bonne prise, dit Dunham. Il sera sur ou près de la passerelle du barrage.

— Vous ne l'avez pas vu passer par ici ?

— Pas ces vingt dernières minutes, non. Sa voiture est garée de l'autre côté du cottage.

— Il y a d'autres sorties qu'il pourrait utiliser ?

— Seulement le sentier qui va du barrage jusqu'au prochain hameau.

— Bien, comme je l'ai dit à ce type sur son bateau, restez ici jusqu'à ce qu'on vous dise le contraire, dit Mark. Surtout, ne mettez pas la tête dehors pour voir ce qui se passe.

Dunham acquiesça et recula derrière le petit comptoir en bois.

— Je ne bouge pas d'ici.

— Jan, Ian, avec moi.

Mark partit, s'arrêtant brièvement pour s'assurer que le sergent Peter Crosley gardait les promeneurs rassemblés dans l'étendue herbeuse derrière le cottage, puis il tourna son attention vers le barrage plus en amont.

L'herbe abondante frappait contre ses jambes de pantalon et laissait des traces humides sur les ourlets tandis qu'une poule d'eau surgissait d'entre les joncs et traversait la rive opposée à la nage, effrayée par leur présence soudaine.

Mark ne ralentit pas son allure, même s'il se demanda pendant un bref instant s'il aurait dû attendre, s'il aurait dû obtenir plus de renforts, s'il aurait dû...

Il chassa ces pensées.

Il était trop tard maintenant.

En se rapprochant, les pas de Jan et de Ian tout près derrière lui, il pouvait voir l'eau jaillir à travers les portes métalliques, agitant la rivière. Un pont traversait l'eau à cet endroit, et au-delà, une silhouette voûtée était recroquevillée sur une chaise de camping pliante, son visage ombragé par la casquette de baseball baissée sur ses yeux.

Une canne à pêche était serrée dans sa main, la ligne jetée au milieu de la rivière et tirant légèrement à cause du courant du déversoir.

Mark ralentit et leva la main.

— Jan, reste ici et assure-toi que personne n'essaie de traverser le pont. Ian, suis-moi mais attends de l'autre côté du pont quand nous y arriverons. Je ne veux pas l'encercler au cas où il paniquerait.

Il entendit des réponses étouffées, puis repartit.

Lorsqu'il atteignit l'autre rive, le pêcheur ne leva pas les yeux pour reconnaître sa présence, mais se pencha en avant et attacha la canne à un piquet en bois enfoncé dans le sol.

— Greg ? Greg Fernsby ?

Mark ralentit son allure et avança prudemment.

— Je suis l'inspecteur Mark Turpin.

Il arriva à une dizaine de pas de l'homme avant que Fernsby ne se dresse de sa chaise, un couteau de pêche luisant à la main.

La lame étincela contre ses vêtements sombres tandis

qu'il l'approchait de son visage puis la plaçait contre son cou exposé.

— N'approchez pas, ou je me tranche la gorge.

Mark se figea.

Si Fernsby coupait son artère carotide, il ne pourrait pas le sauver.

Il aurait quelques secondes pour l'atteindre, quelques secondes pour arrêter l'hémorragie, et il n'y avait probablement pas d'ambulance dans un rayon de huit kilomètres – au minimum.

— Greg, s'il vous plaît. Posez ce couteau.

— J'essayais d'aider, vous savez. Personne d'autre ne faisait quoi que ce soit pour les retrouver. Sally a...

— C'est une femme intelligente, votre fille.

Fernsby ferma les yeux et Mark observa le couteau qui vacillait.

— Greg, j'ai besoin que vous posiez ce couteau.

— Non.

L'homme ouvrit brusquement les yeux et redressa la lame.

— Je ne peux pas.

— Vous le pouvez. Je ne vais pas vous faire de mal. J'aimerais qu'on parle. Qu'est-ce que vous en dites ?

— Ils ont pris le bracelet de ma petite Emma. Elle était si adorable.

Le visage de Fernsby se décomposa.

— Elle me manque tellement.

— Greg, écoutez-moi.

Mark risqua un pas de plus. Il pouvait presque toucher l'homme.

— Vous avez une femme qui vous aime, une fille intelligente et une magnifique petite-fille. Charlotte. Elles s'inquiètent pour vous, Greg. Elles ont besoin de savoir que vous êtes sain et sauf, que vous allez bien.

— Je ne voulais pas le faire.

Mark l'entendit alors, le léger changement dans la voix de l'homme, l'hésitation tandis qu'il repositionnait la lame.

— Posez le couteau et on va discuter. Ça vous semble faisable ?

Son cœur battait à tout rompre dans ses oreilles pendant qu'il observait les yeux de l'homme, parfaitement conscient que si Fernsby s'en prenait à lui, le gilet de protection ne servirait à rien s'il le frappait au bras ou au visage.

— Greg, s'il vous plaît. Pensez à Charlotte. Ne la laissez pas grandir sans grand-père.

La lèvre de Fernsby trembla, ses yeux humides.

Puis le couteau lui échappa des mains et tomba dans les hautes herbes à leurs pieds, et Mark se jeta sur lui.

— Chef !

Ian sprinta depuis le pont pour traverser en trombe le talus avant de l'aider à menotter Fernsby et de le remettre sur pied.

— Greg Fernsby, je vous arrête pour suspicion des meurtres de Sonya Raynott et Nolan Creasey. Vous n'êtes pas...

Les mots de Ian s'estompèrent tandis qu'il conduisait l'homme vers le pont et jusqu'à la voiture de patrouille qui attendait.

Mark se releva sur des jambes tremblantes, épousseta l'herbe humide accrochée à son pantalon et se redressa pour voir Jan sur le sentier, les bras croisés, en train de le fixer d'un regard sévère.

— Quoi ?

— Tu aurais pu te faire poignarder. Encore une fois.

Elle avança sur l'herbe d'un pas décidé pour le rejoindre.

— Franchement, chef, on aurait dû attendre les renforts.

— Je ne crois pas.

Il plissa les yeux contre le soleil déclinant alors que Ian atteignait les voitures plus en aval.

— Je pense qu'il se serait fait du mal si nous n'avions pas été là pour l'en empêcher.

Jan soupira en réponse et tourna son attention vers le matériel de pêche.

— Mark, regarde. Dans le sac.

Elle enfila des gants, plongea la main dans le sac en toile couleur olive posé à côté de la chaise de camping et brandit l'extrémité cassée d'une canne à pêche.

Mark siffla entre ses dents en apercevant le bord dentelé et les minuscules fibres tissées qui en dépassaient.

— Tiens, dit-il en sortant un gant de sa poche et en l'enfilant sur la canne. Je vais appeler Jasper et lui demander d'envoyer une équipe pour traiter tout ça. Ils vont aussi devoir vérifier sa voiture pour toute trace d'ADN de Sonya.

— Je vais mettre le couteau sous scellés pendant que tu fais ça.

Le chef de la police scientifique répondit à la première sonnerie.

— J'allais justement t'appeler. Tout va bien ?

Mark jeta un coup d'œil par-dessus son épaule tandis que Greg Fernsby était conduit à l'arrière de la voiture de patrouille de Ian, les mains menottées dans le dos.

— Maintenant, oui. On a quelque chose pour toi ici cependant. Pourquoi est-ce que tu voulais me parler ?

— Pendant qu'elle faisait sa déposition à Carl Antsy, Maureen a dit qu'elle avait senti une sorte d'odeur chimique de brûlé il y a environ deux semaines quand elle est rentrée le mercredi. Apparemment, Greg lui a dit qu'un des voisins faisait quelque chose de l'autre côté de la rue...

— Je sens un « mais ».

— Tu as raison. Il a évidemment plu depuis, mais après avoir fouillé le jardin arrière, nous avons trouvé les restes d'un petit feu près de la bordure du fond et des morceaux fondus d'un permis de conduire. On a aussi des bouts de carte de débit.

Mark serra le téléphone plus fort.

— Et ?

— C'est à elle, dit Jasper. Ce sont les papiers de Sonya. On a aussi trouvé des restes d'une carte de crédit au nom de Marie Allenton, l'alias qu'elle utilisait.

Mark le remercia, termina l'appel puis regarda la voiture de patrouille sortir par la barrière de l'éclusier, gyrophares allumés avant de disparaître de vue.

— On t'a eu, murmura-t-il.

CHAPITRE 52

Lorsque Mark et Jan entrèrent dans la salle d'interrogatoire, une fraîche soirée avait déjà enveloppé la ville et l'heure de pointe était passée depuis des heures.

Greg Fernsby était assis à la table, son sweat-shirt, son jean et ses sous-vêtements mis en sac et en cours d'analyse par l'équipe de Jasper, tandis qu'il se recroquevillait dans une combinaison de protection, les yeux baissés.

Ses ongles ébréchés étaient maintenant propres et frottés, les prélèvements ayant été faits dès son arrivée au commissariat et avant qu'il n'ait été autorisé à s'entretenir avec l'avocat commis d'office qui lui avait été attribué.

Cet avocat fit glisser une carte à travers la table vers Mark, et tenta de trouver une position confortable pour sa colonne vertébrale contre la chaise en plastique dur.

— William Hawsey, du bureau d'avocats Hawsey et Wainwright. Je vais représenter M. Fernsby pour les besoins de cet interrogatoire.

Mark hocha la tête en réponse et attendit que Jan appuie sur le bouton « enregistrer » de l'équipement.

— Je dois parler à ma femme, dit Fernsby en levant le regard pour la première fois.

— Pas pour le moment, répondit Mark en ouvrant un dossier et en disposant une série de photographies sur la table devant lui. Parlez-nous de Sonya Raynott, ou Marie Allenton comme elle était également connue.

— Quoi ?

— Pourquoi l'avoir tuée, Greg ? Si vous la soupçonniez, pourquoi ne pas nous l'avoir dit ?

— J'ai essayé ! s'écria Fernsby en frappant du poing sur la table.

Jan sursauta sur sa chaise, puis s'éclaircit la gorge et reprit son stylo.

— Quand ? demanda Mark, nullement perturbé par la réaction de l'homme. Certainement pas depuis que je parle avec Sally du cambriolage, et il n'y a rien dans le dossier.

— Bien sûr qu'il n'y a rien. C'est typique, ça.

Fernsby leva les mains de dégoût.

— J'ai téléphoné. J'ai laissé un message à une femme en février. Elle m'a dit qu'elle n'était pas sûre de qui s'occupait du dossier de Sally, mais qu'elle se renseignerait et transmettrait l'information.

Mark réprima sa frustration, se demandant combien d'autres tuyaux et mises à jour avaient été perdus à cause du personnel junior ou temporaire passé par le commissariat au cours de l'année écoulée.

— Vous avez fait un suivi ?

— Non. Je me suis dit que vous n'alliez rien faire à ce sujet, et pourtant j'entendais parler de tous ces autres cambriolages dans le quartier. J'étais inquiet que ça se reproduise, et avec Sally toute seule dans cette maison avec un petit bout...

Il frissonna.

— On entend tout le temps que si des gens sont cambriolés une fois, ils risquent davantage de l'être à nouveau. Je devais faire quelque chose.

— Vous avez assassiné Sonya et abandonné son corps au bord de la route.

Fernsby tripota un fil lâche sur la manche de sa combinaison.

— Ce n'était pas ce que je voulais.

— J'ai du mal à le croire, répliqua Mark en faisant glisser les images de la scène de crime. Si quelque chose est clair, c'est que vous avez planifié cela depuis le début. Y compris en disant à votre femme et à votre fille que vous alliez pêcher de nuit ce mardi-là, pour vous donner le temps de nettoyer après.

— Ce n'était pas censé se passer comme ça. C'était un accident.

— Un accident ?

Mark vit sur le visage de Jan le même regard incrédule que celui qu'il était sûr d'afficher.

— Comment cet « accident » s'est-il produit ?

— Je voulais juste récupérer le bracelet de baptême, c'est tout. Emma représentait tout pour nous, pour moi. Elle était si adorable. Je... je savais que Sally gardait ce bracelet caché. Elle ne supportait pas de le regarder après la mort d'Emma, mais elle savait à quel point il comptait pour moi. Quand elle m'a dit qu'il avait été volé, j'ai vu rouge, je suppose. Je veux dire, ils lui ont aussi pris un ordinateur portable, mais qui s'en soucie ? On peut en acheter d'occasion de nos jours, n'est-ce pas ? Ils sont remplaçables.

Mark resta silencieux et observa l'homme se mordre la lèvre avant de continuer.

— Maureen et moi étions chez Sally en mars, et quand sa mère était occupée avec Charlotte et hors de portée de voix, elle m'a dit qu'elle pensait avoir vu la femme qui s'était introduite par ruse chez elle. Je lui ai demandé où, et elle m'a dit dans un magasin d'optique à Wantage. Elle avait même son nom et tout.

— Sally ne nous a pas dit qu'elle avait entendu son nom lorsque nous l'avons interrogée, dit Mark.

— Peut-être qu'elle pensait que ça ne servirait à rien.

Un triste sourire atteignit les yeux de Greg.

— Elle m'a aussi parlé de la ruelle, alors la fois suivante où nous étions à Wantage, j'ai fait un tour par là pendant que Maureen se faisait coiffer. J'ai trouvé le magasin de brocante au bout. Ce n'était pas difficile de faire le rapprochement après ça. Cette garce volait des trucs avec qui que ce soit avec qui elle travaillait, et ensuite elle les revendait à cette crapule.

— Vous êtes entré dans la boutique ?

— Non. Je l'ai vu sortir avec un autre type. J'ai fait semblant de regarder quelque chose dans cette mercerie qui est plus près de la place, mais ils avaient l'air d'être proches.

Le regard de Fernsby se posa sur ses mains.

— Je ne suis pas un homme costaud, et je ne voulais pas tenter ma chance avec ces deux-là.

— Nous sommes maintenant en avril, Greg. Vous avez eu largement le temps de venir nous voir, même si vous n'avez pas reçu de réponse à votre message initial, dit Jan. Pourquoi est-ce que vous ne l'avez pas fait ?

— Je sais pas. Je suppose qu'à ce moment-là, c'était trop tard. Je savais ce que je devais faire. Je devais la retrouver et découvrir ce qu'elle avait fait de ce bracelet.

Il leva les yeux, son regard dur.

— Et je voulais qu'elle le récupère. Je veux dire, même si

ce brocanteur l'avait vendu, elle pouvait le voler à nouveau, non ?

— Alors, qu'est-ce que vous avez fait ensuite ?

— J'ai commencé à la suivre. C'était difficile au début, je ne savais pas où elle habitait, et même si Sally avait entendu son nom chez l'opticien, je n'ai pas pu la trouver en ligne, seulement une femme décédée dans la cinquantaine avec le même nom. Alors j'ai commencé à surveiller la boutique. Je me suis dit qu'elle ne tarderait pas à réapparaître. J'ai choisi un endroit différent pour observer la ruelle chaque jour, j'ai dit à Maureen que je sortais me promener, que je voulais faire un peu de sport parce que je prenais trop de poids. Elle me harcèle à ce sujet depuis Noël, alors ça l'a rendue heureuse...

Il dériva un moment, étirant ses jambes avant de continuer.

— Ça a pris quelques semaines, mais comme je le pensais, elle est apparue fin mars, sans aucune gêne avec un sac sur l'épaule. Il semblait lourd à la façon dont elle le portait, mais au moment où elle est partie, elle ne l'avait plus. Je l'ai suivie jusqu'à ce parking près de la place et j'ai pu voir sa voiture quand elle est sortie. Elle ne m'a même pas regardé. La fois suivante, j'ai fait en sorte de me garer au même endroit qu'elle.

— Quand est-ce que c'était ?

— Il y a deux semaines. J'ai surveillé les sites d'actualités locales pour voir s'il y avait des cambriolages dans le coin ce week-end-là, et la boutique n'ouvre pas le lundi. De cette façon, j'avais de bonnes chances de savoir quand elle y retournerait pour écouler ce qu'elle avait volé.

— Vous êtes un homme patient, monsieur Fernsby, dit Mark.

— Il faut être patient quand on pêche.

— Qu'est-ce que vous avez fait ?

— J'avais raison, il y a eu un autre cambriolage comme celui de Sally ce week-end-là. Une femme a arnaqué un type près de Challow pour qu'il la laisse entrer, et pendant qu'il ne regardait pas, elle a volé des médailles et une montre de poche. Dès que j'ai vu ça le lundi, j'ai dit à Maureen que j'avais envie d'aller pêcher de nuit le lendemain.

Mark jeta un coup d'œil à la chronologie dans ses notes.

— Pour les besoins de l'enregistrement, est-ce que vous pouvez confirmer que c'était bien mardi, il y a deux semaines ?

— C'était bien ce jour-là.

— Que s'est-il passé ?

— J'ai attendu jusqu'à ce que je sois sûr que Maureen serait au travail, puis j'ai conduit jusqu'au même parking qu'elle, Marie, Sonya, peu importe son nom, avait utilisé la dernière fois que je l'ai vue.

— C'était à quelle heure ?

— Vers dix heures et demie.

Fernsby se pencha en avant sur son siège.

— Elle était déjà là, sa voiture, je veux dire. J'étais entré en pensant que je ferais mieux de jeter un coup d'œil aux alentours au cas où elle serait déjà là, et je l'ai vue sortir de sa voiture quand j'ai tourné au coin. J'ai freiné et j'ai attendu pendant qu'elle s'éloignait. Quand je suis sorti, j'ai remarqué qu'il n'y avait pas de caméras pointées dans ma direction.

Il fit une pause et secoua la tête avec étonnement.

— Maligne, n'est-ce pas ? Ça signifie que vous autres ne pouviez pas prouver qu'elle était là ou voir ce qu'elle transportait. C'était plus loin de la machine à tickets et de la sortie des magasins, donc personne d'autre ne se garait là.

C'est comme ça que j'ai pu avoir une place juste à côté de sa voiture.

Mark essaya d'ignorer l'accélération de son rythme cardiaque et il prit une profonde inspiration.

— Qu'est-ce que vous lui avez fait, Greg ?

— Je l'ai suivie jusqu'à la ruelle. Comme prévu, elle est entrée dans la boutique.

Fernsby cligna des yeux.

— Je suis vite retourné au parking et j'ai crevé ses pneus. Ceux qui étaient les plus proches de ma voiture pour qu'elle ne voie pas qu'ils étaient à plat quand elle reviendrait. Puis j'ai attendu près de la sortie de secours jusqu'à ce qu'elle revienne.

Il laissa échapper un rire amer.

— La garce avait un sourire comme le chat du Cheshire quand elle est apparue. Elle marchait vers sa voiture comme si elle avait gagné au putain de loto, en balançant le sac parce qu'il était plus léger qu'avant. Vous auriez dû voir sa tête quand elle a ouvert la voiture et qu'elle a vu les pneus crevés. C'était impayable, je vous le dis. Je lui ai laissé quelques minutes pour mijoter, je pouvais la voir regarder autour d'elle, à se demander si elle devait appeler quelqu'un ou aller demander de l'aide, alors c'est là que je me suis approché. Je lui ai demandé s'il y avait un problème, et j'ai dit que je pouvais l'aider après qu'elle m'a montré les pneus. Je lui ai dit que j'avais une boîte à outils dans le coffre de ma voiture...

Mark retint son souffle, sachant ce qui allait suivre.

— Regardez-moi, dit Fernsby en écartant les mains. J'ai l'air inoffensif, non ?

— Qu'est-ce que vous avez fait, Greg ?

—J'avais déjà réussi à casser l'une de mes cannes en

deux, j'en garde toujours une paire, et mon matériel de pêche est toujours dans ma voiture de toute façon. Je lui ai dit que le cric était sous la moquette et j'ai fait semblant d'examiner le pneu arrière de sa voiture pendant qu'elle ouvrait le coffre et commençait à fouiller. Puis je l'ai frappée. Je voulais simplement l'assommer. Je voulais juste l'emmener quelque part et lui demander ce qu'elle avait fait du bracelet de baptême d'Emma. Je voulais savoir qui l'avait maintenant. Je ne sais pas... J'ai paniqué, je suppose. Surtout quand j'ai vu son œil qui pendait comme ça.

Fernsby déglutit.

— J'ai réussi à rabattre les sièges arrière et à la hisser à l'intérieur. Il y avait du sang... sur mon sweat-shirt. J'ai verrouillé sa voiture, jeté les clés, et je suis parti. J'ai juste... j'ai continué à conduire. Je me suis retrouvé près de Ridgeway pendant un moment, dans un endroit tranquille, loin de tout, et j'ai pensé qu'il valait mieux en finir tout de suite. Mais je n'avais toujours pas le bracelet, n'est-ce pas ?

Il passa une main sur ses yeux fatigués.

— J'ai attendu qu'il fasse sombre, et puis je me suis dit qu'il valait mieux aller pêcher... après tout, c'est là que Maureen pensait que j'étais, et je ne voulais pas qu'elle s'inquiète. Je... j'ai déposé son... son corps en chemin. J'ai trouvé des papiers d'identité dans la poche de sa veste, mais je n'ai jamais eu l'occasion de fouiller son sac. Il est tombé de son épaule quand j'essayais de la sortir de la voiture, puis j'ai entendu quelqu'un arriver et j'ai paniqué, alors je suis parti en voiture. Je suis arrivé à Shifford et j'ai réussi à garer la voiture derrière le cottage, loin de l'écluse, pour que Dunham ne me voie pas arriver, et j'ai pêché jusqu'à environ onze heures, je suppose. Il m'a vu sur le chemin du retour et il m'a fait un signe, je m'en souviens. Je lui ai répondu, puis je suis monté dans ma voiture et je suis rentré chez moi. J'ai mis des heures à enlever le sang de mes vêtements. Je ne me suis pas couché avant deux heures du matin...

— Pourquoi est-ce que vous n'avez pas détruit votre canne à pêche, comme vous avez essayé de le faire avec les cartes de débit et son permis de conduire ?

— J'ai essayé, marmonna Fernsby. Cette putain de canne ne voulait pas brûler alors je l'ai mise dans mon sac. Je ne voulais pas que Maureen la trouve, et je savais que je ne pouvais pas simplement la mettre dans la poubelle dehors. J'avais l'intention de m'en débarrasser, mais quand je l'ai vue là-dedans aujourd'hui, je... tout ce que je pouvais voir, c'était son visage, son œil...

— Vous avez délibérément tué Sonya Raynott.

— Non. Je ne voulais pas faire ça. Je voulais des réponses, et je voulais récupérer le bracelet de baptême d'Emma.

— Mais vous ne le lui avez pas demandé, n'est-ce pas ? insista Mark. Vous ne lui avez pas donné la chance de s'expliquer. Au lieu de cela, vous l'avez tuée, puis vous avez abandonné son corps avant d'aller pêcher pour vous donner un alibi, et ensuite vous êtes rentré chez vous et vous avez essayé de cacher les preuves. Nous avons trouvé les cartes de crédit et le permis de conduire brûlés, Greg. Tout. Les prélèvements qui ont été effectués avant votre entretien sont en train d'être comparés à la canne à pêche cassée retrouvée dans votre sac de pêche, qui à son tour est analysée pour voir si elle correspond aux traces de carbone et de fibre de verre trouvées dans la blessure à la tête de Sonya, ainsi qu'aux échantillons de sang prélevés sur la canne. Nous examinons également votre voiture pour y trouver des traces d'ADN.

Vous ne vouliez pas de réponses de sa part, gronda-t-il. Vous vouliez la tuer.

Fernsby détourna le regard, la mâchoire serrée.

— Je pense qu'il serait prudent que mon client bénéficie d'une courte pause, dit Hawsey. Et j'aimerais lui parler en privé.

Mark attendit que Jan ait mis l'enregistrement sur pause, puis il lança un regard furieux aux deux hommes.

— Vous avez dix minutes.

CHAPITRE 53

Ewan Kennedy faisait les cent pas dans le couloir quand Mark et Jan sortirent de la salle d'interrogatoire, le visage grave.

— Alors ? demanda-t-il.

— Il a avoué avoir tué Sonya Raynott, mais il affirme qu'il n'en avait pas l'intention, répondit Mark. Il essaie de prétendre qu'il voulait seulement l'assommer pour lui demander où se trouvait ce fichu bracelet.

— Qu'est-ce que vous en pensez ?

— Je pense qu'il a vu rouge quand il a réalisé qu'elle prenait plaisir à ce qu'elle faisait. Le fait qu'il se soit rendu sur place après avoir déjà cassé cette canne à pêche avec l'intention de s'en servir pour la frapper en dit long.

— Sans oublier qu'il n'a pas paniqué ni essayé de la ranimer, ni même appelé une ambulance, ajouta Jan en frissonnant. La mettre calmement à l'arrière de sa voiture et rouler jusqu'à ce qu'il fasse assez sombre pour se débarrasser du corps... c'est glacial.

Kennedy tendit la main et elle lui passa son carnet. Il survola son écriture et pinça les lèvres.

— Je vais écouter l'enregistrement plus tard avant de parler au ministère public. Cette histoire de parking, je vais demander à Caroline de contacter la mairie demain matin pour obtenir les enregistrements de vidéosurveillance, au cas où ils auraient capté quelque chose. Même s'il s'agit simplement de Fernsby en train de quitter les lieux mardi matin, ça vient renforcer ce que nous avons déjà.

— Nous allons avoir besoin que quelqu'un aille prendre une nouvelle déposition auprès de l'éclusier à Shifford également, chef, dit Mark. Juste pour corroborer les horaires.

— Pas de problème. Alex peut s'y rendre maintenant.

Kennedy rendit le carnet.

— Vous avez assez de temps pour continuer l'interrogatoire ?

— Largement. Il parle, ce qui nous aide. Même si je ne suis pas sûr qu'il éprouve des remords pour ses actes.

— Mark a raison, chef.

Jan jeta un coup d'œil par-dessus son épaule vers la porte fermée.

— Je ne pense pas qu'il ressente quoi que ce soit, pour être honnête.

Kennedy grogna, puis se retourna et commença à s'éloigner.

— Il vaut mieux que vous y retourniez, alors. Il reste encore un autre meurtre à résoudre.

———

— Parlons de Nolan Creasey.

Il y avait une tension palpable dans la salle

d'interrogatoire quand ils entrèrent, et Mark attendit que Jan redémarre l'enregistrement avant de parler.

William Hawsey semblait avoir créé quelques centimètres de distance supplémentaire entre lui et son client, et Greg Fernsby paraissait s'être recroquevillé sous la combinaison de protection durant ces dix dernières minutes.

Il se rongeait nerveusement l'ongle du pouce avant de cracher les rognures par terre, ignorant le regard furieux que Mark lui lança et détournant les yeux.

— Creasey est-il le conseiller que vous et votre femme êtes allés voir après la mort d'Emma ?

— Ce salaud.

— Vous devez répondre par oui ou non pour les besoins de l'enregistrement.

— Oui.

— Quand est-ce que c'était ?

— Octobre, novembre de l'année dernière peut-être. Je ne me souviens pas. Maureen a organisé ça. Elle disait qu'elle pensait que ça nous aiderait.

Fernsby émit un ricanement amer.

— Il nous a été d'une grande aide, vraiment.

— Vous avez parlé de Sally à Creasey ?

— Oui.

Il releva le menton.

— Pas tout de suite cependant. Peut-être après y être allés trois ou quatre fois.

— Est-ce que c'est ainsi qu'il a découvert où elle habitait ?

— Je suppose.

— Qu'est-ce qui vous a amené à le suspecter ?

— Juste une impression que j'avais. Je n'étais pas sûr, pas jusqu'à ce que Maureen me montre cette publication sur les réseaux sociaux la semaine dernière. Quand j'ai trouvé l'article original en ligne, j'ai réalisé que sa soi-disant « complice » était cette garce. Sonya, Marie, peu importe comment elle s'appelait. Ça ne pouvait être qu'elle, c'est comme ça qu'ils ciblaient certains de leurs cambriolages, n'est-ce pas ? Il lui transmettait des informations, puis il l'aidait à arnaquer les gens. Et vous l'avez laissé partir.

— Alors vous avez décidé d'aller chez lui et de le tuer, c'est ça ? Comment est-ce que vous avez découvert où il habitait ?

— Parce que je savais où se trouvait son bureau. J'ai parlé à l'un des propriétaires d'une entreprise dans la même cour vendredi soir, et ils m'ont dit qu'il avait vidé les lieux mais qu'il avait laissé certaines de ses affaires. J'ai supposé qu'il reviendrait les chercher, et j'avais raison. Il y avait une camionnette de location garée devant samedi matin. Il y avait aussi un journaliste qui traînait avec un cameraman. Ils prenaient des photos pendant qu'il essayait de charger des affaires dans la camionnette. Il leur a crié dessus. J'ai attendu qu'il s'en aille, puis je l'ai suivi. Une fois que j'ai su où se trouvait sa maison, je me suis garé un peu plus loin et je suis revenu à pied. Bien sûr, il m'a reconnu quand il a ouvert la porte, mais j'étais prêt pour ça.

— Il avait été libéré sous conditions, Greg. Nous l'avions inculpé pour une série de cambriolages qu'il avait commis avec Sonya Raynott, et il devait comparaître devant le tribunal cette semaine, dit Mark avec colère. Il risquait une longue peine de prison. La justice, pas la mort.

— Ça ne nous rend pas tous les souvenirs qu'il a volés, cracha Fernsby. Nous, aucun d'entre nous, ne peut les récupérer, n'est-ce pas ?

Mark ouvrit brusquement le dossier à côté de lui et posa une dernière photographie en pointant l'image du doigt.

— Nous avons récupéré le bracelet de baptême d'Emma dans un garde-meuble appartenant à Nolan Creasey jeudi dernier, dit-il. Il a été rendu à Sally ce matin après qu'un de nos officiers l'a identifié grâce à l'inscription.

Fernsby tendit une main tremblante pour rapprocher la photographie.

— Elle l'a maintenant ?

— Oui.

Mark retint un soupir.

— Vous n'avez rien gagné en tuant Nolan Creasey.

— Mais c'est moi qui vous ai mené jusqu'à lui. C'est moi qui ai tué cette Sonya avec qui il travaillait et c'est ce qui a éveillé votre intérêt.

L'homme s'adossa dans son siège en croisant les bras sur sa poitrine.

— Vous n'auriez pas trouvé le bracelet autrement, n'est-ce pas ?

CHAPITRE 54

Une lumière éclatante scintillait sur l'eau lorsque Mark émergea de la péniche le lendemain matin, une laisse de chien dans une main et un sac en toile de jute dans l'autre.

Il n'avait pas quitté la salle des opérations avant plus de vingt-trois heures la veille après avoir renvoyé Jan auprès de sa famille, et il savourait maintenant l'idée d'une grasse matinée et la chance de passer du temps avec Lucy et Hamish.

Il y avait une chaleur dans l'air, une promesse de printemps et peut-être d'un week-end de Pâques sans averses, et il se demanda s'il devait demander quelques jours de congé supplémentaires à Kennedy, étant donné la bonne humeur actuelle de l'inspecteur principal.

— Tu as la liste ?

— Sur mon téléphone.

Hamish jaillit de la porte de la cabine et bondit par-dessus le plat-bord pour atterrir sur le talus herbeux avant de s'arrêter et d'attendre, la langue pendante.

— On dirait que tu n'as pas été promené ce matin, dit Mark en grimpant pour le rejoindre.

Lucy apparut ensuite, ses clés tintant pendant qu'elle verrouillait la porte, et il sourit.

— Il fut un temps où tu ne te donnais pas cette peine.

Elle haussa un sourcil et tendit la main pour prendre le sac.

— Il fut un temps où je ne vivais pas avec un détective.

Mark attacha le fermoir métallique au collier de Hamish, vérifia qu'il n'y avait pas de nouveaux messages sur son téléphone, et il traversa la prairie en direction du parking, son bras autour de la taille de Lucy.

Le chien tirait sur la laisse, peu habitué à être retenu, mais Mark ne voulait prendre aucun risque.

Il poussa la barrière métallique à cinq barreaux et frotta ses chaussures pour enlever le plus gros de la boue. Satisfait, il s'engagea sur le trottoir qui bordait la route principale, gardant Hamish à sa droite pour éviter que le petit chien ne soit bousculé par la circulation qui filait.

— Où est-ce qu'on va d'abord ? demanda-t-il en haussant la voix pour être entendu.

— Au supermarché. On passera à la librairie au retour, sinon on aura du poids supplémentaire à transporter.

Lucy sourit.

— Je sais comment tu es une fois lâché là-dedans.

— Qui, moi ?

Il fit un signe de tête à un autre couple qui attendait à l'extrémité du pont pour les laisser passer, puis il expira tandis qu'une partie du stress des deux dernières semaines commençait à s'estomper.

Une partie seulement.

Il y avait encore des questions qui devaient être résolues à partir des preuves médico-légales, une montagne de paperasse à préparer pour le ministère public, et tout cela avant qu'il ne se concentre à nouveau sur les affaires qu'il avait négligées depuis que les Tillcott avaient découvert le corps de Sonya Raynott.

— Hé.

Il cligna des yeux, puis regarda Lucy.

— Désolé. J'étais ailleurs. Qu'est-ce que tu as dit ?

Elle pointa du doigt à travers les vitres du supermarché.

— On n'a besoin que de quelques articles, et tu meurs d'envie d'appeler Jan pour avoir des nouvelles, alors pourquoi est-ce que tu n'attends pas ici avec Hamish ?

— Ça ne te dérange pas ?

— On a juste besoin de quelques bricoles. À tout de suite.

Mark attendit que les portes vitrées se referment en coulissant, il s'assura que Hamish était assis à ses pieds, puis il sortit son téléphone.

Jan répondit au bout de trois sonneries.

— Je me doutais que tu ne pourrais pas attendre d'être revenu au boulot.

— Tout va bien ?

— Oui.

Kennedy est au téléphone avec Melrose en ce moment et l'équipe des relations médias vient de publier un communiqué qui sera probablement sur tous les sites d'information d'ici une heure. Caroline est aux bureaux du conseil municipal pour récupérer une copie des images de vidéosurveillance, et—

— Des nouvelles de la police scientifique ?

Mark se mordit la lèvre.

— Désolé.

Sa collègue rit.

— J'y venais, chef. Oui, Jasper a appelé ce matin. Il a réussi à accélérer l'analyse de certaines preuves, mais on va devoir attendre le rapport officiel.

— Et officieusement ? Qu'est-ce qu'il a dit ?

— C'est Greg Fernsby, chef. On le tient. La canne à pêche qu'il a utilisée pour frapper Sonya à la tête est faite d'un composite de fibre de carbone et de fibre de verre, ce qui explique pourquoi des fragments ont été trouvés dans cette blessure, ce sont les particules de fibre de verre qui se sont détachées de la canne lors de l'impact. Et ils ont trouvé des cheveux dans le coffre de sa voiture qui devraient correspondre à son ADN.

— Il est loin de l'avoir simplement assommée.

—Je viens de parler à Gillian à ce sujet, et elle a dit que si une ambulance avait été appelée et avait réussi à sauver Sonya, il y avait de fortes chances qu'un coup comme celui-là lui aurait laissé des séquelles cérébrales.

Il entendit le bruit de Jan qui feuilletait des pages, et il résista à l'envie de la bombarder de questions supplémentaires.

— Ah, voilà, dit-elle finalement. Le sang sur le sweat-shirt de Fernsby, les taches qu'il n'a pas pu enlever. C'est bien celui de Sonya. Le couteau que nous avons récupéré lors de son arrestation porte également des traces du sang de Creasey incrustées dans la poignée.

Mark la remercia et libéra un soupir en terminant l'appel, puis il sourit quand Lucy apparut, le sac fourre-tout désormais chargé avec une paire de poireaux qui dépassait du dessus.

— C'était Jan ? demanda-t-elle en entrelaçant ses doigts aux siens avant qu'ils ne se dirigent vers la place.

—Oui.

— Et ?

— On le tient.

Il baissa la voix en passant devant un groupe de personnes à l'extérieur d'une friperie caritative.

— Jasper a confirmé que les preuves médico-légales correspondent aux deux meurtres.

— Bravo.

Elle l'arrêta net et l'embrassa.

Puis son estomac gargouilla.

Mark éclata de rire.

— Tu veux manger quelque chose avant d'aller à la librairie ?

— Tu as le temps ?

— Oui.

Il sourit.

— Jan a tout sous contrôle. Et puis, je connais l'endroit parfait.

Il la guida à travers la place vers un café familier, où plusieurs tables encombraient les pavés et des nappes colorées recouvraient les surfaces.

Apercevant une serveuse qui sortait avec un plateau d'œufs brouillés qu'elle déposa devant un homme en gilet haute visibilité avant de se tourner pour débarrasser une autre table, il s'approcha d'elle avec un sourire timide.

Clare Baxter se retourna, s'essuya les mains sur son tablier avant de tirer une chaise, et sourit largement.

— Je vais chercher des menus.

FIN

BIOGRAPHIE DE L'AUTEUR

Rachel Amphlett est l'auteure de romans policiers et de thrillers d'espionnage les plus vendus par USA Today, et la plupart de ses livres ont été traduits dans le monde entier.

Ses romans sont disponibles en format numérique, en version imprimée et en livres audio dans les bibliothèques et chez les détaillants, ainsi que sur son site web.

Grande voyageuse et détective privée par accident, Rachel possède les nationalités australienne et britannique.

Pour en savoir plus sur les livres de Rachel, rendez-vous à l'adresse suivante : www.rachelamphlett.com.